AS DANÇARINAS MORTAS

ANTONIO SOLER

AS DANÇARINAS MORTAS

Tradução:
SÉRGIO MOLINA

COMPANHIA DAS LETRAS

A presente edição foi traduzida mediante apoio da Direção Geral do Livro, Arquivos e Bibliotecas do Ministério de Educação e Cultura da Espanha

Capa:
Angelo Venosa

Preparação:
Roberto Leal Ferreira

Revisão:
Carlos Alberto Inada
Ana Maria Barbosa

Dados Internacionais de Catalogação na Publicação (CIP)
(Câmara Brasileira do Livro, SP, Brasil)

Soler, Antonio, 1956-
As dançarinas mortas / Antonio Soler ; tradução Sérgio Molina. — São Paulo : Companhia das Letras, 1998.

Título original: Las bailarinas muertas.
ISBN 85-7164-773-9

1. Romance espanhol I. Título.

98-1290 CDD-863.9

Índices para catálogo sistemático:
1. Romances : Século 20 : Literatura espanhola 863.9
2. Século 20 :Romances : Literatura espanhola 863.9

1998

EDITORA SCHWARCZ LTDA.
Rua Bandeira Paulista, 702, cj. 72
04532-002 — São Paulo — SP
Telefone: (011) 866-0801
Fax: (011) 866-0814
e-mail: coletras@mtecnetsp.com.br

No dia 4 de novembro de 1996, um júri composto por Salvador Clotas, Juan Cueto, Luis Goytisolo, Justo Navarro, Esther Tusquets e o editor Jorge Herralde outorgou o XIV Prêmio Herralde de Novela a *As dançarinas mortas,* de Antonio Soler.

Aqueles anos tão difíceis
em que fomos tão felizes

Alexandre Dumas

Sempre imaginei as dançarinas mortas caindo no palco com o mesmo barulho com que Tatín se largava no chão. Na minha mente, as dançarinas tombavam com esse barulho metálico e ao mesmo tempo macio de lantejoulas pisadas e carne nua que Tatín fazia, só que Tatín não usava lantejoulas e, na maioria das vezes, ao cair no chão, levantava uma nuvenzinha de poeira enquanto embaixo de seu corpo se ouvia um trincar de cascalho e pedras que deviam cravar-se dolorosamente em seus ossos. Era esse o inconveniente de jogar no gol, embora também tivesse outros tão insuportáveis quanto esse, como receber boladas no meio do peito ou nas partes. E além disso havia a chateação, todo aquele tempo em que a bola ficava na área do adversário e Tatín se distraía tirando pedrinhas do chão e arrumando as traves até que o outro time voltava a atacar e de novo o obrigava a rolar pelo chão ou lhe acertava uma bolada na barriga ou bem na cara, porque Tatín era muito valente e nunca se desviava da bola, nem quando nós, zagueiros, virávamos as costas ou saíamos correndo para outro lado. Para piorar as coisas, Tatín usava óculos e só concordava em jogar sem eles quando Castillo jogava no ataque do outro time e andava com coceira no rosto e de mau humor por causa das espinhas. Então, Tatín dobrava os óculos com o maior cuidado e os enfiava no bolso de um casaco ou no meio de uma das malhas que serviam de trave, e aí era como se seus olhos se derretessem e a qualquer momento suas pupilas azuis fossem escorrer pelo seu rosto, como duas lágrimas tingidas da cor do céu.

É verdade que Tatín não usava lantejoulas, mas tinha ferragens e correias em volta das pernas, uma armação de latão e couro que subia de seus tornozelos e, por baixo das calças, se perdia coxas acima. Tatín tinha paralisia infantil, por isso, por mais gols que tomasse e por mais que se cansasse de tirar pedrinhas e arrumar os casacos das traves, a gente nunca trocava de goleiro como costumavam fazer nos outros times, e por isso, quando ele caía no chão sem impulso nem salto nenhum, reto e firme como uma árvore recém-cortada, como um mastro ou um poste de telégrafos que um raio tivesse acabado de derrubar, o barulho dessas ferragens e de sua carne batendo na terra me lembrava aquele outro som que as dançarinas faziam ao cair mortas no palco, um som que nunca ouvi mas imaginei centenas de vezes ao escutar meu pai e minha mãe falarem das cartas que meu irmão mandava de Barcelona, aonde ele, meu irmão, tinha ido para virar dançarino e artista.

O mistério daquele som ligou para sempre em minha memória a imagem de Tatín com aquela outra, nebulosa e imaginária, de Soledad Rubí, que na verdade se chamava Sonsoles Aranguren e foi a terceira dançarina a cair morta, na verdade meio morta, sobre o polido tablado daquele cabaré onde meu irmão trabalhava e que sempre imaginei enfumaçado e com cortinas de cor vermelho-escuro, como o sangue quando pára de escorrer de uma ferida e começa a formar no chão uma gelatina suave e aveludada. Às vezes pensei que talvez não tenha sido só aquele som o que deixou para sempre entrelaçadas as histórias de Tatín e a das dançarinas, mas também o fato de terem ocorrido ao mesmo tempo. Naquela época, em casa, antes e depois de brincar na rua e ouvir Tatín caindo muitas vezes no chão, eu sempre ouvia falar do cabaré onde meu irmão trabalhava, e muitas vezes eu via minha mãe ler bem devagar as cartas que ele mandava de Barcelona, para depois tornar a ler de novo, como se quisesse decifrar alguma mensagem secreta naquelas letras redondas e alegres que pareciam dançar no papel como meu irmão dançava no palco, despreocupado e sorridente. E muitas vezes eu ouvia meu pai comentar com seu ajudante, com o Toto e os outros amigos do bar Los 21 que, na casa de espetáculos onde meu irmão tinha ido parar, as dançarinas morriam como moscas e todo mundo ia lá não para olhar as pernas nem os peitos, muito menos para observar como dançavam, mas para ver como as dançarinas caíam mortas no palco e assim poder comparar e dizer qual delas tinha morrido melhor.

Era o que às vezes eu pensava, que associei uma história com a outra por elas terem transcorrido na mesma época, se bem que a verdade é que, naquele tempo, eu também ficava sete ou oito horas por dia na frente de dona Carmen, e via o Mocos fungar mil vezes por dia, ou um milhão de vezes se estava resfriado, e nunca nem me passou pela cabeça ligar dona Carmen ou o Mocos com as dançarinas fulminadas. Acho também que o goleiro com pólio e aquelas mulheres que morriam a mais de mil quilômetros não se fundiriam em minha mente se, ao cair, Tatín não rangesse do modo misterioso como rangiam ou disseram que rangiam ou eu tinha sonhado que rangiam as colegas do meu irmão, entre a fumaça e as cortinas cor de sangue meio coagulado. Se não fosse por esse barulho, eu teria continuado a ver Tatín apenas como um eterno goleiro com a agilidade tolhida e talvez não tivesse me interessado tanto pelas cartas de meu irmão nem pelas histórias que nelas contava, e teria deixado que as coisas seguissem aquele mesmo curso sossegado e harmonioso, como uma dança doce, que vinham seguindo desde que, meses atrás, meu irmão tinha empreendido sua viagem para Barcelona.

Depois daquela viagem que eu imaginava longa e noturna — longa como se tivessem engatado dez noites uma atrás da outra assim como iam engatados os vagões do trem —, repleta de plataformas desertas, viajantes insones e luzes misteriosas, ao chegar a Barcelona, meu irmão, que na época ainda se chamava Ramón, foi se hospedar na pensão do fotógrafo Rovira. Na verdade, a pensão era da mulher de Rovira, Angelines, e se chamava pensão Ríos-España, embora a mulher de Rovira não se chamasse nem Ríos nem España, e sim Cortés Esplá, Angelines Cortés Esplá. Era uma pensão de artistas, onde todos, com exceção de Poveda, um amolador que nunca amolava nada e passava os dias dormindo e as noites olhando as estrelas como se fosse milionário, todos eram colegas do mesmo cabaré que tinha contratado meu irmão. Havia ali uma porção de dançarinas, entre elas a que, dando início à tradição, foi a primeira a morrer no palco, Hortensia Ruiz, cujo nome artístico era Lilí, um garçom que se chamava mesmo Álvarez e que parecia surdo-mudo, um trompetista que todos, no cabaré e na pensão, chamavam de Trompeta e um mágico fantasiado de chinês, Chin Lu, um cantor de zarzuela fracassado cujo verdadeiro nome era Bonilla. Bonilla sempre ia tomar seu café da manhã vestindo um roupão de seda com um dragão estampado nas costas e ainda exibindo o bigode de chinês da última apresentação, já todo retorcido e meio caindo para um lado da boca, depois de seu dono ter dormido o fim da noite e a manhã inteira com ele na cara.

Essa história do café da manhã do mágico era um abuso, foi o que meu irmão disse logo na primeira carta e era o que todos na pensão achavam, pois na verdade o que o falso chinês fazia era acordar alguns minutos antes dos outros artistas, do amolador e do garçom, para garantir seu lugar na única mesa onde batia sol e obrigar dona Angelines a interromper a trabalheira da preparação do almoço para servir-lhe café, pães doces e um par de madalenas e depois de ingeri-los ele ficava ali mesmo, cochilando quinze ou vinte minutos sob o sol morno, com a cabeça caindo sobre o peito repetidas vezes, meio roncando e com o bigode torto escorregando por um lado ou por outro da boca, até que seus colegas de pensão e de cabaré começavam a encher o salão, e o barulho dos talheres e o cheiro de comida o traziam de volta à realidade para deparar-se com um prato de ensopado ou um guisado denso que, depois de sorrir, não se sabe se para os vizinhos de mesa ou para a própria comida, o falso oriental começava a tragar de modo laborioso, lento, mas implacável.

Na verdade, o almoço era a sobremesa do café da manhã, ou talvez o café da manhã fosse o aperitivo do almoço. Em todo caso, estava bem claro que o chinês Bonilla não abria mão do regime de três refeições que dona Angelines combinara com ele quando de sua chegada à pensão Ríos-España. E era justamente isso o que provocava as críticas de seus colegas, essa exigência meticulosa que parecia não levar em conta os desvelos de dona Angelines nem sua submissão ao artístico horário de seus hóspedes, que a obrigavam a viver eternamente como um fantasma, sempre andando na ponta dos pés para não perturbar o sono daquela trupe notívaga da qual também fazia parte seu marido, o fotógrafo Rovira, pois este era o fotógrafo oficial do cabaré e se dedicava a retratar os artistas enquanto cantavam para depois selecionar as melhores fotos e pregá-las na vitrine que havia ao lado da porta ou até usá-las para ilustrar os cartazes que anunciavam as apresentações do cabaré por todo o bairro do Paralelo e toda Barcelona. Se bem que isso dos cartazes só acontecia muito de vez em quando, e a maioria das fotos de Rovira retratava as dançarinas e os artistas antes e depois do espetáculo, quando se sentavam para beber e conversar com os fregueses, e estes, para guardar uma lembrança da noite, do divertimento e das dançarinas que os embriagaram, abotoavam o colarinho, arrumavam o cabelo e pediam a Rovira que os fotografasse com o braço sobre o ombro de uma dançarina ou sorrindo ao lado de um músico.

A seu modo, Rovira também era um artista. E por isso, por ser um artista, só se sentia à vontade trabalhando no cabaré. Às vezes, atarefado em seu quarto de luzes vermelhas, uma aura de melancolia ou um temor insólito inesperadamente tomavam conta de seu ânimo, e então, deixando as fotos recém-reveladas para secar ou até boiando no banho fixador, descia às pressas as escadas da pensão e ia até o cabaré, onde naquele momento estavam baixando as cadeiras das mesas e só se ouvia a música ou o murmúrio do sugar lento e engasgado das tubulações ou o barulho das cadeiras sendo depositadas no chão pela mão cansada, mas ainda firme, de Anselmo, o gerente. E ali ficava o fotógrafo Rovira, sem sua eterna câmera pendurada no pescoço, olhando o palco e os bastidores como quem vê dormir a mulher por quem está apaixonado, acariciando com os olhos as cortinas, a pintura das paredes e até as manchas de umidade e os descasques do reboco que à noite a iluminação tornava invisíveis.

Depois daquela olhada lenta, Rovira ficava um tempo conversando distraidamente com Anselmo, o gerente, ou com alguma dançarina que, então, ainda com a roupa da rua e sem maquiagem, não parecia uma dançarina. Já totalmente calmo, Rovira voltava à pensão para retirar as fotos do banho fixador onde as deixara mergulhadas e para começar a lenta toalete que toda noite culminava diante do espelho da porta, onde o fotógrafo invariavelmente se olhava de perfil e dava uns toques que desalinhavam o topete antes de encaminhar-se, agora sim, com a câmera a tiracolo, para o cabaré. Com esse topete de aventureiro elegante, de cavalheiro atarefado, Rovira entrava na sala de espetáculos, levando em seu íntimo o mesmo fogo sagrado que fazia os artistas subirem ao palco, e embora ninguém o aplaudisse nem lhe dedicasse nenhum assovio, e na verdade sua figura não passasse de uma sombra deslizando-se na confusa penumbra da entrada, Rovira gostava de chegar com o salão transbordante de fumaça e fregueses, quando já não havia manchas nas paredes nem rastro daquele ronco doente das tubulações que certas tardes, como um médico preocupado com os brônquios de um paciente, ele ia auscultar.

Foi justamente na companhia de Rovira que meu irmão entrou no cabaré pela primeira vez. E foi o fotógrafo quem o apresentou a dom Mauricio Céspedes, o dono do local, que cumprimentou meu irmão efusivamente e com grandes mostras de afeto, como se fizesse muito tempo que não o via. E de certo modo era verdade que fazia muito tempo que não via meu irmão, pois nunca o tinha visto na vida e só o conhecia pelas referências de Carmona, o agente que o contratara. Muito entusiasmado, perguntando o que queria beber, chamando o garçom e ao mesmo tempo ordenando a Rovira que o fotografasse com meu irmão e a este que sentasse a seu lado para que Rovira os fotografasse, dom Mauricio Céspedes, enxugando o suor da testa meio calva com um lenço, interessou-se pela viagem de Ramón, por seu cansaço e por sua vontade de começar a trabalhar. A tudo ele mesmo respondia com um sorriso afetuoso, dizendo a todo momento, Sim senhor, sim, sim senhor. E antes que meu irmão pudesse levar aos lábios o coquetel que dom Mauricio Céspedes tinha acabado de pedir, já estava dom Mauricio apresentando-lhe sua mulher, e antes que meu irmão conseguisse distinguir o rosto da senhora Adela de Céspedes das peles que o envolviam, como se a senhora fosse um bandido mascarado, ele já estava posando para uma segunda foto que Rovira, por ordem de dom Mauricio, Bata uma foto da gente, Rovira, estava tirando do casal na companhia de meu irmão. E antes que o clarão do flash se apagasse, já estava o dono dando uns tapinhas no ombro de Ramón e dizendo para Rovira que o levasse até os camarins e o apresentasse a seus colegas, que no dia seguinte queria cópia, duas cópias, das fotos que acabara de tirar. Duas de cada uma.

Mas no dia seguinte dom Mauricio Céspedes já não se lembrava das fotos nem tinha o mesmo nervosismo que lhe causava a presença de sua mulher no cabaré, e embora não parasse de andar de um lado para o outro nem de persignar-se com aquele lenço branco, estava sempre cercado por uma escolta de champanhe e lindas mulheres, dançarinas ou não, que fugiam em revoada quando Amalia Moreno, a Bella Manolita, aparecia para sentar-se ao lado de dom Mauricio. E quando, passado algum tempo, semanas ou meses mais tarde, Rovira ia entregar-lhe as fotos encomendadas, dom Mauricio Céspedes sempre as olhava estranhando, sem saber quando nem por que aquelas fotos tinham sido batidas e até duvidando se o sujeito retratado era ele mesmo ou algum impostor. E, salvo raras exceções, sempre dizia o mesmo para o fotógrafo, Distribua isso por aí, Rovira, distribua entre os rapazes, e se não, melhor, fica para o senhor, para o seu arquivo. E Rovira, que antes já tinha prometido as fotos para alguma das pessoas que nelas apareciam, depois de cumprir essa formalidade, tratava de presentear ou vender as fotografias em questão, dependendo se o retratado era da casa ou freguês.

Foi assim que chegaram ao meu irmão aquelas duas fotos que seriam o início de uma longuíssima coleção, com a qual muito tempo depois, anos e anos depois, quando sua aventura em Barcelona já havia terminado e eu tinha o dobro da idade dele ao deixar essa cidade, meu irmão se distrairia preenchendo álbuns com aqueles rostos festivos e distantes que o tempo não conseguia evaporar de sua memória, onde tinham ficado colados como se Rovira tivesse enchido o crânio de meu irmão com aquele seu líquido fixador, fazendo com que ficassem para sempre estampados nos canais e nas dobras de seu cérebro.

Mas a primeira foto que meu irmão, que ainda se chamava Ramón, mandou pelo correio não foi aquela para a qual tinha posado junto ao dono do cabaré assim que o conheceu, nem a outra em que aparecia espremido entre dom Mauricio Céspedes e sua esposa, de quem só se viam uns olhos enormes em meio a uma nuvem de peles brancas. Estas eu só veria mais tarde, quando numas férias meu irmão levou para casa duas caixas de sapatos cheias de fotografias embaralhadas. Mas, então, a primeira foto que nos mandou foi uma em que ele, meu irmão, aparecia no meio de um grupo de dançarinas. Ele estava muito magro, vestindo uma malha escura que eu não conhecia e com o cabelo de um jeito diferente, amontoado em cima da testa num topete enorme, como se da noite para o dia seu cabelo tivesse crescido absurdamente e ele não soubesse o que fazer com aquilo, a não ser penteá-lo para cima e domá-lo com água ou seja lá o que tivesse passado na cabeça. Em volta dele, em volta da magreza de meu irmão e daquele imenso boné de cabelo, havia quatro dançarinas, duas delas usando um casquete de onde saíam umas plumas que no branco e preto da foto saíram cinza-claro, e as outras duas exibindo umas cabeleiras brilhantes, uma loira com cachos e ondas, e a outra com o cabelo liso e escuro, não sei se moreno ou talvez ruivo queimado, e todas sorrindo como se estivessem muito contentes de estar com meu irmão, embora elas também nunca o tivessem visto na vida até poucos dias atrás. As dançarinas só usavam uns sutiãs de prata bordados com lantejoulas que tinham um brilho muito suave, e o que também parecia muito suave eram seus peitos, que quase escapavam daquelas conchas prateadas e eram lisos. Mesmo não se mexendo na foto, aqueles peitos pareciam ter o mesmo tremor que os pudins no prato quando eu os levava da cozinha para a sala, um vaivém firme, e também eram lisos como os pudins, não como os que minha mãe fazia, que sempre tinham estrias e furinhos e pingos de ovo, mas lisos como os pudins da casa Mandarín, que vez por outra minha mãe comprava e que na embalagem tinham o retrato de um chinês que talvez se parecesse com o chinês Bonilla, Chin Lu, e que assim como ele usava um roupão de seda e um chapéu pontudo e preto que talvez o chinês da pensão Ríos-España de Barcelona também usasse.

A verdade é que tudo na foto era suave e liso, até o papel da fotografia tinha uma suavidade e um brilho que eu nunca tinha visto em nenhum outro papel de fotografia. Era um papel fino e macio com um cheiro estranho, não sei se cheirava ao trem onde a carta tinha viajado, a perfume de dançarina ou ao banho fixador que Rovira dava em todas as suas coisas. Ao ver a foto, meu pai e minha mãe não fizeram nenhum comentário sobre aquele cheiro nem sobre a suavidade do papel, nem mesmo sobre o ninho de cabelos penteadíssimos que meu irmão levava no alto da testa, só minha mãe, fazendo uma cara triste, disse que Ramón estava muito magro, e quando meu pai fez um comentário sobre as dançarinas, ela disse que aquilo era pura maquiagem, e embora meu pai não tenha dito nada, deu para ver que não estava lá muito convencido da sentença de minha mãe, e ainda ficou um bom tempo olhando a fotografia com um sorriso na cara, não sei se observando a magreza de meu irmão, sua massa de cabelos, ou aquela duvidosa maquiagem das dançarinas, tão lindas dentro de seus sutiãs de prata que ninguém teria ousado pensar que qualquer dia elas pudessem morrer bem no meio do palco. É que na época ainda não tinha morrido nenhuma dançarina e nenhuma delas tinha caído nem feito barulho nenhum em pleno espetáculo.

E como nenhuma dançarina tinha morrido nem em minha casa se falava daquela epidemia que fazia as artistas terminarem sua dança agonizando pelo chão, eu, ao ver Tatín em sua eterna posição de goleiro, ainda não tinha presentes as palavras de minha mãe dizendo que era capaz de a desgraça do cabaré pegar meu irmão e um dia o Ramón também cair fulminado por um tiro ou por um raio naquele estrado que já devia estar até frouxo de tanto baque e tanto sangue que tinha recebido nos últimos tempos. A única coisa que eu pensava quando ouvia Tatín cair era correr pela lateral e escapar da marcação para que ele, assim que se levantasse do chão, empoeirado e com cara de fúria, me jogasse a bola e eu então pudesse passar para o Guille, para Castillo ou para quem estivesse jogando na linha. E mais eu me empenhava em minha tarefa se era domingo ou sábado à tarde e estávamos nos Campos 21 ou, pior ainda, no campinho em frente ao colégio dos surdos-mudos, onde iam jogar os times da Granja Suárez e uns sujeitos de pernas peludas que sempre chutavam como Castillo quando andava com as espinhas em polvorosa e o rosto inteiro coçando. Aqueles marmanjos de Suárez e dos outros bairros que não eram bairros, já entremeados de descampados e dos últimos casarios, davam a impressão de ter o pus das espinhas espalhado por todo o corpo e toda a alma e que o único jeito de se livrarem disso era mandando bombas.

Nos Campos 21 a coisa era mais tranqüila, mais sossegada, as partidas mais se pareciam com uma brincadeira do que com aquele medo e com aquela angústia de perder a cara com uma bolada que todo mundo sentia só de ver o colégio dos surdos-mudos e a esplanada de terra que ficava na frente, com os times que esperavam a vez sentados na beira do campinho, calados e cuspindo por um canto da boca com aquela mola que pareciam ter embaixo da língua. Nos Campos 21, nunca tivemos problema com Tatín, os do outro time, fossem quem fossem, ao ver as ferragens e as correias do nosso goleiro, sempre concordavam em baixar o travessão imaginário do nosso gol e, às vezes, apesar dos protestos do próprio Tatín, até deixavam que o estreitássemos um ou dois passos. Já nos surdos-mudos nem uma única vez a gente conseguiu aproximar um palmo que fosse as pedras que serviam de trave nem baixar um só centímetro a altura do suposto travessão. As negociações eram uma gritaria inútil, e os jogadores de Suárez, embora já nos conhecessem, sempre ficavam olhando para as pernas do Tatín com um ar malicioso, como se tivéssemos acabado de inventar a paralisia infantil do nosso goleiro ou fosse por gosto que ele arrastasse aquela tralha de couro e metal.

Felizmente, só muito de vez em quando fazíamos aquelas excursões. Como que arrastados por um obscuro dever e sem ninguém dizer nada, de repente já estávamos com a bola embaixo do braço a caminho do colégio dos surdos-mudos. Ninguém gostava dessas partidas, nem mesmo Castillo, que passava despercebido no meio daquela gente, por mais que se esforçasse em fazer firulas e caprichar nos chutes que nem chegavam aos pés dos petardos que os jogadores da Granja Suárez mandavam a todo momento. E se todos sentíamos o coração na boca cada vez que víamos se aproximar um daqueles indivíduos que galopavam como cavalos, e como cavalos bufavam e levantavam poeira e pedras em sua carreira, no caso de Tatín aquele perigo parecia atiçar seus desejos suicidas, e ele ficava a partida inteira dando ordens, anunciando com clarividência espírita por onde a bola ia entrar, ao mesmo tempo que ele mesmo procurava colocar-se na trajetória daquele balaço de couro e, sem se importar que os óculos voassem longe ou seu nariz sangrasse, erguia os braços para o céu e tombava para um lado como um mastro atingido por um raio, como uma árvore sem galhos nem folhagem para amortecer a queda.

No fim da tarde, já de volta para nossa rua, sem sabermos ao certo quantos gols tínhamos tomado, felizes de ter escapado vivos daquele beco sem saída, embora sentindo um estranho peso que rondava o ânimo de todos, eu sempre ia olhando para Tatín. Coberto de poeira e hematomas, era algo assim como nosso estandarte, uma bandeira esfarrapada na batalha. E, no silêncio primeiro da noite, a cada passo eu ouvia o rangido de suas pernas, que naquela altura já tinham perdido a graxa que de manhã deviam aplicar-lhe e chiavam como uma porta entreaberta que o vento balançasse de um lado para o outro.

Aquele rangido era uma despedida, um adeus, pois com ele o domingo chegava ao fim, e geralmente aquele time desigual, formado pelos amigos da rua Antonio Jiménez Ruiz, não voltava a se reunir até o sábado seguinte, por mais que durante a semana cada um continuasse correndo atrás de uma bola e tentando imitar os dribles e fintas de Castillo. E isso porque cada um ia a um colégio diferente. As tias de Tatín o haviam matriculado num colégio de padres; o Guille e Castillo, não sei onde estudavam, nem Diego Manuel. Manolito Tejada e Pepito estavam no Sagrado Corazón, se bem que Pepito quase nunca jogasse bola, sempre fumando pelas esquinas ou trancado nos banheiros ou dentro do caminhão do Cuellicorto, aprendendo a tossir e a cuspir como um homem, com bafo de bar e uma nuvem de fumaça sempre pairando ao seu redor. Nono e Barea, que sempre estava de calça comprida e cujo pai morava na Alemanha, eram de Las Mercedes, o colégio que ficava perto da Granja Suárez.

No colégio de dona Carmen estávamos o Mocos e eu. Lá também estudava Luisito Sanjuán, que era meu colega de carteira, se bem que ele não gostava muito de futebol e só jogava quando, por distração, dona Carmen se esquecia do nosso eterno castigo e tínhamos uns minutos de recreio. Luisito Sanjuán nem sequer tirava o casaco, e corria atrás da bola com as mãos nos bolsos e cara de sono. Todo domingo, eu o via passar na esquina da minha rua de mãos dadas com os pais, mas com outro casaco, um casaco cor de baunilha, desses que vestem na gente para ir ao médico ou visitar algum parente, só que ele não ia ao médico nem visitar ninguém, e sim comprar doces na doceira La Jijona para depois comer tudo em casa, já sem o casaco mas com a mesma cara de sono de quando jogava bola, fazia a lição de caligrafia ou passava pela minha rua no domingo à tarde.

E continuava com cara de sonâmbulo quando ouvia a conversa do Pitraco, que era seu vizinho e também estudava no colégio de dona Carmen, só que com autorização para sair uma hora mais cedo, para ir à Academia Almi. O Pitraco sempre estava indo ou vindo da Almi, e quando não estava indo ou vindo ou batendo à máquina na Academia Almi, estava falando da Almi e das teclas que batia na Almi, e de sua máquina Olivetti e de todas as máquinas Olivetti que havia na Almi, e de como escrevia rápido naquelas máquinas, e Luisito Sanjuán o ouvia como se não soubesse do que ele estava falando ou não quisesse saber, sempre a ponto de bocejar ou se debruçar na carteira para não ouvir mais o Pitraco falar da Almi e não fazer mais lição e não ter que acordar até a hora da saída ou, melhor ainda, até o domingo à tarde, quando seus pais tivessem acabado de voltar da doceira e ao abrir os olhos ele visse os doces de La Jijona assim como o chinês Chin Lu, a mais de mil quilômetros dali, na pensão Ríos-España de Barcelona, encontrava ao acordar um prato de ensopado que era a sobremesa do café da manhã.

No colégio de dona Carmen também estava Conchi Canca. O Pitraco, dona Carmen, o Mocos e todos no colégio morriam de amores por Conchi Canca, e todas as manhãs nós víamos aquele caderno com a lição de caligrafia perfeita que Conchi Canca tinha feito no dia anterior, e além disso sempre a traziam da classe das meninas e a punham sobre o estrado para que ela desenhasse na lousa, com giz de cor, o desenho que aos sábados ilustrava o resumo do Evangelho. Vendo-a usar aqueles gizes em que nem as professoras nem ninguém além dela e dona Carmen podia mexer, todos ficavam ainda mais apaixonados por Conchi Canca, que era uma menina tão transparente que se podia ver o desenho azul de suas veias formando garatujas no pescoço, no rosto e nas pernas dela, como se sua pele fosse um saco de plástico transparente, um plástico muito fino, como se fosse só meio plástico, só a pele do plástico. Mas o Pitraco amava Conchi Canca de todas as maneiras, e sonhava que ia à Academia Almi com ela, que tocava a quatro mãos uma linda escala musical em sua máquina Olivetti, teclando ombro a ombro com aquela menina que era o orgulho da escola, que fazia sua lição de caligrafia a tinta para que nunca se apagasse e que eu, e Luisito Sanjuán também, achava que parecia uma espécie de saquinho de passas, mas sem as passas, só com um cacho de veias azuis navegando como algas perdidas sob o plástico de sua pele.

E ainda tinha muito mais gente no colégio de dona Carmen, o Sebas, o Mezcua, Domínguez, Ortigosa, Núñez, os irmãos Baro, Vázquez, o Mondelo, o Morsa e muitos outros cujos rostos e nomes já sumiram nas brumas da minha memória. Um que nunca estudou no colégio de dona Carmen foi meu irmão. Nunca vi meu irmão jogar futebol, nem bolinha de gude, nem passar de lá para cá carregando livros e cadernos. Meu irmão só gostava mesmo das coisas dos artistas e de ir ao cinema. Ele ia ao cinema como o Pitraco à na Almi e falava dos filmes como o Pitraco de sua máquina Olivetti, a toda hora. Por isso ele foi para Barcelona, e por isso estava cantando naquele cabaré das cortinas vermelhas e nuvens de fumaça. Já no dia seguinte à sua chegada, quando dom Mauricio Céspedes lhe apresentou sua mulher e tirou algumas fotografias ao lado dele, meu irmão, que então continuava chamando-se Ramón, começou a pôr em prática tudo o que tinha aprendido cantando nas quermesses e nas festas de bairro e em todos os cursos que tinha feito nas academias de dom Braulio e de Atarazanas. Mas ali, no meio daquele palco onde logo as dançarinas começariam a morrer como moscas, o que meu irmão Ramón despejou como um grande vômito foi principalmente todo o conhecimento acumulado durante os milhares de horas que tinha passado no escuro do Plus Ultra, do Rialto, do Moderno, do Goya, do Echegaray, do Victoria, do Cayri, do Capitol, do Albéniz, do Duque, do Uncibay, do Alcázar, do Royal, do Pascualini e de todos os cinemas e salas onde, num raio de cem quilômetros de casa, tivessem resolvido projetar algum tipo de filme, mas principalmente aqueles em que apareciam, mesmo que só por um segundo, mesmo que só no cantinho da tela para dizer boa-tarde, Ginger Rogers ou Hedy Lamarr, mesmo que Hedy Lamarr não dançasse. Para assistir a uma sessão dupla de Ginger Rogers ou a um filme com Hedy Lamarr dançando, meu irmão teria sido capaz de atravessar o deserto do Saara várias vezes, ficar mais de um ano sem comer ou virar um desses assassinos que vão para a rua e matam o primeiro que encontram.

Felizmente para todos, ninguém nunca impediu meu irmão de assistir a nenhum filme com Ginger Rogers ou Hedy Lamarr, e por isso, em vez de estar na cadeia ou num manicômio, ele agora estava em Barcelona, morando na pensão do fotógrafo Rovira e atuando no cabaré de dom Mauricio Céspedes. Numa de suas cartas, ele contou para minha mãe como tinha sido sua estréia. Foi num coro, vestindo calça preta, camisa florida desabotoada amarrada na cintura e um quepe meio de lado, sem nenhum anúncio pelo microfone, sem que ninguém dissesse seu nome nem que havia um dançarino novo no espetáculo. Estreou incógnito, como se fosse um espião que dançasse para fingir que não era espião ou para vigiar de perto um outro espião do cabaré. E com aquela indumentária, no meio de outros dançarinos vestidos como ele e de umas dançarinas que usavam umas sainhas muito curtas, mas com a mesma camisa e o mesmo quepe que os homens, meu irmão desfilou pelo palco dando voltas e rodopios e passos para trás e fazendo essas coisas que os dançarinos costumam fazer, e junto com seus colegas cantou o estribilho de uma canção entoada pelo solista Arturo Reyes, que com certeza tinha na verdade outro nome, porque em Barcelona, ou pelo menos naquele cabaré, todos tinham um nome diferente daquele que diziam ter.

Mas, pelo que meu irmão contava em sua carta, apesar do anonimato, ele estava radiante de alegria só por poder entrar e sair dos camarins e correr a toda por trás das cortinas e alinhar-se nas sombras, espremido entre dançarinas e dançarinos, enquanto a música começava a tocar e eles, deslumbrados com as luzes e os aplausos, faziam sua entrada em cena. Depois dessa primeira atuação meio clandestina, dom Mauricio Céspedes, agitando o lenço como um soldado que quisesse render-se, foi logo cumprimentar meu irmão, deu-lhe uns tapas nos ombros e chamou Rovira para que registrasse aquele momento que dom Mauricio assegurava ser histórico para o cabaré. Quem também deu os parabéns a meu irmão foi a Bella Manolita, que era amante de dom Mauricio Céspedes e também tinha participado do número, com seu quepe e sua camisa amarrada acima do umbigo e uns olhos negros que ela aumentava e tornava ainda mais escuros à base de pintura e maquiagem. Seu nome verdadeiro era Amalia Moreno, e todos no cabaré, até o próprio Rovira, temiam aqueles olhos que eram dois ímãs capazes de sugar a força e a vontade de quem os olhasse, como se dentro deles morassem aquelas sereias que deixavam Ulisses exausto ou as bruxas que transformavam os marinheiros em porcos.

Mas meu irmão, não sei se por ter assistido a todos os filmes de Ulisses e de sereias que havia no mundo, ou porque aquela nova cortina de cabelo que levava na cabeça era capaz de amortecer o poder de qualquer ímã, sempre foi imune aos olhares pantanosos da Bella Manolita e chegou até a fazer amizade com ela. E quando a companhia tinha que dançar em pares, quase sempre era meu irmão quem entrava em cena levando a amante de dom Mauricio Céspedes pela mão, como se fosse uma princesa, sem medo de olhar no fundo daqueles olhos, enquanto girava ao ritmo da música abraçado à cintura da Bella Manolita ou tinha que ficar inclinado por cima dela depois que a canção terminava e os dançarinos pareciam ter virado estátuas, até que os aplausos amainavam e todos deixavam o palco andando para trás, fazendo reverências e jogando beijos para que as palmas aumentassem de novo.

Mas não era só com a amante de dom Mauricio que meu irmão se dava bem. Ele logo conquistou a simpatia dos outros artistas, principalmente das dançarinas, e principalmente de Hortensia Ruiz, Lilí, que também morava na pensão Ríos-España e, pelo que eu pude ver numa foto que meu irmão tirou ao lado dela antes de cair morta no palco, era loira com cabelos cheios de ondas e movimentos. Seus olhos eram muito claros, e era como se meu irmão tivesse sido fotografado com duas dançarinas, pois o corpo de Lilí, que também usava um biquíni de pedraria e brilhantes, ocupava quase a fotografia inteira, e para que seus peitos pudessem parecer pudins, minha mãe teria que usar caldeirões como fôrma, ou então ir à falência comprando pudins na casa Mandarín, para depois juntar todos eles num só, ou melhor, em dois. Na foto, Lilí estava rindo, feliz da vida e de seu corpo, como se lhe fizessem cócegas as pérolas e lantejoulas que desciam do sutiã numa ramagem muito vistosa e chegavam até seu umbigo, onde se enroscavam num desenho que a fotografia de Rovira não conseguia mostrar por inteiro. E aquela mão que aparecia num canto da foto, com um relógio de pulseira de metal e segurando um copo com um líquido escuro, meu irmão disse que era do Álvarez, o garçom que se chamava mesmo Álvarez e também era seu colega de pensão. Apesar de todos dizerem que era surdo-mudo, Álvarez chegou a conversar algumas vezes com meu irmão, e até a dizer que também gostava muito da Ginger Rogers, embora sua paixão de verdade fosse o Gregory Peck, porque o negócio dele, do Álvarez, era a marcha à ré. Foi ele mesmo que contou isso para meu irmão, mas não nessa época e sim muito depois, quando os dois já se conheciam bem e uma noite ficaram no cabaré depois que todo mundo foi embora, bebendo juntos enquanto Anselmo, o gerente, acabava de fechar o caixa e apagava as luzes. Era por isso que Álvarez tinha ido para a cidade grande, por causa da marcha à ré, e por isso era tão calado, e estava sempre tão sério, servindo as dançarinas e os fregueses como se em vez de bebida despejasse veneno em seus copos, sério como um carrasco, embora na verdade a vítima fosse ele mesmo, pois sua vida era uma espécie de calvário mudo e sem atrativos. Apesar de tanta seriedade, todos no cabaré o tratavam bem e ninguém se importava com a marcha que ele engatava, se bem que na verdade Álvarez não engatava marcha nenhuma e sua vida era como a de um frade capuchinho, só que em vez de dar a comunhão servia conhaque, e em vez de rezar para os santos antes de dormir ficava olhando um postal do Gregory Peck e se encomendava a ele, ainda que não fizesse o sinal-da-cruz.

Mas a pessoa que melhor tratava o Álvarez era dona Angelines, a mulher do fotógrafo Rovira, que na cozinha cronometrava a fervura dos ovos moles para que ficassem exatamente no ponto que Álvarez gostava, nem muito moles nem muito duros, e qualquer capricho que passasse pela cabeça do garçom, a dona da pensão imediatamente adivinhava e atendia. Até aquela história da marcha à ré dona Angelines adivinhou, e não só porque às vezes encontrava a foto do Gregory Peck esquecida no criado-mudo de Álvarez ou entre os lençóis de sua cama, mas porque dona Angelines também tinha trabalhado em salas de espetáculos e era mulher de muita visão e com um conhecimento muito profundo das coisas e das pessoas, embora desse a impressão de quase nem olhar para elas.

Meu irmão dizia que era justamente por isso que dona Angelines tinha abandonado tão cedo o mundo do espetáculo, por enxergar demais, e tanto ela enxergava que todas as noites saía do cabaré de cabeça cheia e com tontura. Se não fosse por isso — e pelo malfadado romance que ela viveu com o advogado dom Alberto Santos Cambrí —, se dependesse só de sua aparência, dona Angelines ainda estaria entrando em cena com sutiãs em miniatura ou camisas amarradas acima do umbigo. Para prová-lo, Rovira tinha pregadas na parede de seu laboratório umas fotos de dona Angelines, Lina no cabaré, pouco antes de encerrar a carreira artística, que eram a inveja de todas as dançarinas que passavam pela pensão Ríos-España. Mas havia largado tudo para ficar em casa, cronometrando os ovos de Álvarez, servindo o café da manhã do chinês Bonilla e semeando em sua pensão uma harmonia que, segundo meu irmão, ninguém nunca tinha visto em lugar algum, a não ser no filme *Quatro irmãs*, o de Katherine Hepburn, não o de June Allyson e Elizabeth Taylor, que, segundo Ramón, era pior.

Portanto meu irmão, empolgado com seu início de carreira de dançarino e participando daquela harmonia de filme antigo que reinava na casa de dona Angelines Cortés Esplá, teve a maior facilidade para se entrosar com todo mundo, e às vezes, depois do almoço, ficava um tempo no quarto de Lilí e Almudena Fernández, que também era dançarina, vendo como elas consertavam sua roupa de dança e pregavam alguma lantejoula solta enquanto riam de dom Mauricio Céspedes ou falavam mal da Bella Manolita, ou meu irmão ia ao quarto do Trompeta. O Trompeta sempre estava com a cama desarrumada, que é como deve estar a cama de um músico, dizia, e ele sempre largado em cima dos lençóis com o trompete na boca, fazendo de conta que tocava, relando os dedos nas válvulas douradas de seu instrumento, para a frente e para trás, mas sem soprar forte, distraído com esse exercício enquanto meu irmão lhe falava das quermesses onde tinha cantado ou de *Noite na alma*, de *Sansão e Dalila*, de *A rua 42*, de *Seis destinos* ou de qualquer outro filme com Ginger Rogers ou Hedy Lamarr.

Até com o chinês Bonilla meu irmão se dava bem. Apesar de Chin Lu não gostar da Ginger Rogers ou de Hedy Lamarr, e nem do Gregory Peck, às vezes meu irmão caminhava com ele da pensão até o cabaré, conversando sobre o tempo ou sobre como se vivia bem ou mal em Barcelona, que era do que Chin Lu gostava de conversar, isso sem falar da zarzuela, que era sua paixão. Se bem que da zarzuela ele quase nunca falava, porque se emocionava e até deixava escapar umas lágrimas, ainda mais quando estava a caminho do cabaré onde se transformava em chinês, pois isso seria como reconhecer a impossibilidade de dedicar-se a cantar "La verbena de la paloma" ou qualquer uma dessas coisas que adorava. E do que Chin Lu menos gostava de falar era da mágica que sabia fazer tão bem e dos truques que a toda hora realizava no palco, uns truques que pareciam não ter truque nenhum e ninguém conseguia descobrir nem explicar. Portanto meu irmão, espiando com o rabo do olho a maleta onde Bonilla levava sua fantasia, seus apetrechos e sua maquiagem, falava do calor e do frio, e o mágico respondia sem entusiasmo, esbarrando a coxa ou o joelho naquela maleta onde carregava a cara e a fantasia de chinês, e na verdade era como se Bonilla levasse como bagagem uma outra pessoa que se chamava Chin Lu e que era ele mesmo.

Mas se meu irmão teve um amigo nos anos em que viveu em Barcelona, não foi o chinês Bonilla, nem Álvarez, nem o Trompeta, nem Poveda, nem mesmo Anselmo, o gerente, nem o boxeador Kid Padilla, nem dom Mauricio Céspedes ou o agente Carmona, muito menos o solista Arturo Reyes, e sim o fotógrafo Rovira. Já no instante em que se cumprimentaram pela primeira vez na pensão, meu irmão intuiu que aquele homem com topete de aventureiro e camisa branca ia ser seu amigo e seu guia no labirinto de Barcelona. E aquilo que de início não passou de um lance de intuição, foi confirmado na noite da estréia de meu irmão, e não porque o fotógrafo tenha ido correndo cumprimentá-lo como fizeram os outros, muito pelo contrário. Rovira ficou no fundo, encostado no balcão, segurando um copo e olhando para meu irmão como se estudasse de que ângulo ia fotografá-lo. E só quando o rodamoinho de cumprimentos se dispersou e meu irmão, que naquela noite ainda se chamava Ramón e mesmo que tivesse outro nome não teria feito diferença já que ninguém anunciou seu nome por nenhum microfone, ficou meio que flutuando na penumbra com um sorriso atordoado e sem saber aonde ir nem o que fazer, Rovira agitou a genebra que restava em seu copo como se em vez de genebra fosse um café cujo açúcar tivesse de mexer antes de arrematá-lo, e depois de apurá-la de um gole aproximou-se de meu irmão e o levou pelo braço até uma mesa isolada que ficava a caminho dos banheiros:

— Seu lugar é ali — disse a meu irmão apontando para o centro do palco, onde agora só estava o microfone prateado diante do qual Arturo Reyes havia cantado a canção que Ramón e os outros dançarinos e dançarinas acompanharam com seus quepes e seus estribilhos. — É ali que você devia estar, no meio do palco, e os outros é que deviam rodar em volta de você, não o contrário. Trate de enfiar isso na cabeça a partir de hoje.

E como meu irmão ficou sem saber o que dizer, com o quepe ainda mais de lado e sem entender direito se aquilo era um elogio ou uma recriminação, o fotógrafo Rovira disse que Arturo Reyes estava acabado, que era como o fantasma de um cantor, um espectro que já não cantava nem tinha coragem de abrir a boca para que não vissem as falhas de sua dentadura, e disse ainda que ele, meu irmão, tinha porte de primeira figura, e repetiu que tratasse de enfiar isso na cabeça. E enquanto, por sinais, pedia a Álvarez mais uma dose de genebra, disse ao meu irmão que nunca mais se escondesse atrás dos outros dançarinos como tinha feito essa noite, e lhe deu conselhos e endereços de outros cabarés e nomes de dançarinos e cançonetistas que ele deveria observar e com quem ia ter que conversar na única noite de folga que dom Mauricio Céspedes concedia a seus contratados. E tornou a repetir que tratasse de enfiar isso na cabeça, se bem que a primeira coisa que devia enfiar no crânio para que nunca mais saísse dali era que, quando tivesse uma dúvida ou qualquer tipo de complicação e precisasse de um conselho, procurasse dona Angelines, sua mulher, porque de sua parte ele já tinha dito tudo o que sabia e tudo o que tinha a dizer sobre o assunto.

E depois de falar tudo isso muito sério, o fotógrafo Rovira, com uma habilidade que fez lembrar o poder mágico de Chin Lu, rearmou com um leve toque o topete que já estava a ponto de desabar e, abrindo um sorriso, disse a meu irmão, Você fez tudo bem, muito bem, com classe. E pode-se dizer que nesse exato instante nasceu uma amizade que despertaria a admiração não só do cabaré mas de todo o Paralelo e que haveria de perdurar no coração daqueles homens por muito tempo, inclusive muito depois de meu irmão e o fotógrafo Rovira deixarem de se ver, já quando nenhum dos dois sabia o que era feito do outro nem em que lugar do mundo se encontrava, ou se seu amigo ainda estava vivo. Assim foi aquela amizade. E, a partir dessa noite, o fotógrafo e o dançarino, que era meu irmão, puderam ser vistos uma infinidade de vezes rindo junto com os fregueses e as dançarinas, bebendo na mesma mesa afastada que ficava no caminho do banheiro, passeando pelo cais de madrugada ou amanhecendo entre ciganos e cantigas com um grupo de fregueses nos barracos do Somorrostro.

O fotógrafo mostrou para meu irmão pilhas de pastas e álbuns com milhares de fotos de dançarinos e cantores antigos que tinham passado pelo cabaré, e também uma pasta verde com as fotos de Claudia Cardinale, Sofia Loren, Charlton Heston e outros artistas muito importantes que Rovira chamava de monstros da tela e que ele tinha fotografado em suas visitas ao cabaré quando calhava de algum de seus filmes ser rodado perto de Barcelona ou iam à cidade para receber prêmios e homenagens. Meu irmão ficava meio hipnotizado olhando aquelas fotos, e seu coração quase parava só de pensar que uma noite qualquer um daqueles monstros podia entrar no cabaré e então ele, assim como os dançarinos que apareciam em volta de La Cardinale ou do protagonista de Ben-Hur, poderia sentar ao lado deles e conversar sobre seus filmes, enquanto Rovira os fotografava juntos. Por medo de ter um ataque ou desmaiar, meu irmão nem teve coragem de imaginar que isso poderia acontecer com os monstros que, para ele, eram mais monstros do que ninguém, o monstro Ginger Rogers e o monstro Hedy Lamarr.

E embora nenhum desses dois monstros jamais tenha aparecido no cabaré, algum tempo depois Rovira teria a chance de fotografar meu irmão ao lado de Virna Lisi, Burt Lancaster e Vittorio Gassman, que também eram monstros da tela, e o fotógrafo até chegaria a fazer um retrato do meu irmão abraçado a Alida Valli, que esteve em Barcelona e quando viu meu irmão ficou caidinha por ele e depois de não sei quanto tempo teve que ir embora por causa de umas rodagens em Paris, de onde ficou mandando uma carta por dia durante mais de um mês, até que a tinta acabou e ela deixou meu irmão em paz, que naquela altura já não se chamava Ramón mas continuava sendo filho dos meus pais e meu irmão. E além das fotos com Alida Valli, que tinha atuado em *O terceiro homem* e que, segundo Rovira, só por isso já podia ser considerada um monstro da tela, e além de todas as fotos que Rovira tirou do meu irmão sobre o palco ou rodeado de amigos e colegas, o fotógrafo lhe deu uma série de instantâneos trucados que eram uma espécie de quebra-cabeça que Rovira guardava numa pasta preta e que nunca mostrava a ninguém.

E do quarto de Hortensia Ruiz, de Almudena Fernández ou do amolador notívago que nunca amolava nada e se chamava Poveda, ouviam-se as risadas do meu irmão e de Rovira comentando aquelas fotos cheias de trucagens. As risadas saíam do quarto do fotógrafo e se espalhavam por toda a pensão como uma espécie de cócega que, longe de quebrar a paz da casa ou de provocar algum tipo de queixa ou inveja, era como um bálsamo ou uma vitamina reconfortante que revitalizava o ânimo dos que ali viviam, principalmente de dona Angelines, sem a qual aquela amizade teria sido impossível, pois ela foi uma espécie de fada madrinha para meu irmão, e mesmo não cronometrando a fervura dos ovos como fazia com Álvarez, no fundo era como se os cronometrasse, pois embora não ficasse olhando o relógio ali parada na frente do fogão, e nem sequer lhe servisse ovos, dona Angelines estava o tempo todo cronometrando a fervura de tudo o que tivesse algo a ver com meu irmão.

Mas toda aquela harmonia foi quebrada para nunca mais voltar na noite em que, vinda de uma terra verde, de um lugarejo distante e sem nome, em busca de trabalho, apareceu no cabaré Sonsoles Aranguren Gómez, que a partir de então e para o mundo do espetáculo passaria a se chamar Soledad Rubí. Isso porque Soledad Rubí, Sonsoles Aranguren, era a própria harmonia, e tudo o que havia a seu redor se desmanchava e caía por terra se comparado com ela. Perto daquela mulher, que na verdade era como se fosse duas, pois tudo nela mudava conforme em sua pessoa predominasse a camponesa Sonsoles ou a dançarina Soledad, tudo era imperfeito, tudo chiava e parecia malfeito ou torto, com um traço de feiúra ou grosseria. Era Soledad ou Sonsoles, ou a média aritmética dessas duas mulheres, cada uma com um olhar e até com um rosto diferente, uma espécie de buraco negro desses que ficam no meio do céu e acabam engolindo todas as pedras e planetas e cacarecos estelares que pairam pelo céu, mesmo que circulem a um milhão de anos-luz de sua órbita.

Foi assim que Soledad Rubí surgiu no cabaré, como um blecaute, como uma estrela que deixou tudo a seu redor mergulhado na tristeza das sombras, embora na verdade Sonsoles Aranguren, assim como as próprias estrelas, não desejasse ofuscar nem escurecer nada, e sim aproveitar a combustão de seu organismo, que emitia uma espécie de brilho mineral. Ela era como Conchi Canca, só que com pele de mulher e sem veias nem plástico em volta. Na realidade, Soledad Rubí era o que dona Carmen e todo mundo queria que Conchi Canca fosse, mas na verdade Conchi Canca não era, pois, se tivesse estado na escola, Sonsoles Aranguren não teria precisado desenhar o Evangelho com giz de cor nem fazer a lição de caligrafia à tinta para que todos reparassem nela e a adorassem, e mesmo que dona Carmen a deixasse de castigo como vivia fazendo com Luisito Sanjuán e comigo, ainda assim todos ficariam perdidamente apaixonados por ela. Todos menos o Pitraco, pois o que o Pitraco amava em Conchi Canca não era a própria Conchi Canca, e sim o passeio de Conchi Canca pelas outras classes, e as palavras que as professoras usavam para falar de Conchi Canca e os gizes de cor que Conchi Canca usava, e, mais do que qualquer outra coisa, o que o Pitraco amava em Conchi Canca era a veneração que dona Carmen tinha por ela, uma veneração que o coitado do Pitraco pensava que de algum modo podia ser transferida da menina para sua própria pessoa. Amando Conchi Canca, o Pitraco amava a si mesmo e, embora não o soubesse, através daquela menina meio transparente e com cachinhos falsos, o Pitraco amava a Academia Almi, os toques que ali dava na sua máquina Olivetti. Aqueles que em Barcelona amaram Soledad Rubí e Sonsoles Aranguren aprenderam que amar não tem nada a ver com olhar-se no espelho, e à luz dessa mulher todos se esqueceram da própria sombra, de si mesmos e de sua vida, que nem teria chegado a ser vida longe daquela criatura cuja única ambição era virar dançarina e que mergulhou metade do Paralelo no mesmo caos de uma bomba atômica, com prédios em ruínas e gente fulminada pelo raio dos átomos.

Quini não chegou de nenhum lugarejo, nem Esperancita, mas foi como se um dia as duas de repente tivessem tomado um ônibus não se sabe onde e tivessem vindo de um lugarejo muito distante e nós nunca as tivéssemos visto até aquele momento, quando dobraram a esquina da Diego de Vergara e entraram na nossa rua. Nenhum dos que estávamos sentados no degrau da porta de casa teria sido capaz de reconhecer aquelas duas meninas de longe se Manolito Tejada, primo de Quini e irmão de Esperancita, não viesse junto com elas. Parecia que o cabelo delas tinha crescido durante a noite e, embora não tivesse formado um escandaloso topete, enquanto elas dormiam tinha ficado mais liso e sedoso, como se umas escravas que nem as que apareciam nos filmes de romanos tivessem passado vários dias escovando suas madeixas sem parar. Mas o maior milagre não estava naquelas duas cabeleiras esplendorosas — cor de trigo maduro a de Esperancita, morena e com um leve reflexo de cobre a de Quini — nem naquele novo jeito de andar, nem mesmo no brilho renovado que, à medida que elas se aproximavam, nós podíamos ver em seus olhos e que no caso de Quini chegava a cintilar como o fogo, e sim nas malhas justas e nas súbitas protuberâncias que se avolumavam na parte da frente.

Quando elas chegaram bem perto e pararam na nossa frente, nem o Guille, nem o Mocos, nem eu, nem mesmo Castillo com todos aqueles pêlos mal barbeados entre as espinhas, ninguém conseguiu dizer nada nem tirar os olhos daqueles volumes que, da noite para o dia, tinham brotado embaixo das malhas daquelas duas meninas que a gente já nem sabia se eram meninas ou o quê. Só Tatín foi capaz de vencer esse hipnotismo e, apertando a bola com que acabávamos de jogar, conseguiu perguntar para as meninas, ou lá o que fossem, se estavam pensando em ir ao circo no dia seguinte. Com um tom de voz que ninguém nunca tinha ouvido sair de sua boca, Tatín continuou dizendo que uma de suas tias tinha ganhado três ingressos e que ele podia dar de presente para elas. E Castillo, o Mocos, o Guille e eu afastamos bem lentamente os olhos das malhas de Esperancita e Quini para cravá-los em Tatín e ouvi-lo falar daquele jeito estranho, que devia ser igual ao jeito de falar dos padres maristas da escola dele e igual ao jeito com que na certa falavam os fregueses do cabaré de Barcelona e de todos os cabarés do mundo quando ofereciam uma bebida ou uma garrafa de champanhe para as dançarinas depois de terem ficado meio vesgos e gagos olhando o tremor de seus pudins dentro dos sutiãs de lantejoulas e a vertigem de umbigos girando embaixo do nó das camisas arregaçadas.

Mas essa proposta de padre ou de homem acostumado a lidar com artistas não foi respondida por nenhuma dançarina, e sim por Manolito Tejada, que, ao contrário de sua irmã e sua prima, continuava parecendo uma menina, com aqueles cachos emaranhados e pretos caindo sobre a testa, como se a escrava que devia ter penteado seu cabelo tivesse pegado no sono ou de repente tivesse sido levada para ser comida pelos leões. Se bem que a tal escrava ainda tivesse tido tempo de passar batom nos lábios dele, cada dia mais vermelhos e mais grossos e rodeados de uma penugem cada vez mais preta, quase tão peludo quanto minha prima Oso, só que mais meloso, o Manolito. E com um sorriso que, com aqueles dentes amarelos e os beiços tão vermelhos, parecia uma bandeira da Espanha, Manolito Tejada disse a Tatín que seu pai não os deixava ir ao circo, e muito menos sua tia, a mãe da Quini, porque sua tia tinha horror das feras, que além de selvagens eram um foco de infecção e de doenças. Quini e Esperancita limitaram-se a sublinhar a resposta de Manolito Tejada com um sorriso que não tinha bandeira nenhuma e sim música de violinos ou de piano saindo das teclas imaculadas de seus dentes.

Com aquela espécie de valsa pairando a seu redor e o borboleteio dos cílios de Manolito Tejada, os três deram meia-volta e seguiram rua acima, em direção à escada que dava na rua Eugenio Gross, levando consigo, Esperancita e sua prima Quini, a brasa que ardia dentro de seus olhos e da qual eu teria me aproximado com as mãos estendidas para me aquecer e acabar com os calafrios que subiam em ondas lentas por minhas costas com um suor gelado, como se eu estivesse sendo invadido por um musgo úmido que só aquelas meninas, com a brasa de seus olhos, poderiam combater. E depois que elas subiram a escada e desapareceram de nossas vistas, ainda ficamos um tempo calados e fitando aquela parte da rua até que o Mocos, pensando em voz alta, disse, O Manolito é veado. É sim, respondeu Castillo, ao mesmo tempo que, sem romper o ensimesmamento geral, o Guille balançava a cabeça, Tatín bufava desanimado e eu encolhia os ombros para apoiar aquela sentença do Mocos, que foi seguida de outro silêncio mais curto, quebrado por Tatín perguntando se não íamos embora.

Tal como tínhamos planejado antes do aparecimento de Quini e Esperancita, fomos até os Campos 21, não para jogar bola, mas para olhar as jaulas dos animais do circo que tinha sido armado na noite anterior no meio da esplanada. Mas, em vez de ir ver leões, elefantes ou qualquer outro bicho que tivesse vindo com o tal circo, parecia que estávamos indo para o campinho dos surdos-mudos jogar uma partida de duas horas contra o time da Granja Suárez. As juntas das pernas de Tatín rangiam como se, em vez de sábado de manhã, já fosse domingo à noite e a graxa de suas ferragens já tivesse secado. Em vez de correr emocionados de uma carroça para a outra, fomos olhando os bichos com muita calma, e só o Mocos ria às gargalhadas vendo os macacos dando cambalhotas em suas jaulas e esticando as mãos entre as barras como pedintes que não tivessem casa nem onde cair mortos, que era o que meu tio Gutiérrez dizia quando falava de uma pessoa à qual não podia acontecer coisa pior. Como se não fosse pior morrer do que não ter onde fazê-lo.

Todas essas jaulas, com seus bichos indo de um lado para o outro, sempre andando mas sempre no mesmo lugar, e as pessoas que por ali passavam carregando baldes e postes com listras vermelhas, mais os cartazes anunciando Pinito del Oro e um homem-bala que estava em sua terceira turnê mundial, tudo isso foi me enchendo de tristeza, como se Pinito del Oro tivesse acabado de despencar lá do alto do seu balanço, e os leões, transformados em hienas, estivessem uivando dentro de minha própria barriga. A procissão daquele musgo gelado que fazia algum tempo vinha subindo por minhas costas começou a se enraizar dentro de mim, e meu peito e meu coração se encheram de goteiras e poças, e depois que o Mocos foi enxotado umas cinco vezes do outro lado de uma grade que meu amigo tornava a pular para mexer nas mãos e nos pés dos macacos, quase tão peludos quanto minha prima Oso, senti um alívio quando, por sugestão de Castillo, iniciamos o caminho de volta e deixamos para trás aquele labirinto de carroças, fios e grades de ferro que fedia a esterco e carne crua.

Com esse cheiro enfiado no mais fundo da boca, me vi na sala de minha casa, remexendo um ensopado onde boiavam pedaços de carne e ilhotas de batatas amarelas onde umas sereias invisíveis entoavam cânticos como aqueles que no filme do Kirk Douglas levavam os marinheiros de Ulisses à loucura, e era como se a Bella Manolita, a amante de dom Mauricio Céspedes, estivesse sentada numa daquelas batatas, sugando toda a minha energia com o ímã retinto de seus olhos. Nem as ameaças de minha mãe nem a risada brincalhona de minha irmã, e muito menos os ingressos de circo que meu pai tirou de surpresa do bolso do paletó, conseguiram fazer-me engolir mais do que duas colheradas daquele emplastro que minha mãe tinha preparado com tanto capricho e que tinha aparência de rochedo grego, ou melhor, de pântano pré-histórico. E enquanto eu ouvia a ladainha de minha mãe e queria ter à mão os tampões de cera que aqueles marinheiros enfiavam nos ouvidos, meus olhos se perdiam na foto que meu irmão tinha mandado de Barcelona, aquela em que estava rodeado de quatro dançarinas e que minha mãe tinha colocado na cristaleira, rodeada de xícaras e pratos com desenhos de dragões e de chineses que talvez fossem iguais ao falso chinês Chin Lu. E olhando aquela fotografia do meu irmão, eu pensava que a coisa que eu mais queria no mundo naquele momento era ir com ele para Barcelona e dançar no cabaré ou ficar deitado na pensão Ríos-España, pouco importando que na minha cabeça crescessem aqueles cabelos que se amontoavam sobre a testa de Ramón nem que eu ficasse muito mais magro do que ele, como um faquir, se preciso.

De algum modo, com meu parco entendimento eu intuía que minha vida seria agitada e sacudida por umas mudanças que de manhã tinham sido anunciadas em altos brados, como num megafone, pelos olhos, pela cabeleira e pela malha de Esperancita e sua prima Quini. Pensava que, fugindo para Barcelona e escondendo-me entre a fumaça e as cortinas do cabaré onde Ramón trabalhava, poderia driblar a mão do destino, encontrar um refúgio que me protegesse de suas reviravoltas. É que na época eu ainda ignorava que, embora ele mesmo não soubesse, era exatamente isso o que meu irmão estava procurando quando foi para Barcelona, um refúgio, o amparo de pessoas que, como ele, se sentiam expulsas de não sei que paraíso e a todo custo queriam livrar-se do gelo da intempérie. É o que o Trompeta fazia deitado em sua revirada cama de músico, o mesmo que Bonilla, escondido atrás de sua máscara de chinês, ou o próprio Rovira, enfurnado naquele seu quarto de fotógrafo, rodeado de pastas cheias de fotos e paisagens onde nunca era noite e nada mudava.

Continuei presa daqueles temores e ânsias até que minha mãe, convencida de que eu não tornaria a mergulhar a colher na lagoa antediluviana de seu ensopado, aceitou minha proposta de trocar o almoço por uma horinha de descanso ao lado de meu pai, que antes de pegar no sono me falou de Pinito del Oro e dos acrobatas e das feras que iríamos ver no dia seguinte. E se não fosse pelo temor de que, assim que abrisse a boca, as duas colheradas de ensopado fossem jorrar num vômito tão feroz e estrondoso quanto uma erupção vulcânica, eu teria tentado convencer meu pai de que não devíamos ir ao circo, que era um foco de infecções, um ninho de doenças invisíveis que de repente podiam passar de um leão ou de uma pantera para uma pessoa, que acabava morrendo, morrendo como se uma bomba atômica tivesse caído em sua cabeça, mesmo que os micróbios não a despedaçassem, no fim também acabavam morrendo todas aquelas pessoas que, como o tio Victoriano, morriam na cama em casa e ficavam ali de olhos fechados de um jeito que nem parecia ter acontecido alguma coisa com elas, até mais penteadas do que quando estavam vivas, mortas como aquelas outras pessoas do Japão que um dia receberam uma bomba atômica na cabeça e cada braço e cada perna foi parar numa esquina da rua, se bem que no fim não ficou nem rua nem esquina nem nada, só um rombo de quatro quilômetros cheio de entulho e pedaços de móveis e cachorros japoneses tão mortos quanto seus donos.

A rua estava como se tivesse explodido uma bomba atômica quando, no fim daquele repouso forçado, minha mãe me deixou sair. Essa história da bomba atômica é só um modo de dizer, porque a rua não tinha mudado e continuava com a mesma aparência de sempre, inclusive por estar deserta, as paredes das casas e do armazém do Cuellicorto e até o raquítico tapume da fundição, tão alto, pareciam mais firmes, engrossados por um silêncio que a essa hora sempre estava cheio de buracos e trincado pelos gritos que o Guille, o Nono, Castillo, Barea e principalmente o Mocos davam quando corriam atrás da bola. Como um cego ou um desses personagens que vão cambaleando pelo deserto dos filmes, comecei a andar pelo meio da rua até que, ao chegar perto do caminhão do Cuellicorto, ouvi um rumor que vinha lá de dentro, como se as tripas do Avia estivessem se retorcendo em seu interior ou por seu escapamento ecoasse a voz do fantasma de um antigo motorista.

Fui até a traseira do caminhão, subi na portinha de trás e levantei o toldo com o cocuruto. Foi como se de repente tivesse entrado de cabeça numa fotografia do meu irmão e engolido toda a fumaça que pairava no cabaré. A nuvem que eu sempre imaginava dentro da sala de espetáculos se mudara para o caminhão do Cuellicorto, só que aqui as cortinas de veludo tinham sido trocadas pela lona áspera e verde do toldo, e os fregueses e artistas, substituídos por Tatín, pelo Mocos, por Barea, pelo Guille, Diego Manuel e Pepito, que sozinho fumava por toda a clientela do cabaré e por todo o Paralelo. Em meio à penumbra e àquela bruma densa, pude distinguir todos os rostos voltados para mim.

Pisando nos grãos-de-bico e macarrões a granel esparramados pelo assoalho do caminhão, como um cego de verdade, fui sentar nos fundos. Enquanto procurava um lugar entre meus amigos, com muita pachorra Pepito acendeu mais um cigarro e, com o sussurro que fora do caminhão eu tinha confundido com o sopro de um espírito, retomou sua palestra. Antes de ouvir qualquer palavra, só de ver como os outros prestavam atenção nele, já pude imaginar do que Pepito estava falando. No meio daquela atmosfera em que o cheiro de cigarro se misturava com o das sementes, dos cereais e das próprias sacas que diariamente eram transportadas naquele caminhão, como tantas outras vezes, Pepito estava contando aquela história dos micróbios e de como as mulheres se deitavam na cama e os homens iam lá e enfiavam uns bichos dentro delas, e era como se você mijasse em cima da mulher ou no buraco que a mulher tem no meio das pernas, só que era muito gostoso mijar desse jeito que chamam trepar, e era assim que todos nós tínhamos sido feitos, com alguém mijando uma baba cheia de bichos, trepando. E havia também os peitos das mulheres, que ficavam estufados e cheios do leite que depois elas davam de mamar para os filhos, aqueles micróbios que viravam bebês na barriga delas. Era o que tinha acontecido com Esperancita e sua prima, se bem que não ficava muito claro se as duas só estavam preparadas para que alguém fosse lá enfiar seus bichos ou se alguém realmente já tinha trepado com elas. E também a história do sangue que saía das mulheres da primeira vez que alguém enfiava os micróbios nelas, e a dor que os homens sentiam, e não sei quantas outras coisas, que ninguém escutava mais, pois embora Pepito continuasse falando e fazendo conjecturas sobre o que tinha acontecido com Esperancita e sua prima Quini, cada um ia pensando naquela história de dor e de sangue ou sobre os micróbios.

Olhando para o chão, não para o chão do caminhão, mas para o chão de verdade que dava para ver por um rombo no assoalho do caminhão, Barea, que tinha acabado de imaginar seu pai enchendo sua mãe de baba e mijo assim como cada um tinha feito com o seu respectivo pai, interrompeu Pepito para perguntar-lhe onde é que os homens tinham esses bichos, os micróbios, se por acaso estavam no sangue. Muito sério no começo, sorrindo depois de acender mais um cigarro e de cuspir pelo buraco no chão, Pepito olhou para sua braguilha e falou:

— No saco.

— O que fica no saco é o mijo — respondeu Barea, mais calmo, esperando uma resposta mais convincente por parte de Pepito, mas este limitou-se repetiu:

— É no saco. O mijo fica na bexiga.

Barea tornou a olhar pelo buraco das tábuas, mas parecia que olhava muito além e que o chão verdadeiro tinha outro rombo e mais outro e assim por diante até varar a Terra inteira. Ainda mantendo a calma, esclareceu que quem tinha bexiga eram as mulheres, que tinham o saco dentro da barriga e que era isso que chamavam de bexiga, e que o saco era a bexiga dos homens. E todos os outros, torcendo para que Pepito entregasse os pontos e reconhecesse que aquela porcaria era invenção dele ou uma história mal contada que tinha ouvido por aí, ficamos esperando sua resposta, que parecia perdida no meio daquela nuvem de fumaça que envolvia seu rosto e toda sua cabeça, e só quando seus traços ressurgiram da névoa, de novo com aquele seu sorriso, Pepito, fazendo uma catapulta com os dedos, jogou a guimba pelo buraco e respondeu para Barea:

— Pode perguntar para o seu pai.

Foi aí que Barea se levantou e, encurvado para não bater a cabeça nas travessas do toldo, começou a gritar e a dizer que seu pai estava na Alemanha e que nunca tinham mijado na mãe dele, nem seu pai nem ninguém, e que ia acertar um chute na boca de Pepito e jogar seus dentes lá embaixo. E Barea balançava o corpo para trás como se estivesse mesmo a ponto de chutar a cabeça de Pepito, como quando ia bater um escanteio, mas Pepito não se mexia e continuava sorrindo como um gângster. Não se mexia porque sabia que tudo o que tinha dito era verdade, como no fundo todos nós sabíamos, até o próprio Barea, por mais que berrasse e ameaçasse.

E como logo se viu que Barea não ia parar de gritar e que nunca ia ter coragem de acertar um pontapé na cabeça de Pepito, por mais que arrastasse o bico do sapato pelos macarrões e grãos-de-bico espalhados no assoalho do caminhão, Tatín jogou o corpo para a frente e fez menção de se levantar. Aquele gesto foi o sinal para que todos começássemos a nos mexer e a andar pelo caminhão rumo à porta de trás, todos menos Pepito, que ficou lá no fundo, sentado, olhando a gente sair com seu sorriso de gângster que ganhou a parada da polícia e com um novo cigarro num canto boca. Enjoado por causa de tanta fumaça e da lembrança do ensopado que eu não tinha comido e dos micróbios e do sangue da conversa de Pepito, fui o primeiro a descer, mas em vez de ficar ali jogando par-ou-ímpar para separar os times, tomei o rumo de minha casa, sem dizer nada a ninguém nem responder aos chamados do Mocos. Atrás de mim ouvi o choque das ferragens de Tatín ao descer do caminhão e os gritos que Barea continuava dando como se fossem ruídos ou vozes de muito tempo atrás. Eu os ouvi como os ouço agora, como se em vez de ouvi-los os recordasse.

Talvez num instante tenham se passado muitos anos, e se eu então tivesse olhado para trás não teria visto o Mocos, nem Tatín, nem o caminhão Avia, que já estaria depenado no ferro-velho de La Pellejera ou em qualquer outro ferro-velho, com a lataria enferrujada e o chassi todo esburacado e sem rastro de macarrões ou grãos-de-bico. Quem sabe eu tenha me perdido no labirinto do tempo, que é como uma flor branca, com as pétalas em espiral e cada círculo quase pegado no outro. Não sei o que me aconteceu nem de que família seria aquele musgo que invadiu minhas costas e meu coração. Nem sei se era musgo ou trepadeira aquela planta que brotou dentro de mim e, enchendo tudo de sombras, crescia e regava a si mesma com uma espécie de goteira ou poça que eu carregava nas cavidades do meu corpo.

Quando, na tarde seguinte, fui ao circo com meu pai, meu interior já era uma selva cheia de folhagens e galhos retorcidos, de cipós, heliotrópios e raízes aéreas. Entre peito e costas, eu levava o Mato Grosso, a Amazônia inteira, e, se quisessem, dentro de mim poderiam ter passeado folgadamente aqueles leões e panteras que, entre rugidos e estalos de chicote, entravam no picadeiro e corriam para sentar em seus bancos com o mesmo medo com que Luisito Sanjuán e eu voltávamos para nossa carteira, só que aqueles bichos tinham mais dificuldade para obedecer e davam patadas no ar e uns arrotos que faziam tremer o circo inteiro.

Mas o que me deu mais medo não foram os leões nem as panteras, e sim Pinito del Oro. Quando aquela mulher subiu no balanço, senti um tremendo pavor, como se eu mesmo estivesse lá em cima, com um maiô cheio de brilhos, em pé numa barra de metal onde não cabiam nem os dedos dos pés e que ia de um lado para o outro como o pêndulo de um relógio muito rápido, de um relógio que adiantasse três horas por hora. Pinito del Oro não era como os macacos pedintes que tinham se apresentado pouco antes; ela, com aquele maiô abarrotado de brilhantes, tinha todo o picadeiro para cair morta, podia escolher qualquer parte daquela rodela enorme mas que lá de cima devia parecer muito pequena, tão pequena que talvez por isso ela não caísse, porque não tinha onde cair e era obrigada a continuar fazendo piruetas no alto do seu balanço.

Luisito Sanjuán, que estava sentado bem na minha frente, entre o pai e a mãe e com seu casaco de domingo, embora nesse domingo não tivesse ido até La Jijona buscar seu carregamento de doces, olhava Pinito del Oro sem o menor susto, com a mesma cara de sono com que ouvia o Pitraco falar da Almi ou olhava as figuras que Conchi Canca rabiscava na lousa, todas com aquelas túnicas até os pés e uma coroa de luz amarela na cabeça, menos o demônio, que sempre estava em pêlo, sem túnica e com um rabo vermelho, escondido embaixo das pedras ou atrás de uma moita seca. Com certeza Luisito Sanjuán, que tinha visto os macacos jogando futebol com o mesmo desânimo com que ele mesmo corria atrás da bola, sem tirar as mãos dos bolsos e meio que bocejando, não tinha matagais nem moitas por dentro, com certeza estava oco ou pelo menos recheado de doces de La Jijona e sem uma mísera folhinha de grama nos pulmões ou nas tripas, não como eu, que essa noite na hora de deitar achei que estava levando para a cama um filme inteiro do Tarzã e que a meu lado ouvia pios de corujas e gritos de outros bichos que se arrastavam entre as raízes e a lama. E no meio daquele quadro aparecia Pinito del Oro, dando adeus do alto de seu balanço e caindo ao contrário, para cima, furando a lona que era o teto do circo e perdendo-se no céu com seu maiô de brilhantes como se fosse uma estrela. E depois, caminhando pela selva, apareciam Esperancita e sua prima Quini, levando embaixo das malhas uns peitos como os das dançarinas, miudinhos como os pudins da casa Mandarín, só que mais sólidos, tão sólidos que podiam furar a lã de qualquer malha e não tremiam quando levados de um lugar para o outro, mesmo que fosse correndo, mesmo que Pinito del Oro os levasse lá para o alto do seu balanço, de tão sólidos que eram, e ainda mais finos que os pudins da casa Mandarín, mais lisos e mais suaves, suaves como os olhos de Esperancita, que pareciam suaves, suaves como a luz que saía dos santos dos Evangelhos, como as palavras que dizem que eles diziam à beira dos rios, no topo das montanhas, no meio do deserto.

Eu precisava receber a visita de um daqueles santos, alguém que levasse luz à minha selva. Mas de quem eu precisava mesmo era de Sonsoles Aranguren Gómez, que a partir de então passou a se chamar Soledad Rubí e era uma espécie de santa, só que trabalhava no cabaré e em vez de túnica não vestia nada além de um biquíni de lantejoulas. A dançarina recém-contratada por dom Mauricio Céspedes teria limpado meu interior de miasmas e aparições, pois, pelo que meu irmão dizia nas cartas, aquela jovem provinciana parecia estar tão cheia de eletricidade que quando Rovira ia tirar uma foto dela sempre dizia que não precisava ligar o flash nem acender nenhuma luz. Se bem que as coisas que Rovira dizia não deviam ser levadas muito a sério, porque sempre falava meio de brincadeira, mas principalmente porque, desde o primeiro momento, quando viu Soledad pela primeira vez, o fotógrafo sentiu que havia muitos dias, muitos meses e muitos anos que estava à espera da aparição daquela mulher no palco. E o mesmo flash que iluminou a primeira foto de Sonsoles Aranguren transformada em Soledad Rubí, esse flash entrou no coração de Rovira enchendo de luz suas escuras cavidades como se estas fossem os aposentos escuros e empoeirados de uma casa abandonada, cujas janelas tivessem sido abertas pelo vento da primavera. E esse clarão nunca mais deixou de iluminar a vida e o peito do fotógrafo Rovira.

E embora de início ele tenha tentado repelir aquele pressentimento e, depois de bater duas ou três fotografias, tenha se retirado para o bar e, ali encostado no balcão, acompanhando o espetáculo, tenha brincado com Anselmo, o gerente, sobre o pouco futuro da nova contratada, que dançava mais lento do que as outras dançarinas e não conseguia entrar no ritmo, quando o número acabou e a viu de perto, Rovira voltou a sentir seu passado como um descaminho, como uma peregrinação no escuro. Foi justamente meu irmão, que ainda se chamava Ramón, quem apresentou a dançarina para Rovira. E como o fotógrafo ficou sem saber o que dizer, fitando aqueles olhos cor de mel, trigo e folha de árvore nova como se fossem os primeiros olhos que via na vida, meu irmão pediu que o fotografasse ao lado de Sonsoles. Mas bem na hora em que o fotógrafo acabava de preparar a câmera, apareceu dom Mauricio Céspedes e, colocando-se entre meu irmão e a dançarina, ordenou a Rovira que batesse a foto, e antes que o obturador da câmera voltasse ao lugar, já estava dom Mauricio dizendo que queria duas cópias, ou melhor, três, três cópias para o dia seguinte, e antes que Rovira pudesse responder, o dono do cabaré já tinha puxado Soledad Rubí pelo braço para levá-la até o extremo oposto do salão e apresentá-la a fregueses de alta classe e gente da noite.

Rovira ficou parado diante do meu irmão, olhando para a câmera fotográfica como se já pudesse ver a foto que tinha acabado de bater e na qual, tempos depois, eu também veria Sonsoles Aranguren vestida de Soledad Rubí, com uma saia muito curta de franjas brilhantes e um diadema prateado com pedrarias e diamantes falsos. E embora, ao ver a foto, eu nada soubesse de sua história nem de sua pessoa, pude notar, sim, que aquela mulher, Sonsoles Aranguren, ao contrário de suas colegas, estava fantasiada de dançarina. As demais dançarinas pareciam nunca ter vestido outra roupa além da que estavam usando no instante de serem fotografadas, fosse um biquíni de lantejoulas ou uma saia de havaiana, mas Sonsoles Aranguren, com aquele sorriso doce, quase de menina, com aquele acanhamento e aquele orgulho que se adivinhavam no jeito de se deixar abraçar por dom Mauricio Céspedes, parecia estar indo para uma festa à fantasia, vestida de dançarina e não se sentindo muito à vontade na fantasia escolhida. Isso a enchia de mistério, pois as outras dançarinas, mesmo que tivessem dois ou até três nomes, todos estavam cansados de saber quem eram e o que eram, ao passo que de Soledad Rubí só se sabia que não era dançarina e que, sob aquele disfarce e aquela maquiagem sofisticada, que realçava a profundidade de seus olhos e dava um tom maduro ao morango de seus lábios, se escondia outra mulher, que cheirava a alfazema e que em meio à fumaça do cabaré e a seus canhões de luz lembrava o aroma dos trigais, o canto dos pássaros perseguindo-se por um céu azul e a calidez do sol e da brisa nos campos de verão.

Como um pobre raquítico necessitado de ar fresco e de um banho de sol, Rovira passou o resto da noite vesgueando para onde quer que dom Mauricio Céspedes levasse aquela dançarina que, para o fotógrafo, era um tônico e ao mesmo tempo um veneno, um colírio para os olhos e uma beberagem para a alma. Quase sem falar e triste como se tivesse mesmo pego raquitismo e também febre de Malta, tifo e erisipela, Rovira deslizava seus olhos da dançarina para o copo de genebra, e ali ficava meio abismado, fitando no copo ninguém sabe que horizontes, como se no fundo do líquido transparente continuasse a ver a artista estreante, boiando entre o gelo e o licor como Esther Williams em seus filmes ou como as sereias de Ulisses. Só que ali ninguém cantava, e era como se Rovira tivesse entrado num filme mudo.

E assim ficou o fotógrafo até que, na companhia do meu irmão e de Chin Lu, tomou o rumo de sua casa, que, como todo mundo já sabe, era a pensão Ríos-España. Ia já sem topete, com a franja e a alma abatidas, taciturno como quando abandonava inesperadamente seu quarto escuro no meio de uma revelação e corria até o cabaré para ficar olhando o palco vazio, até que, depois de um tempo em silêncio, recuperava a calma. Só que aquela noite o fotógrafo não tinha aonde peregrinar em busca de sossego, pois no cabaré sempre rondaria uma sombra, a sombra de Sonsoles Aranguren disfarçada de dançarina, e na miragem das mesas vazias o fotógrafo sempre ouviria o eco de sua risada. Um eco que pelas ruas desertas se misturava com o barulho de seus passos e dos passos do meu irmão e do chinês Bonilla. Foi aí que meu irmão, notando a tristeza de seu amigo fotógrafo, começou a cantarolar uma música que Rovira adorava, o bolero "Perfidia". E pelas ruas desertas, pontilhadas de luzes pobres, como num filme triste de Ginger Rogers, a voz do meu irmão foi acompanhando o fotógrafo Rovira e o chinês Bonilla, que agora, a caminho da pensão Ríos-España, estava com sua túnica de seda, sua maquiagem de chinês e seu bigode falso, e na maleta, junto com os artefatos de mágica, levava a roupa que vestia na ida ao cabaré. E a sombra dos três homens ia se alongando pelos paralelepípedos úmidos da noite, entrando no círculo de luz que descia de um poste e afastando-se dele enquanto a voz de meu irmão subia lenta, como uma pipa lenta, pelo céu da madrugada, *Mujer, si quieres tú con Dios hablar, pregúntale si yo alguna vez te he dejado de adorar, el mar, espejo de mi corazón...*, e a voz do meu irmão, que ainda se chamava Ramón, embalava o sono de toda Barcelona.

Mas não havia canção capaz de afugentar aquela tristeza, porque o eco da risada e da voz de Sonsoles Aranguren não estava pairando apenas entre as mesas e cortinas do cabaré, mas também dentro do fotógrafo Rovira. E assim como o fotógrafo soube logo no primeiro instante que aquela mulher estava fadada a mudar o eixo de sua vida, dona Angelines também adivinhou desde o início em que labirinto seu marido se perdera, soube disso quando, nessa primeira noite, deitada em seu quarto na pensão, ouviu pela janela o canto de meu irmão chegando pela rua e percebeu o ritmo lento e cansado dos passos que traziam seu marido, ainda mais lento que o compasso da canção que meu irmão levava nos lábios, *El mar, reflejo de tu corazón, las veces que me ha visto llorar la perfidia de tu amor.* Esse palpite de dona Angelines foi confirmado minutos mais tarde, quando, no escuro de seu quarto, fingindo dormir, observou o desânimo com que Rovira se despia e como entre as sombras ia mirar-se nas águas escuras do espelho da cômoda para ali ficar, vendo aquela silhueta nebulosa, sem acreditar que a imagem que aparecia na penumbra do vidro fosse seu próprio reflexo, mais parecendo o de um estranho que saísse do fundo das trevas para zombar dele.

Longe de atormentar o marido ou de encurralar sua alma já por demais acuada, desde essa madrugada em que Rovira esteve a ponto de romper num pranto amargo e de gritar seu desespero ao espelho e à noite, dona Angelines, consciente da dor que abrasava o fotógrafo, redobrou seus cuidados e começou a tratá-lo com mais delicadeza ainda. Era como se cronometrasse o piscar de seus olhos, as batidas de seu coração e sua vida inteira, e era tanta a delicadeza de dona Angelines que ela chegava a disfarçar seus desvelos e com muito capricho forjava descuidos e desatenções banais, que eram um disfarce para tamanha perfeição. Mas quando ninguém podia notá-lo, quando estavam a sós e Rovira andava às voltas com seus álbuns e suas pastas, a dona da pensão Ríos-España olhava seu marido como se os dois estivessem num cais e ele logo fosse embarcar num navio para fazer uma viagem muito longa, uma viagem da qual jamais regressaria. Dona Angelines sabia que, acontecesse o que acontecesse, ela passaria o resto da vida ali, indo ao cais todas as manhãs para fitar o horizonte vazio, o mar em que já sempre ao longe navegaria só e perdido o fotógrafo Félix Rovira.

Assim chorava à noite, enquanto seu marido estava no cabaré tirando fotos, como se ela já se encontrasse num cais deserto, sozinha frente a um mar de inverno, pois na realidade ela sabia muito bem que, embora Rovira estivesse no cabaré com a câmera pendurada contra o peito e sorrindo para Anselmo, o gerente, fotografando o solista Arturo Reyes ou bebendo genebra com seu topete aventureiro, ele na verdade estava navegando à deriva. Bastava ver o fotógrafo para saber que já tinha embarcado, bastava olhar o jeito como ele se mexia, como quem caminha no chão instável de um navio, como o Mocos, o Guille e eu andávamos pelas tábuas cheias de macarrões e buracos do caminhão Avia do Cuellicorto, era assim que Rovira caminhava, inseguro e com um princípio de náusea revirando-lhe o estômago. Mas a náusea e a vertigem não tinham atacado apenas o fotógrafo Rovira. Pois, como o próprio dom Mauricio Céspedes confessou a Anselmo, o gerente, em todos aqueles anos que ele tinha passado organizando espetáculos, negociando prédios ou comprando postos de gasolina, nunca tinha visto uma mulher como aquela, uma mulher que era duas ou mais mulheres. Por isso ele nunca deu ouvidos às queixas dos artistas que reclamavam da falta de habilidade da nova dançarina, que, na opinião deles, nunca conseguia entrar no ritmo e se movimentava como uma bailarina de balé, sem marcar direito o rebolado nem arrematar com força o giro das pernas. Todos os olhares se concentravam naquela moça que se movia devagar para que ninguém reparasse nela, mas na qual todo o cabaré irremediavelmente reparava. Até o próprio Arturo Reyes, não se sabe se incomodado ou admirado, afastava-se do microfone no meio da canção e virava-se para olhar Sonsoles Aranguren, deixando a música seguir sem ele e obrigando os músicos a repetirem duas, até três vezes a entrada do extasiado solista, que tinha passado a vida inteira vendo dançarinas, dançarinas altas, dançarinas de raça amarela, dançarinas negras, mulatas, dançarinas anãs, corcundas e vesgas. Arturo Reyes tinha visto dançarinas coxas, ruivas, desajeitadas e canhotas, mas nunca tinha visto uma dançarina como aquela.

A Bella Manolita, que tinha passado metade da vida como amante de dom Mauricio, também percebeu o desnorteio dele, só que, em vez de aliviar o naufrágio do dono do cabaré como dona Angelines fazia com o fotógrafo Rovira, estava disposta a acorrentar dom Mauricio nos porões do navio e jogar Sonsoles Aranguren aos tubarões antes de ser passada para trás por aquela meninota que ainda fedia a esterco e galinheiro. Foi o que Amalia Moreno, a Bella Manolita, disse a dom Mauricio Céspedes, que Sonsoles Aranguren fedia a esterco e a galinheiro, que ninguém a enganava e muito menos uma caipira, e também disse que ela já estava mesmo vendo o que ia acontecer. Mas a Bella Manolita não via nada, e não podia ver nada mesmo com aqueles olhos negros que então estavam ainda mais negros, negros como o breu de ódio obcecado que fluía por eles e a deixava cega, vendo tudo coberto de fuligem, como quando dona Carmen, depois de nos bater com a palmatória nas mãos e nos cotovelos, punha a Luisito Sanjuán e a mim de joelhos diante da lousa, e ficávamos olhando aquele horizonte preto pegado nos nossos olhos, até que o choro de Luisito Sanjuán passava e ele então começava a cabecear de sono, e eu continuava olhando o pretume da lousa, que se enchia de nuvens e pingos brancos que encolhiam e aumentavam, até que dona Carmen, aos gritos, nos mandava levantar. Então voltávamos correndo para a nossa carteira, Luisito Sanjuán com o nariz sujo de giz e eu andando às apalpadelas e sem enxergar nada por causa daquela paisagem tão escura que tinha ficado tanto tempo diante dos meus olhos.

E enquanto a Bella Manolita andava de um lado para o outro do seu camarim, como os leões do circo em suas jaulas, e rugia contra a caipira, contra a mosquinha-morta que ainda fedia a estábulo, dom Mauricio Céspedes sorria despreocupado, fingindo-se mais despreocupado ainda, e olhava seu perfil no espelho rodeado de lâmpadas, arreganhava os dentes para o vidro iluminado, apalpava o bigode e alisava os cabelos ralos e brancos ao mesmo tempo que recomendava à sua amante enfurecida que deixasse de maledicências e, sem parar de enxugar a testa suada, saía do camarim para resolver uns assuntos urgentes com Anselmo, o gerente. Mas esses assuntos, se é que existiam mesmo, deviam ter pouca urgência, pois dom Mauricio se esquecia deles e de Anselmo assim que punha os pés no salão e ia direto procurar Soledad Rubí para tirá-la da roda de colegas ou fregueses onde estava, levá-la até uma mesa afastada e ali, fingindo interesse pela adaptação da dançarina ao cabaré e à vida de Barcelona, entrava em êxtase observando o olhar de Soledad, esquadrinhando como um detetive as pistas e rastros de jovem camponesa que sutilmente afloravam nos gestos e no sorriso da dançarina mutante.

Diante daquela visão, nada tinha importância para dom Mauricio Céspedes, nem Anselmo, o gerente, nem as diversas fotografias que, sem o seu consentimento, o ciumento Rovira vinha tirar dele, nem a ira da Bella Manolita ao voltar de seu camarim, nem o sorriso malicioso de seus empregados. E ele assim o confessava a Soledad Rubí, meio em tom de brincadeira, meio a sério, dizendo que nada no mundo era mais importante do que ela, que queria que se sentisse bem à vontade trabalhando em seu cabaré e que algum dia chegaria a ser a primeira dançarina da casa, do Paralelo, de toda Barcelona. E sempre arrematava aquela carreira de glória convidando-a para jantar num restaurante de luxo, longe do cabaré. Mas, depois de afirmar que não tinha a ambição de tornar-se uma estrela, ela sempre recusava o convite, e o fazia com naturalidade, sem a sofisticação nem a astúcia de outras dançarinas que, segundo meu irmão, ao dizer não, queriam dizer sim, ou talvez, ou que ao dizer talvez queriam dizer nunca, ou quem sabe amanhã ou sim, se o salário aumentar, e um sem-fim de significados e códigos secretos que fazem as artimanhas e o dicionário do coquetismo, mas no caso de Soledad Rubí inexistiam por completo.

Essa naturalidade era o que mais irritava a Bella Manolita, que, com um sorriso triste encrespando-lhe os lábios cobertos de batom sangrento, afirmava que Sonsoles Aranguren era puro veneno. E quando Lilí caiu morta e fez aquele barulho que não ouvi, mas não deixava de lembrar-me as quedas poeirentas de Tatín, a Bella Manolita e boa parte da companhia atribuíram à recém-chegada as desgraças que começaram a acontecer no cabaré. Mas isso foi algum tempo mais tarde, pois nessa época em que Sonsoles Aranguren tinha acabado de chegar a Barcelona e meu irmão nos mandava suas primeiras fotos, eu nem podia imaginar que logo a imagem de Tatín seria associada a uma dançarina gorda com os peitos como mil pudins da Casa Mandarín e ao barulho que as pessoas fazem ao cair mortas, e estava ainda mais longe de imaginar essas coisas no dia em que entrei pela primeira vez na casa dele e o vi no chão, andando com as mãos e arrastando as pernas, que pareciam dois pedaços de mangueira cor-de-rosa, sem ferragens nem correias para deixá-las firmes e com alguma consistência.

Ainda escoltado por uma das muitas tias de Tatín, fiquei parado apertando embaixo do braço os gibis do Capitão Trovão que levava para trocar com ele, sem me importar com o goleiro paralítico nem com o menino que estava a seu lado e devia ser um colega lá da escola dos maristas, de óculos e com o cabelo curtíssimo, limpinho e simpático como um professor que quer ser simpático. Então, vendo aquelas pernas como dois cachecóis sem vida se arrastando atrás de Tatín, me dei conta do que era a pólio, uma coisa mole, um leite que encharca os ossos e os deixa que nem as bolachas que caem na mesa antes de chegar à boca, uma coisa frouxa e silenciosa, um sono no tutano das pernas. Mas Tatín, de tanto saber o que era a pólio, parecia não saber nem se dar conta disso, nem seu amigo, para quem Tatín foi logo passando um dos gibis que acabara de tirar de baixo do meu braço. Só uma das tias de Tatín, que não sei se era a mesma que me abriu a porta, pareceu notar os efeitos da pólio sobre aqueles que vêem a pólio e me deu uns tapas nas costas como se eu tivesse engasgado e me deixou com Tatín e o amigo dele e com uns carrinhos americanos de ferro espalhados pelo chão e sumiu por um corredor em cujo final devia haver outras tias de Tatín.

A casa inteira fervilhava de tias. Nunca consegui saber quantas eram as tias de Tatín, nem como se chamavam, nem se no meio daquela nuvem de tias se escondia sua mãe ou se ele era filho de todas aquelas mulheres que formavam uma mãe de muitas cabeças, entre as quais eu só distinguia uma que fumava como um homem e tossia quando abria a porta de sua minúscula perua, onde Tatín viajava com as pernas esticadas entre caixas de papelão, estepes e ferramentas que faziam tintin com as ferragens de suas pernas, o metal ortopédico e o das ferramentas brindando pelo encontro a cada buraco da rua, mas não como nessa tarde, em que Tatín estava com suas pernas de trapo e o único barulho que elas podiam fazer era o de uma lesma quando anda, só que Tatín não deixava nenhum rastro de saliva nem encharcava de baba os gibis do Capitão Trovão como fazia seu amigo, que se chamava Ramón, como ainda se chamava meu irmão, e que antes de virar cada página, enquanto olhava e tornava a olhar o Crispim acertando uma bordoada num chinês ou Golias batendo as cabeças de dois vilões, lambia várias vezes a ponta dos dedos para depois deixar uma mancha úmida e mole no canto da página, como se o papel ficasse com pólio ali onde ele encostava.

Tatín logo acabou de folhear os gibis e, depois de dar uma olhada nas capas e nos títulos enquanto eu me ajoelhava para ver de perto os carrinhos americanos, perguntou, ajeitando os óculos, se eu tinha visto Quini ou sua prima Esperancita. É que, desde aquele dia em que elas apareceram na esquina da nossa rua, todos vivíamos seguindo o rastro das duas meninas, isso quando não corríamos para o campinho dos surdos-mudos, não sei se levados por uma vontade de nos igualarmos àqueles jogadores da Granja Suárez que tinham as pernas peludas e passavam metade da partida cuspindo pelo canto da boca e coçando a braguilha, ou para ver a corte que eles sempre levavam a reboque e que, além de uma turma de garotinhos munidos de garrafas de água, bombas de ar, remendos, bombas, bonés e joelheiras remendadas, incluía um grupo de meninas mais velhas com quem certamente os jogadores da Granja Suárez tinham penetrado até limites insuspeitados nos enigmas sobre os quais Pepito tanto gostava de falar, entre a penumbra e a fumaça do caminhão do Cuellicorto.

Aquelas meninas tinham algo de vulcão. De uma hora para outra passavam da absoluta calma para uma erupção descontrolada de lava, palavrões e fumaça de cigarros, formando um rodamoinho de cochichos e gargalhadas que, segundo nossas suspeitas, só podiam ter origem naquele negócio de trepar e na coceira que assolava as partes de seus amigos. Tão absortas ficavam nessas questões que nem sequer olhavam quando, correndo pela lateral no encalço de um atacante adversário, passávamos a seu lado sujando-as de poeira ou, derrubados pela investida de um zagueiro, tombávamos machucados a um passo delas, e por mais que rolássemos de dor durante meia hora ou nosso nariz sangrasse, o máximo que conseguíamos era atrair um daqueles garotinhos banguelas que nos olhavam muito fixo e dando risada, como se fossem loucos, e já com a mão, pequena e suja, cutucando a virilha.

Éramos o homem invisível, jogadores sem carne, e assim como o homem invisível do cinema, aquele que parecia uma múmia de óculos escuros, nós teríamos que enfaixar o rosto e toda a cabeça, o corpo inteiro, para que aquelas meninas, mulheres ou o que quer que fossem notassem que seus amigos não jogavam bola sozinhos e que ali estavam o Mocos, Diego Manuel, o Guille, Barea, Castillo, Tatín. Todo o nosso time era transparente, éramos um bando de camisetas vazias flutuando ao vento, umas ferragens mal amarradas com correias que ao cair da tarde gemiam como um gato no cio, como um coração apaixonado.

Mas o que nos preocupava não era só o fato de sermos invisíveis para as meninas da Granja Suárez, pois se é verdade que aquele fenômeno nos deixava contrariados e até atônitos, a causa maior de nosso desassossego resultava do recôndito temor de que essa invisibilidade, esse não-ser, nos acompanhasse fora do campinho dos surdos-mudos e se perpetuasse em nossa carne para todo o sempre. Nos porões de minha pessoa, começava a assentar-se a idéia de que, ao longo de minha vida, eu estaria condenado a ser completamente invisível e que na verdade teria de cobrir meu corpo insubstancial com trapos e faixas para que só assim as meninas, as mulheres e as pessoas de fora de casa e de minha rua reparassem em mim. E na realidade é o que fui fazendo com o passar dos anos, colar em minha pele retalhos de ataduras, pergaminhos e artifícios surrados que me dessem consistência e forma. Mas então, ao cair daquelas tardes mudas e intermináveis, no mais fundo de mim mesmo, eu pensava que jamais conseguiria deixar de ser transparente, inane, ínfimo, que jamais poderia ocupar um lugar no mundo e que minha vida inteira se consumiria no nada, como se eu fosse apenas um pensamento, incapaz de mexer uma palha ou um mísero pedregulho do caminho, quanto mais traçar meu próprio caminho, lavrar-me um futuro, como dizia meu tio Gutiérrez.

Eu nada podia arar, lavrar nem semear. Sentia-me expulso de não sei que paraíso, sentia que às minhas costas, silenciosamente, acabavam de fechar umas portas que nunca mais voltariam a se abrir e me condenavam a ser um fantasma sem carne e a vagar pelo mundo em busca de uma chave capaz de abrir aquela porta atrás da qual ainda ouvia um sinistro ranger de correntes e trincos. Eu bem sabia, mesmo então, que essa suposta chave não existia e era apenas um pretexto para poder seguir em meu vagar por essa bruma de dias, anos e décadas que se abriam à minha frente, e que não eram nada além de meu futuro, minha vida, que já estava ali, escolhendo timidamente seu rumo como um pássaro ferido.

E como, no silêncio da tarde, eu e todos nós sentíamos que cada um era assaltado pelos mesmos, ou bem parecidos, temores, um carinho fraternal nos unia como a filhotes desamparados, e não raro víamos que o Mocos, órfão dos órfãos, passava um braço sobre os ombros do Guille e, apoiados um no outro, como cada um ia apoiado nos demais, mesmo quando andávamos afastados e olhando para o chão, cruzavam as sombras dos Campos 21 em direção à rua Eugenio Gross e à Antonio Jiménez Ruiz. E quando já avistávamos nossa rua e o incerto perfil de nossas casas, aquele carinho se tornava mais denso e por um instante voltávamos a nos enganar e a fingir que o ocorrido no campinho dos surdos-mudos não passava de uma miragem, um engano que amanhã ou outro dia qualquer seria corrigido e esquecido. E assim, como suicidas apaixonados pela vertigem, voltávamos a falar, primeiro timidamente, depois com entusiasmo, de Quini e de sua prima Esperancita, principalmente de Esperancita, que era nosso vulcão particular, nosso Vesúvio privado, só que era um Vesúvio doce que lançava cinza açucarada e lava de mel.

Vendo-a com seu sorriso cor de morango e a auréola brilhante de seu cabelo castanho entremeado de ouro-escuro, era mesmo difícil acreditar que alguém pudesse mijar em cima, dentro ou ao lado daquela menina com reflexos de mel no olhar. Já no caso da Quini, a gente via outros mistérios no fundo de seus olhos, algo que de algum modo a assemelhava às meninas da Granja Suárez, ao gosto amargo da cerveja e ao cheiro de óleo diesel que vinha do porto ao entardecer. Talvez por isso, por esse seu ressaibo de hombridade precoce, sempre que alguém encontrava o Tatín, como naquela tarde em que fui levar-lhe os gibis do Capitão Trovão, ele perguntava pela Quini, se a tínhamos visto em algum lugar. Quem sabe tivesse algo a ver com a pólio, com essa pólio mole que eu tinha medo de pegar enquanto Tatín me explicava as escalas e os números que os carros americanos tinham impressos com letras de ferro no chassi e que sumiram da minha cabeça no exato momento em que uma das tia de Tatín apareceu na porta do quarto trazendo os aparelhos que eu sempre tinha visto em volta das pernas do meu amigo e que por um instante me fizeram hesitar. Eu não sabia quais eram as verdadeiras pernas de Tatín, se as ferragens ou aquelas duas borrachas moles e cor-de-rosa que pendiam sem vida do tronco do meu amigo. E ao mesmo tempo que a tia de Tatín deixava os aparelhos metálicos ao lado do impassível goleiro, olhando para o relógio com caixa de madeira trabalhada que havia num canto do quarto, ela disse que se apressasse, pois estavam atrasados para ir ao médico.

Com a sombra de um escuro pressentimento, fitei os olhos azuis de Tatín e o reflexo de seus óculos e perguntei se havia algo de errado com ele, e ele levou os olhos às pernas, não às de metal, mas àqueles dois pedaços de mangueira flácida, àquelas duas pernas de trapo sem forma nem aparência de pernas e que só podiam ser chamadas de pernas porque ocupavam o lugar que as pernas ocupam no corpo das pessoas. Eu não sabia se levava tudo aquilo a sério ou não, nem o que os médicos tinham a ver com as pernas do Tatín, que todos sempre consideraram mortas e com as quais só deviam lidar mecânicos, sapateiros e atendentes de ortopedia.

Mas ali ninguém se surpreendia com nada nem se angustiava ao ver como aquele menino soltava impudicamente as fivelas das pernas que tinham acabado de trazer. O amigo de Tatín continuava encharcando de baba os cantos das páginas, levantando os olhos dos quadrinhos para sorrir-me por um instante como um professor, como um médico, como me sorria a tia do Tatín, que eu já não sabia se era a mesma que tinha aberto a porta para mim, e como o próprio Tatín sorriu quando começou a calçar aquela armação metálica, como todos naquela casa estiveram sorrindo para mim até que larguei os carrinhos de ferro americano, recolhi meus gibis e saí dizendo até logo pelos corredores a todas as tias do Tatín que ia vendo e a outras tantas que deviam andar por todos os recantos da casa, sorrindo, todas elas sorrindo como sorria Cosme Cosme ao guardar sua pistola no bolso do paletó, e Lilí, a dançarina Lilí que aparecia na fotografia ao lado de meu irmão, acariciava sua cabeleira já tão revolta e lhe dizia, meu pombinho, meu Cosme, Cosmito, Cosme Cosme.

Só assim sorria Cosme Cosme, o namorado casual, o amante furtivo de Lilí, que no cabaré de Barcelona os garçons chamavam de Dois Cosme em vez de Dom Cosme, e que os amigos, por assim dizer, já que ninguém sabia da existência de nenhum amigo de Cosme Cosme, chamavam de Cosme mais Cosme, Cosme ao quadrado, Cosme bis ou duplo Cosme. Só quando Lilí, exalando um perfume que era uma mistura de seu doce suor, de uma água-de-colônia com essência de limão e do próprio aroma das lâmpadas requentadas dos camarins, estreitava Cosme Cosme em seu regaço e em meio a mil meiguices lhe prometia fidelidade, só então Cosme Cosme afrouxava a trava de suas mandíbulas e abria os lábios num sorriso de criança que contrastava com seu aspecto geral, que não cheguei a conhecer nem nunca vi em nenhuma foto, mas que pelas cartas de meu irmão eu soube que era de um desalinho crônico.

Toda noite, ao entrar no cabaré, ele parecia recém-atropelado por um trem, com a gravata vagando pelo colarinho da camisa, o nó sem rumo fixo entre a garganta e a nuca, metade dos botões desabotoados, o cabelo desgrenhado e o terno cheio de vincos e rugas tão profundas que parecia que por cima dele, do terno, além do trem tivesse passado uma niveladora, mas não o tivesse pego estendido e sim feito uma bola ou jogado de qualquer jeito. E, apesar desse desastre indumentário, Cosme Cosme mantinha certa elegância natural que conservava meio camuflada na desordem de seu traje, apoiada em seu próprio esqueleto, esbelto, alongado, e que conseguia sobreviver no meio daquele naufrágio como um mártir a quem os leões do circo romano tivessem devorado um braço e meio peito e mesmo assim continuasse a exibir no rosto a beatitude de um sorriso que já não vinha ao caso.

Mas nada disso parecia ter importância para a dançarina Hortensia Ruiz, que todos chamavam de Lilí e com quem meu irmão passava as tardes na pensão Ríos-España falando dos filmes de Ginger Rogers e Hedy Lamarr ou cantarolando as canções que, desdentado e à beira da asfixia, o solista Arturo Reyes interpretava no cabaré. Lilí perdoava tudo a Cosme Cosme por conta do fervor de seu assédio e das constantes declarações de amor que, no camarim, num canto do bar ou na porta do banheiro, ele lhe fazia a qualquer hora e ocasião. A dançarina Lilí jogava ioiô com Cosme Cosme e com o amor de Cosme Cosme, estreitando-o contra seus peitos de pudim perfumado e balançando-o num vaivém coquete, cada noite mais ardentes os ciúmes e a paixão do duplo Cosme, que antes, quando Lilí ainda não trabalhava no cabaré, já tinha estado loucamente apaixonado por outra dançarina, a Betty-Boop do Paralelo, corpulenta mas não tão bonita como Lilí. Era morena e tinha os olhos esbugalhados aquela Betty-Boop que acabou fugindo com um marinheiro norueguês que tinha um demônio tatuado num bíceps e um anjo no outro.

Mas essa sua antiga paixão nunca chegara às alturas e aos abismos para onde a dançarina Lilí o arrastava. Desde que havia perdido a cabeça por Lilí, volta e meia Cosme Cosme tirava um revólver do bolso do amarrotado paletó, um revólver manuseado e velho, como se ele também tivesse sido pisoteado por vários trens e niveladoras, e, apontando-o contra a própria cabeça, ameaçava atirar se Lilí não deixasse o cabaré, se não parasse de dançar meio nua na frente dos outros e de se chamar Lilí e de sair à noite e de beber nas mesas com fregueses bigodudos, carecas, banguelas, loiros, baixos, altos ou anões. Mas a essa altura ninguém se alarmava com a cena, e até os fregueses novos do cabaré conheciam Cosme Cosme e o revólver de Cosme Cosme, e havia até quem dissesse que aquilo fazia parte do espetáculo, e todos, com um sorriso amável, assistiam ao número daquele homem com fantasia de desesperado que girava o tambor da pistola e apontava o cano contra a têmpora, a boca ou até o cocuruto e puxava o gatilho para deixar escapar um estalo leve e seco que às vezes era saudado com um rufar de tambor.

Ninguém acreditava no suicídio de Cosme Cosme nem no revólver de Cosme Cosme, que todos imaginavam que tivesse o percussor limado ou que sua única bala, que já devia estar tonta de tanto girar no tambor, não tivesse espoleta nem pólvora. E depois que o duplo Cosme tentava a sorte na roleta-russa, se estava ali por perto, dom Mauricio se aproximava do frustrado suicida, devolvia o revólver ao bolso de seu paletó e, dando-lhe uns tapas nas costas e oferecendo-lhe uma taça de conhaque, logo o encomendava aos garçons. Destes, quem melhor atendia o duplo Cosme era o garçom Álvarez, que, embora não falasse com ele, já que, por conta daquela história da marcha à ré, Álvarez não falava com ninguém, sorria e encolhia os ombros como quem diz, Que é que se há de fazer, Dois Cosme, coragem, tem coisa pior na vida, homem, não se preocupe, o senhor vai ver como tudo se arranja e uma bela noite a Lilí deixa para sempre de se chamar Lilí, e volta a se chamar

Hortensia Ruiz, e sai daqui de braço dado com o senhor, e os dois se casam, e ninguém nunca mais vai voltar a ver o umbigo de dona Hortensia, e aí o senhor vai deixar seu revólver enferrujando num canto e se esquecer dele e destas noites tão tristes do cabaré e de todo o Paralelo. Dizia tudo isso, sem dizer nada, só encolhendo os ombros, o garçom Álvarez para Cosme Cosme, que, embora não se parecesse com o Gregory Peck, tinha um quê de Gary Cooper, ou pelo menos de um Gary Cooper estropiado depois de passar duas ou três noites sem dormir.

Mas não era só o garçom Álvarez que tinha um fraco por Dois Cosme, todos no cabaré iam até sua mesa e procuravam distraí-lo e aplacar a tremedeira que o atacava cada vez que Lilí aparecia no palco meio nua e começava a dançar ao ritmo da música, com seu sorriso grande, vermelho como o veludo vermelho das cortinas, e com o brilho verde, roxo e azul de seus olhos. E embora ninguém o impedisse de apontar o revólver contra a cabeça ou enfiar o cano na boca e puxar o gatilho, no fim, se Lilí não estava com ânimo para suportá-lo e o enxotava do camarim gritando, Puta merda, Cosme, deixe de ser pegajoso, não quero ver você nem pintado, que até no nome você se repete, sempre acabavam levando Cosme Cosme e seu revólver junto com eles, e naquela altura todo o pessoal do cabaré, o Trompeta, Almudena Fernández, Mari Carmen Molina, o chinês Bonilla, a mulher dos banheiros, Arturo Reyes, a Bella Manolita, o fotógrafo Rovira, a Mulata de Fuego e até meu irmão, todos, menos Anselmo, o gerente, que tinha nojo do revólver por estar tão chupado por Cosme bis, todos já tinham apontado a arma contra a própria cabeça e disparado, uma, duas, até três vezes seguidas, rindo às gargalhadas cada vez que o percussor da arma dava um golpe seco e leve, um golpe escuro que, segundo meu irmão, lembrava o barulho de um osso de frango sendo partido ao meio, só que um pouco mais solene, ou mais fúnebre, dependendo de como se olhe ou escute.

Por mais duras que fossem as recriminações de Lilí, por mais que ela se insinuasse ao público depois de discutir com seu namorado intermitente, no fim da noite o vulto de Cosme Cosme sempre estava rondando entre as sombras da rua na saída do cabaré, esperando que Lilí passasse ao seu lado sem reparar nele, rindo com seus colegas, e lhe sussurrasse um insulto ou, se os deuses fossem favoráveis, fazendo para as sombras um leve gesto com o queixo, um gesto que significava o início de uma nova e efêmera reconciliação. Sempre foi assim e assim foi naquela madrugada em que Lilí, na companhia de meu irmão e mais vários dançarinos, saiu do cabaré e, deixando Cosme Cosme na penumbra, sem gesto nem insulto, foi com eles para o Somorrostro e lá ficou até que a luz do dia os surpreendeu deitados na areia diante de uns ciganos que batiam palmas acompanhando as canções de meu irmão e a dança que, com as pernas nuas, a dançarina Almudena Fernández executava entre a espuma da beira do mar.

Talvez aquela luz primeira do amanhecer, com suas cores suaves e desmaiadas, amarelas, rosadas, celestes, roxas e até verdes, iguais àquelas que Lilí exibia constantemente em seus olhos, como se dentro da dançarina sempre estivesse amanhecendo, talvez essa calma tivesse influído em Lilí e preparado seu ânimo para que à noite, quando Cosme Cosme apareceu em seu camarim mais desalinhado que de costume, depois de algumas palavras de recriminação, Lilí chamasse de Pombinho aquele Gary Cooper tresnoitado e com seus lábios de carmim, já prontos para a cena, beijasse os do duplo Cosme e lhe prometesse amor. E quando, alentado por esse carinho, seu amante tornou a pedir-lhe que abandonasse o cabaré e se casasse com ele, Lilí não respondeu com o sarcasmo de sempre nem com uma gargalhada, mas fitou Cosme Cosme com curiosidade, como se tivesse ouvido aquelas palavras pela primeira vez, e não respondeu nada, simplesmente abriu um sorriso terno em seus lábios repintados, um sorriso que lembrava o que se faz a uma criança doente, ou o que ela mesma mostrava naquela foto onde aparecia ao lado do meu irmão e que meu irmão mandou pelo correio e minha mãe, entre xícaras e figurinhas de porcelana, colocou na beirada da cristaleira, que já estava parecendo um cabaré de papelão com tantas fotos de artistas. Foi assim que Lilí sorriu quando Cosme Cosme lhe pediu mais uma vez que casasse com ele dizendo, Por favor, que voltasse a se chamar Hortensia, que é como ele a chamava, Por favor, Hortensia, case comigo, case e deixe para sempre esta vida que não é boa para nós.

Com essas palavras, Cosme Cosme saiu do camarim, com essas palavras e uma remota alegria que, no entanto, começaria a apodrecer poucos minutos mais tarde, assim que a orquestra atacou seus melosos compassos e ele viu Lilí entrar no palco, acompanhando os primeiros gorgorejos de Arturo Reyes ao lado de outras dançarinas e dançarinos. A taça de conhaque que o garçom Álvarez acabara de servir-lhe começou a tremer em sua mão, a ponto de o caldo escuro derramar-se. Com um dedo, tenso como um gancho, afrouxou ainda mais o frouxo e peregrino nó de sua gravata, enquanto seus olhos dançavam de um lado para outro das órbitas, acompanhando a dança e os passos de Lilí, acompanhando o sorriso, a brancura da pele e os olhos de Lilí. Cosme Cosme bebeu seu conhaque de um gole e, enxugando o suor das mãos na gola do paletó ao mesmo tempo que murmurava não se sabe se a letra da canção que sua amada dançava, uma reza ou talvez uma maldição, deu alguns passos em direção ao palco e ali, com o resplendor da ribalta iluminando seu rosto, como tantas outras noites, sacou de seu castigado revólver e, depois de girar o tambor e repetir o gesto tradicional de levar o cano à têmpora e puxar o gatilho, uma, duas vezes, esticou o braço e apontou contra Lilí. Ninguém soube se aquele barulho foi um golpe de tambor, ou o estouro de um copo ou de uma lâmpada, e como no cabaré ainda não estavam acostumados a que as dançarinas caíssem mortas, a companhia continuou dançando, Arturo Reyes continuou exibindo suas gengivas e até quando Lilí, com o sorriso perdido, perdeu o ritmo e, depois de dar uns passos com os tornozelos bambos, tombou no palco com esse barulho mole que vinha misturado com o retinir metálico das lantejoulas e da pedraria de seu biquíni, a Bella Manolita, Lolita Berruezo, Jerónimo de Córdoba e alguns dos seus colegas ainda tentaram prosseguir com a dança. Só quando embaixo da cabeça de Lilí apareceu uma mancha crescente de veludo vermelho, idêntico ao das cortinas que ladeavam o palco, e os dançarinos começaram a pisotear o sangue e a escorregar pelo palco, só então a dança parou e a música se desbaratou.

Tudo então foi correria e berreiro. Arturo Reyes, ainda meio cantando, gritou o nome de Lilí pelo microfone ao mesmo tempo que Soledad Rubí e Almudena Fernández se lançavam sobre a dançarina morta e o Trompeta descobria o buraco preto e roxo num canto da testa de Lilí. Em meio àquele deus-nos-acuda, ninguém reparou em Cosme Cosme, que, recuando lentamente em direção à escada de entrada, com a boca e os olhos muito abertos, não parava de olhar para seu revólver, quente e mais pesado do que nunca. Dizem que ele ia dizendo, Essa vida não é boa para nós, Hortensia, não é boa, a vida, e outros disseram que estava chorando, e outros que não dizia nada, que só tinha perdido as cores do rosto e parecia maquiado com talco. Disseram muitas coisas, mas na verdade o único testemunho certo que ficou de sua fuga, se é que pode ser chamada assim, foi a fotografia que Rovira teve o sangue-frio de tirar quando Cosme Cosme começava a subir as escadas de costas, e que, segundo o que meu irmão me contou muitos anos mais tarde, era uma fotografia que dava medo de olhar, embora não retratasse nenhum horror concreto, só uns vultos desfocados e tremidos que eram pessoas correndo, e umas sombras muito escuras que se alongavam misteriosamente como se quisessem desenhar um labirinto, um hieroglifo, em torno da imagem de Cosme Cosme, cujo rosto, completamente branco no branco e preto da fotografia, mostrava uma expressão que ninguém nunca chegaria a saber se era uma careta de dor ou um sorriso espantado que, às vezes, se observássemos a foto por mais tempo, virava uma multidão de gestos e expressões cambiantes.

Mas, como eu ia dizendo, Cosme Cosme não fugiu. Não se pode dizer que o fato de abandonar o cabaré significasse uma fuga, muito pelo contrário, pois o que ele fez, com seu paletó amarrotado e sua aparência de Gary Cooper insone, doente e consumido, no qual já não restava quase nada do verdadeiro Gary Cooper, foi cumprir um destino que havia muito tempo se anunciava em seu corpo e em sua roupa. Cruzando ruas desertas e esplanadas solitárias, atravessou os subúrbios e descampados de Barcelona e, ali onde silva o silêncio, ouvindo o canto dos grilos e o estalo das urtigas na escuridão, deitou-se nos trilhos e, de cara para o céu, esperou com calma até que uma luz minúscula, um vaga-lume tremulante e rumoroso, apareceu distante e um tremor estranho, uma descarga elétrica muito suave, começou a correr sob seu corpo, ao mesmo tempo que a luz crescia e o rumoroso vaga-lume, depois de uivar, transformava-se num fragor descontrolado, num rugido vertiginoso que acabou por deslumbrá-lo — os olhos de Lilí — e absorver todo seu corpo, que deixou de ser corpo e por um instante foi luz, locomotiva, grilo, campo, ferro e céu, tudo revirado, tudo girando até não ser mais que escuridão.

Dois dias depois, da pensão Ríos-España saiu um cortejo de caras lânguidas, roupas escuras e choros desafinados que, quando esqueciam por completo a partitura e já iam beirando o destempero, eram sabiamente reconduzidos pela regente daquela orquestra pesarosa, dona Angelines Cortés Esplá. Ali, desfalecida sobre seu ombro, estava Almudena Fernández, a inseparável colega de Lilí, com quem compartilhara tanta vida e tanta noite; o chinês Bonilla, que como uma oração levava nos lábios sua frase mais querida de "La verbena de la paloma"; Poveda, o amolador notívago que nunca amolava nada e que pela primeira vez em muitos anos saiu para a rua antes das estrelas; meu irmão, com o topete penteadíssimo, mais triste e famélico do que nunca e de braço dado com Rovira, que ia com um imaculado terno preto e os olhos ocultos atrás de um par de óculos escuros; o garçom Álvarez, que chorava não como mais uma dançarina, e sim em silêncio, como choram os homens, olhando em frente e de boca fechada; e o Trompeta, com o rosto bem escanhoado, não como um músico, que os músicos, segundo ele, nunca fazem a barba direito, para que não aconteça a desgraça de serem confundidos com um escriturário. Assim caminhavam, todos solenes, levando a imagem, as risadas e os olhos de Lilí em seus próprios olhos e nas palavras que murmuravam, lutando para que Lilí não entrasse no mundo das lembranças nem na vala comum da memória, todos secretamente jurados contra a morte.

Na porta do cemitério, aquele fluxo, como um pequeno rio doloroso e lento, foi desaguar no mar de perfumes, capelinas e óculos escuros formado pelo pessoal do cabaré. E todos juntos, Arturo Reyes quase um cadáver, também sem maquiagem e com as rugas iluminadas pelo sol; dom Mauricio com brilhantina no escasso cabelo e de gravata preta; a seu lado dona Adela, meio camuflada atrás de um de seus mais aparatosos casacos de pele, apesar da calidez do dia; e Jerónimo de Córdoba, Lolita Berruezo, Mari Carmen Molina, a Mulata de Fuego, Fátima Combados, o barman Camacho, a Bella Manolita, toda olhos, fazendo dançar suas pupilas entre dom Mauricio, sua mulher e Sonsoles Aranguren, que parecia uma noviça, com a cara lavada e o olhar entristecido pela leve sombra de umas olheiras; Anselmo, o gerente, que fora do cabaré e do balcão parecia mirrado, mais baixo e mais frágil, como um militar sem farda; e dançarinos, músicos, garçons e fregueses assíduos do cabaré, todos adentraram o caminho de cascalho do cemitério, escoltados por jazigos, ciprestes e laranjeiras ao redor das quais já se pressentia o cheiro de suas flores, encabeçada a procissão por uma irmã de Lilí chegada do sul na noite anterior, uma mulher que em quase nada lembrava a dançarina morta, mais alta e mais magra, só parecida à irmã na forma exata dos olhos, embora não no brilho multicor que as íris de Lilí espalhavam a todo instante.

Assim iam todos, silenciosos e pesarosos, até que, poucos minutos depois de ter deixado o caminho principal para tomar uma trilha que já não tinha o amparo das árvores, a procissão cruzou com o ataúde de Cosme Cosme, seguido apenas por um sujeito magro e jovem, que Rovira e meu irmão já tinham visto algumas vezes com Cosme Cosme na porta do cabaré, e por mais dois homens que ninguém conhecia. Por um momento os dois cortejos se detiveram, perfumado e numeroso o de Lilí, esquálido e mínimo o de seu fatal amante, e vendo-os ali, frente a frente, mesmo sem querer, era inevitável pensar naqueles dois corpos que se reencontravam além da morte, sem que eles próprios o soubessem, pálida e linda Lilí, sua carne provavelmente ainda com o perfume que usara duas noites antes. E também se podia imaginar o desastre que viajava dentro do ataúde de Cosme Cosme, que, pela agilidade e folga de seus portadores, parecia vazio e sem peso. No fim, Cosme Cosme, Dois Cosme, Cosme ao quadrado foi um cadáver desalinhado, com a roupa agora sim esfarrapada e o corpo desmembrado, a cabeça certamente no lugar dos pés, rolando dentro do caixão, e cada um dos pés num extremo do mesmo.

Vendo o séquito mínimo de Cosme Cosme se afastar, meu irmão me disse que dava vontade de ir com ele, de tão sozinho que estava, e que comentou isso com Rovira, e o fotógrafo disse o mesmo, mas no fim todos seguiram atrás de Lilí, virando-se de vez em quando para ver por onde levavam o amante suicida e negando com a cabeça como outros negavam, como ficaram negando até que se encontraram diante de uma parede cheia de buracos que era a última morada de Hortensia Ruiz, a dançarina que todos, menos Cosme Cosme, chamavam de Lilí. As negativas e balanços de cabeça foram então substituídos por um choro desigual que foi crescendo por um lado e por outro com soluços, lamentos e suspiros que nada tinham a ver uns com os outros, a orquestra completamente desencontrada, sem que a antiga regente pudesse fazer mais nada, dona Angelines também inundada pelas lágrimas e pela imagem daquela jovem de olhar alegre que anos atrás, num fim de tarde, chegara à porta de sua pensão perguntando se ali havia quartos para artistas e que agora, enfiada nesse caixão reluzente, estava a caminho daquele estranho cubículo, trancafiada para sempre na estreiteza daquelas paredes.

Sufocado o coro dos lamentos, o cortejo começou a se dispersar, a se dividir em pequenos grupos que, ou desandavam taciturnos a trilha despida de árvores, ou se aproximavam da única representante da família de Lilí, que estava ao lado de dom Mauricio Céspedes. E enquanto meu irmão e o Trompeta decidiram tomar o caminho seguido pelo frágil ataúde de Cosme Cosme e seu esquálido acompanhamento, para também dizerem adeus ao amoroso assassino e suicida, dona Angelines, abraçando Almudena Fernández, viu como dom Mauricio, depois de finalmente convencer a irmã de Lilí a ficar com os pertences da irmã, começou a perseguir Sonsoles Aranguren com os olhos, e dona Angelines também viu como a Bella Manolita observava dom Mauricio e aquela moça imaculada, e como seu marido, o fotógrafo Rovira, apalpando o nó da gravata com a ponta dos dedos, começou a avançar em direção a Sonsoles Aranguren.

E embora Rovira, percebendo as intenções do dono do cabaré, tenha seguido seu caminho e passado a mais de um metro da nova dançarina sem sequer olhá-la, naquele instante, enquanto acariciava o cabelo e a testa da inconsolável Almudena Fernández, dona Angelines soube que aquela menina de expressão doce, aquela colegial pela qual o tempo passara quase sem alterar sua aparência adolescente, era quem tinha arrebatado seu marido. Em meio àquele jardim de mármores e flores murchas, dona Angelines olhou-a devagar, sabendo que essa seria a única vez que teria diante dos olhos aquela mulher que sorria triste para dom Mauricio Céspedes, enquanto, com a ponta de um lenço branco, enxugava uma lágrima perdida.

Era essa a mulher atrás de quem Félix Rovira, o fotógrafo Rovira, que ao longo de tantos anos conhecera tantas dançarinas, coristas e mulheres da vida, tinha embarcado naquela viagem sentimental da qual, acontecesse o que acontecesse, nunca mais voltaria.

Também meu irmão, depois de dar seu último adeus a Cosme Cosme e trocar umas palavras com o homem magro que encabeçava seu parco acompanhamento, assim que viu dona Angelines e captou o olhar que a dona da pensão tinha pousado em Sonsoles Aranguren, compreendeu que ela adivinhara o que estava acontecendo nos labirintos interiores de Rovira e do próprio cabaré, e por um instante meu irmão ficou sem saber se também dava os pêsames a dona Angelines ou a abraçava como a abraçou, abarcando junto com ela a lacrimosa Almudena Fernández e empreendendo com as duas o lento caminho rumo ao portão do cemitério, aonde minutos mais tarde chegariam Rovira e o chinês Bonilla, cujo estômago, desnorteado pela falta de seu pontual desjejum e da imediata sobremesa, emitia uns grunhidos de tubulações entupidas, um uivo de lobo rouco na escuridão de um filme velho.

Nada do que aconteceu no cemitério foi mencionado por meu irmão em sua carta, nem a descoberta de dona Angelines, nem aquela espécie de estertor e desencontrado canto gregoriano que soava na barriga do chinês e que ele bem poderia ter incorporado a seu número de mágica. O que ele contou na carta foi a morte de Lilí, a história do tiro que ninguém acreditou que fosse um tiro e da queda da dançarina no meio do palco, que mesmo no chão continuou mexendo os pés como se ainda dançasse, como Tatín, que ao se estatelar na terra para fazer uma defesa continuava se mexendo, engatinhando sobre a bola feito uma tartaruga. E eu, enquanto ouvia minha mãe ler aquela carta em voz alta para meu pai e minha irmã, já com a imagem de Tatín na cabeça e o barulho de Tatín e da dançarina caindo com seu biquíni e seu maiô de pedraria, fui até a cristaleira e olhei a fotografia de Lilí. Pensei em todos aqueles dias em que tínhamos comido na presença de seu retrato sem saber que ela já estava morta, e pensei que a foto de Lilí era como essas estrelas que morrem num canto do universo e continuam nos iluminando quando já não existem.

Assim como essas estrelas que desaparecem do céu só muito tempo depois de mortas, no dia seguinte à chegada da carta de meu irmão, a foto da dançarina tinha sido discretamente retirada da cristaleira. E embora durante o almoço minha irmã, minha mãe e, principalmente, meu pai, como astrônomos obcecados, não tenham falado em outra coisa além da morte de Lilí no palco e dos perigos do cabaré, eu fiquei em silêncio e não perguntei nada, passando a duras penas o ensopado garganta abaixo e sem poder acreditar que Deus, Jeová, Alá, o Sagrado Coração, a Virgem ou quem quer que na verdade mandasse no mundo pudesse ter varrido do firmamento uma estrela como Lilí, sem permitir que sua luz voltasse a brilhar, como um triste carvão que já consumiu todo o seu combustível.

Mas logo as luzes ao meu redor começariam a se apagar, até que, passados os anos, houve um momento em que achei que o universo fosse uma bateria gasta e sem energia, com os pólos enferrujados, ou que as estrelas que me iluminavam na verdade não passavam de pobres luzes de um parque de diversões castigado por um vento furioso que arrancava as serpentinas de lâmpadas, arrebentando seus filamentos e vidros com um uivo que ninguém podia ouvir. E com o passar do tempo também cheguei a pensar que a minha debandada da casa de Tatín, a fuga que nesse dia distante realizei naquele labirinto de tias e de corredores com retratos de mais tias, foi motivada porque entrevi no sorriso de Tatín, de suas tias e de seu amigo, cobertos de gazes e brumas, como se um bicho-da-seda tivesse urdido um casulo em volta deles, os acontecimentos iminentes que se anunciavam naqueles sorrisos congelados, iguais ao dos mortos da Bíblia do pai de Diego Manuel, que eram mortos de verdade, desses que ficam com cara de não ser ninguém, tão diferentes dos mortos dos filmes e dos homens com vida.

Foi isso que me ocorreu ou que, com o passar do tempo, pensei ter me ocorrido aquela tarde na casa do Tatín. Se bem que, na verdade, aquele bicho-da-seda prosseguiu seu trabalho com tamanha rapidez que, ao chegar em casa e tentar pensar naquela visão que eu não sabia se estava dentro ou fora de mim, a trama de fios já era tão espessa que era impossível saber o que estava sendo larvado pelos próximos tempos, que, por ora, e enquanto novidade, apresentaram aquela inesperada relação de Tatín com os médicos. Uma relação que em muito pouco tempo se fez rotineira e nos acostumou a interromper a partida para trocar rapidamente de goleiro quando, no meio do jogo, aparecia a pequena perua da tia de Tatín, da única que era possível reconhecer naquele bando, graças ao cigarro que tinha num canto da boca e ao modo de dirigir a perua, sempre com o braço para fora da janela, e então nosso amigo ia até o carro caminhando com muita pressa, meio que deixando para trás suas pernas e ferragens, como se quisesse defender uma bomba chutada pelo destino.

Por toda parte e a toda hora, víamos a perua da tia do nosso goleiro levando como co-piloto qualquer uma das outras tias intercambiáveis de Tatín e o próprio Tatín sentado atrás, entre ferramentas e estepes. Pela rua Mármoles, na porta do armarinho do Serrano, subindo pela Eugenio Gross, em frente à banca do Fortes ou voltando do colégio pela rua Cataluña, em todo lugar cruzávamos com aquele veículo itinerante que como um rastro nos deixava o reflexo de Tatín e de sua cabeleira loira, suas mãos emudecidas dando adeus através dos vidros traseiros. Tatín não revelava por inteiro a finalidade daquele vai-e-vem, falava de exames e de enfermeiras, mas nunca esclarecia o porquê daquela peregrinação em que tiravam seu sangue, mediam seus ossos, cutucavam seus olhos e até escarafunchavam atrás das orelhas e no cocuruto, como se seu corpo fosse a Venezuela ou o mar Negro e os médicos estivessem procurando petróleo. Mas sem que ninguém lhe perguntasse nada nem ele aventurasse previsões, só por sua atitude todos subentendemos que se cogitava a possibilidade de curá-lo ou de, pelo menos, melhorar seu estado. Ele não precisava falar de placas subcutâneas nem de próteses cartilaginosas, como mais tarde falaria, para que todos pudéssemos perceber quais eram suas ilusões; bastava ouvi-lo ameaçar os atacantes de arrebatar-lhes a posição e de fazer fintas e chutar com mais habilidade que o próprio Castillo. É que Tatín tinha alma de centroavante, era só ver a cara que ele fazia quando, depois de várias partidas, já cansados de jogar entre nós, Tatín ocupava o lugar de algum atacante exausto e apático que, para descansar, concordava em trocar de lugar com ele. Sem poder correr pela lateral nem se desmarcar, com a pólio fazendo a marcação mais cerrada que qualquer zagueiro seria capaz de fazer, assim que Tatín se encontrava diante do gol adversário suas feições se desfiguravam de ambição, seu óculos soltavam faíscas e suas pernas dançavam numa desarticulação descontrolada. As duas vezes na vida em que marcou um gol, sem se importar com que os demais jogadores já estivessem de brincadeira, jogando sem vontade, Tatín juntou as mãos e olhou para o céu como se rezasse e, se pudesse dobrá-los, com certeza teria caído de joelhos no chão com os braços abertos em cruz e os olhos fechados.

Mas por essa época, à espera de uma iminente e gloriosa ocasião, Tatín não arredava pé de sua posição de goleiro. Sua única ilusão era ser operado, enfiado numa sala de cirurgia por umas pessoas estranhas e mascaradas, armadas de ferramentas afiadas, brocas e serrotes de aço em miniatura que iam aplicar-se a fundo em seu corpo, fazendo cortes e abrindo buracos, enfiando os dedos e as ferramentas por dentro dele como se estivessem trabalhando num esgoto muito estreito, para no fim costurar sua carne como se fosse um lençol ou uma calça rasgada. Era essa a ilusão dele, uma ilusão que me dava vertigem e me deixava meio desmaiado, como se eu tivesse despencado de uma sacada ou de uma torre e agora estivesse caindo a pique contra o chão, que já de longe se via ser de cimento e pedra.

No colégio minha voz saiu sumida quando perguntei a Luisito Sanjuán se ele gostaria de ser operado. Levantou a cabeça do caderno e ficou olhando para mim sem saber do que eu estava falando, com os olhos semicerrados, e só então percebi que ele não estava fazendo a lição de caligrafia, nem de matemática, nem coisa nenhuma, só estava segurando o lápis e cochilando de cabeça baixa. Mesmo assim, tornei a perguntar:

— Você gostaria de ser operado? Pelos médicos?

E então Luisito Sanjuán já não pareceu ter olhos de dorminhoco, e sim de bêbado, como os bêbados que aparecem nos filmes, que não conseguem nem ficar de pé porque só querem esquecer a menina que atropelaram ou o amigo que morreu por sua culpa. E depois de alguns instantes, com os olhos cheios de lágrimas por causa do bocejo que tinha acabado de disfarçar, ele respondeu:

— Meu primo tirou as amígdalas e aí ele ganhou uma porção de doces, no hospital. E também sorvete da Casa Mira, de torrone. — Ficou pensativo, não sei se evocando o sabor do sorvete da Casa Mira ou a operação do primo. — Só que depois ele ficou cuspindo sangue e vomitando tudo, o sorvete e tudo o que tinha comido. Parecia um chafariz — acrescentou com os olhos ainda mais aquosos.

Ficava o tempo todo cuspindo sangue, murmurou Luisito Sanjuán já sem olhar para mim, como se fosse pegar no sono e a lembrança de seu primo já fizesse parte de um sonho. Mas em vez de voltar a dormir, enxugou os olhos e começou a desenhar bem lentamente as letras da lição de caligrafia que ninguém sabia há quanto tempo estava fazendo.

Tatín não sentia nenhuma vertigem por causa de sua operação, muito pelo contrário. Estava radiante, e ao avistar a perua da tia não hesitava em sair correndo desconjuntadamente e deixar nosso time desfalcado. Depois de uma discussão inútil sobre quem ia ficar no lugar de Tatín, cada um acabava enfronhado em suas coisas: Pepito fazendo sinais de fumaça dentro do caminhão do Cuellicorto, seu irmão Francisco cavando buracos para jogar bolinha de gude sozinho, Castillo exibindo sua calça comprida e cutucando as espinhas, Diego Manuel indo até a janela de sua casa para pedir comida, uma coxa de frango, cenouras cruas, berinjelas, bolo ou mortadela, o Mocos e o Guille implicando um com o outro e rolando pela calçada, Barea fitando o bico dos próprios sapatos e contando para o Nono como seu pai trabalhava na Alemanha, como eram grandes as fábricas na Alemanha e como era preciso se agasalhar na Alemanha para não congelar ou morrer feito um cachorro abandonado nas ruas da Alemanha. E às vezes, quando o Mocos se cansava de brigar com o Guille, enquanto Barea continuava falando de seu pai e da Alemanha para quem quisesse ou não quisesse ouvir, e os outros continuavam lá mergulhados em suas histórias, o Mocos e eu virávamos a esquina da rua Lanuza, atravessávamos a rua Pelayo e ali, na divisa do bairro de La Trinidad, cruzávamos o portão de sua casa, que a qualquer hora, mesmo que fosse fim de tarde, cheirava a ensopado e água sanitária. O Mocos, cumprindo não sei que promessa ou remoto costume, sempre subia os degraus de três em três, sem importar-se com a altura exagerada que devia galgar nem com a tremedeira que provocava em toda a escada, e muito menos com as vizinhas que, meio brincando, meio assustadas, gritavam do pátio, Puta merda, Antoñito, desse jeito você derruba a casa inteira.

O Mocos entrava em casa subindo pela parede, como uma lagartixa. Parecia ter, na palma da mão e nos dedos, umas ventosas que o ajudavam a vencer a lei da gravidade e a engatinhar na vertical pela parede mal caiada até a estreita janela que ficava quase pegada ao teto. Já acostumado com essas exibições, depois de ouvir o Mocos cair do outro lado, eu ficava alguns segundos parado na frente da porta esperando que ele sacudisse a cal das mãos e dos joelhos antes de abrir. A casa do Mocos tinha um único cômodo, no máximo um cômodo e meio, mas parecia que dentro dela tinham enfiado tudo o que a duras penas caberia em duas casas inteiras. Panelas, pratos, cadernos abertos, malhas, meias, lençóis amarrotados, livros escolares meio desconjuntados, calças, saias, garrafas, pedaços de pão, contas de luz, xícaras com restos de café ressecado, lápis, sapatos sem par, toalhas, colheres, travesseiros, revistas rasgadas, cuecas, tesouras, laranjas, bacias e sei lá quantas coisas mais, amontoadas e esparramadas em desigual barafunda por todo o aposento, como se por ali tivesse acabado de passar uma quadrilha de gângsteres ou desses policiais que nos filmes entram na casa do protagonista e vão jogando no chão tudo o que encontram em cima dos móveis, e depois emborcam as gavetas e tiram todo o recheio do colchão à procura de uma chave, um diamante ou daquilo que estiverem procurando no tal filme, só que na casa do Mocos não tinha nenhum gângster nem policial, só o próprio Mocos, e nem a cama dele estava quebrada, ou pelo menos era o que eu pensava, porque na verdade isso era uma coisa bem difícil de saber por causa da bagunça do quarto — o Mocos chamava de quarto o canto onde ficava a cama e um criado-mudo — e do despropósito de trapos e cacarecos que cobriam a cama, tanto que eu acho que nem para dormir eles tiravam aquelas coisas dali, e que o Mocos e a mãe dele, para não ter que mudar tudo aquilo de lugar, dormiam no chão mesmo, ao pé de uma pequena bancada que parecia ser a cozinha, ou entre as cadeiras e a mesa que recebiam o nome de sala.

Mas o que mais impressionava na casa dele era o armário, um armário barrigudo, um gigante bêbado e empanturrado de comida, um Polifemo cujo lado aberto fazia as vezes de despensa e por onde apareciam lingüiças, cenouras e latas de conserva junto a um penhoar florido ou alguma outra peça extraviada da porta vizinha, que sempre estava fechada e tinha um espelho rachado ao meio. Na frente desse espelho do Polifemo, não sei se caçoando do gigante com o olho ferido ou de nós mesmos, tomávamos leite em pó depois que o Mocos, como um

Kirk Douglas tentando cravar uma estaca na besta-fera, escalava pelas gavetas de sua barriga para resgatar a lata daquele pó branco que tragávamos às colheradas enquanto víamos nossas caras no espelho e, mexendo a cabeça de um lado para o outro, fingíamos serrar o pescoço de nossa imagem com o racho que atravessava o vidro de ponta a ponta justamente à altura da garganta de nosso outro eu.

Fartos de guilhotinar o pescoço no armário caolho, e para melhor saborear aquele bendito pó branco, íamos para a outra ala da casa, uma espécie de apêndice do aposento principal, separado deste por uma cortina verde. Ali parecia não ter chegado a fúria dos malfeitores ou do furacão que todos os dias assolava a casa. Havia apenas duas caixas de papelão, um baú, alguns cadernos espalhados e uma mesa sempre coberta de peças de um jogo de armar com que o Mocos ficava entretido até altas horas da noite, esperando a mãe voltar do trabalho, e onde às vezes era vencido pelo sono, com a cara enfiada entre porcas e caminhões feitos de tiras de metal que não pareciam caminhões nem nada. E assim, entre guindastes e pontes inacabadas, abocanhávamos colheradas daquele pó branco que minha mãe sempre se negava a comprar porque dava raquitismo e não alimentava como o leite de verdade e que colava no céu da boca como as hóstias, mas sem que fosse pecado cutucar o grude com a língua e sem que por mastigar aquilo aparecesse na frente da gente um menino levando um cordeiro nos ombros, um menino com a cabeça brilhante como se tivesse uma grande lâmpada acesa na nuca.

O Trompeta ficou vários dias tocando em seu quarto, sem comer nem ir ao cabaré. Não deixava dona Angelines fazer a cama nem comia nada do que ela lhe levava, nem as laranjas nem os biscoitos nem a sopa que parava de fumegar e esfriava sobre o criado-mudo enquanto o Trompeta tocava seu instrumento muito baixo, quase num sussurro, e dona Angelines o ouvia com lágrimas nos olhos, apoiada no batente da porta, sem forças para sair dali e deixar de ouvir aquele lamento tão harmonioso. Às vezes ele tocava no meio da noite, e a vibração do trompete era o uivo lastimoso de um lobo ferido na escuridão da neve, na pradaria revolta dos lençóis do Trompeta, que permanecia insone e mudo, e durante aqueles dias disse apenas sete palavras: Eu já vi o sorriso da morte.

A pensão deixou de ser o paraíso. Antes da morte de Lilí, mesmo que o chinês Bonilla se deitasse sem tirar a maquiagem, deixando nos lençóis um rastro amarelado que provocava a ira de seus colegas, mesmo que o Trompeta sempre pagasse a conta com cinco, seis ou até nove meses de atraso ou o elevador nunca funcionasse, ninguém tinha a menor dúvida de que aquele lugar era o paraíso, e todos achavam uma loucura que os estudiosos enchessem os brônquios de poeira vasculhando livros antigos ou que com suas picaretas e ferramentas de arqueólogo corressem o mundo tentando descobrir em que época e lugar existiu o Éden, se há trinta e dois mil e quinhentos anos ou dois milhões vinte e quatro mil, se entre os rios Tigre e Eufrates ou no coração da China, sendo que o verdadeiro paraíso terrestre criado por Deus era a pensão Ríos-España de Barcelona e assim devia constar em todas as Bíblias e todos os Antigos Testamentos do mundo: Deus criou o paraíso terrestre e esse paraíso terrestre ficava na pensão Ríos-España e tinha um anjo da guarda, braço direito de Deus, chamado dona Angelines Cortés Esplá.

A única serpente desse paraíso foi a dos ciúmes, da loucura e da paixão, que é tudo uma coisa só. E o Caim desse Éden, Cosme Cosme, foi um Caim involuntário, que disparou a queixada sem querer. Foi tudo assim como estou contando para vocês. E enquanto na pensão agora parecia que os corredores eram mais compridos, e que as palavras carregavam um eco que antes ninguém tinha ouvido, e os móveis uma sombra que ninguém nunca tinha visto, no cabaré a morte de Lilí provocou um meio-luto que se fazia sentir no ritmo desanimado da orquestra, sem a vivacidade necessária para encobrir as notas falsas e escorregões de Arturo Reyes. Sentia-se a tristeza no passo arrastado dos garçons e na lerdeza de suas bandejas, sem falar no rosto e no olhar perdido dos dançarinos nem nas lágrimas que, provocando uma enxurrada de maquiagem, escorriam silenciosas pelo rosto de Almudena Fernández enquanto ela dançava e exibia a perfeição de suas pernas.

A única coisa que agitava um pouco o cabaré era o duelo surdo que se estabelecera entre Rovira e dom Mauricio Céspedes. Dom Mauricio passava as noites percorrendo seu estabelecimento de ponta a ponta, indo de camarim em camarim para animar os artistas e dizer-lhes que o que Lilí mais teria gostado de ver, o que ela mais gostaria de ver agora que estava assistindo ao espetáculo lá de cima, muito acima das lâmpadas e do urdimento, era que eles atuassem com alegria e dançassem melhor do que nunca, em sua memória. E ao constatar que seu entusiasmo não contagiava os artistas, dom Mauricio trocava o sorriso por um gesto amargo e veladamente lançava a ameaça de que, sem público, a empresa não poderia sobreviver e, sem a empresa, o destino de todos seria a intempérie, o relento. Dos camarins dom Mauricio passava para a orquestra, e ao falar com os músicos dava murros no tambor para frisar suas palavras, que eram muito semelhantes às que dizia nos camarins, só que com menos sorrisos e mais ameaças, e dali corria para o bar, e parava já meio esbaforido junto à mesa dos fregueses conhecidos, e sorria, e dava tapinhas nos ombros, e fazia menção de sentar, mas antes que suas nádegas tocassem a cadeira, já estava de novo em pé para retomar sua carreira estabanada rumo ao bar, onde o discurso feito à orquestra degringolava por completo e, já sem nenhum verniz de amabilidade, dom Mauricio enxugava a testa com um trapo para em seguida ordenar aos garçons que tivessem mais brio e dizer-lhes que não queria ver ninguém dormindo, que todos eles estavam dormindo, mais mortos do que a morta, e que ninguém sentia a morte de Lilí mais do que ele, mas Lilí estava na glória e eles às portas do inferno, e perguntava se por acaso não sabiam mais sorrir. Sorrir, dizia, uma coisa assim, e fazia cara de chinês, enfiava dois dedos nos cantos da boca e os puxava para cima até parecer um peixe suarento que tivesse mordido dois anzóis ao mesmo tempo. O garçom Álvarez olhava para ele com indiferença, com a mesma cara de tédio com que assistia a qualquer filme sem o Gregory Peck. Anselmo, o gerente, nem sequer parava para escutá-lo e continuava o trabalho atrás do balcão, enquanto Camacho, que era de Galdákano, ia logo respondendo, Eu sou um barman, muito cuidado, barman, de Galdákano. E só os gêmeos Benítez, por estarem ainda em período de experiência, paravam para ouvir o sermão do dono do estabelecimento.

Aquela pressão que dom Mauricio exercia sobre seus empregados, da qual só o solista Arturo Reyes estava a salvo, pela posição e por ser veterano, seguia uma escala descendente que começava nos dançarinos, passava pelos garçons e atingia seu ponto mais baixo no fotógrafo Rovira, não porque Rovira estivesse tirando menos fotos ou estas fossem piores do que as que batia antes de Lilí tombar no palco com o mesmo barulho que Tatín teria feito ao defender um pênalti batido por um jogador da Granja Suárez, muito pelo contrário, a desgraça e a paixão tinham afinado a sensibilidade de Rovira, e todas as fotos dessa época eram dignas de ser emolduradas e, mesmo que nelas só aparecesse uma dançarina sentada ao lado de dois fregueses, dava vontade de ficar a vida inteira olhando para elas, e a gente nunca acabava de ver essas fotos por completo, sempre havia mais alguma coisa, como se Rovira não tivesse mergulhado o papel em seu famoso líquido fixador e as figuras e as sombras ali representadas não parassem de mudar de lugar e de expressão e a cada momento formassem uma foto nova e ainda mais bela. Você está a caminho da arte com A maiúsculo, Rovira, dizia-lhe, na pensão, o amolador Poveda, observando aqueles retratos por cima do ombro do fotógrafo. Não esmoreça, que a glória tardia espera por você, a glória dos eleitos, sentenciava Poveda antes de ir para a rua com sua bicicleta e seus apetrechos de amolador, já com a noite alta.

Mas não havia nenhuma glória à espera de Rovira, e sim o rosto congestionado de dom Mauricio Céspedes, que, ao surpreendê-lo na companhia de Soledad Rubí, espumava de ódio e o mandava cumprir seu trabalho, engrolando os desastres que se abateriam sobre o cabaré se o pessoal não cuidasse de suas obrigações, cada um da sua. Então o fotógrafo Rovira, sem se alterar, tirava um envelope com as fotos batidas no dia anterior e, como se fossem papéis velhos ou algo imprestável, jogava o pacote em cima do balcão ou sobre uma cadeira, dependendo de onde estivessem, com o mesmo desânimo de um jogador que põe na mesa as cartas que o fazem perder a jogada, enquanto, mal erguendo a voz, respondia ao dono do estabelecimento:

— Não abuse, dom Mauricio, não abuse. Não vá aproveitar a morte de uma mulher para infernizar e explorar os outros.

Rovira arrumava o topete, agora sim como um herói em perigo, inclinava muito de leve seu bigode e acrescentava, com o olhar brilhante:

— Quanto a mim, não perca seu tempo nem sua saliva. Estou cagando para o que o senhor pensa e fala.

Antes que dom Mauricio pudesse retrucar, o fotógrafo, depois de lançar um olhar de despedida para Soledad, já tinha virado as costas e, com a câmera a tiracolo, dirigia-se ao bar, aos camarins ou à beira do palco, conforme o lugar onde se dava o encontro com o dono e o ponto que ficava mais longe do mesmo. Todos no cabaré acompanhavam de perto essa disputa, e mais do que qualquer outra pessoa a Bella Manolita. Aonde quer que fosse Soledad Rubí e aonde quer que fosse dom Mauricio, lá iam os olhos da Bella Manolita, retintos de ciúmes. Duas grutas, duas masmorras, dois poços sem água nem fundo, seus olhos.

Nas visitas ocasionais que dona Adela e seus casacos de pele faziam a dom Mauricio, a Bella Manolita, que durante tantos anos primara por seu recato no trato com a senhora Céspedes, ia até a mesa do casal rebolando com exagero e pedia fogo ao dono, fazendo questão de chamá-lo de você. Chupava com muita pachorra a piteira do cigarro e se postava ao lado da mesa, exibindo seu biquíni de contas ou seu traje de habanera, com o umbigo à mostra bem à altura dos olhos do casal, fazendo pouco caso das caretas de dom Mauricio e do convite de dona Adela para que sentasse, com o olhar perdido nos cantos do cabaré como quem num dia de inverno devaneia ao fitar um horizonte marinho, soltando fumaça pelo nariz. E quando dom Mauricio já estava à beira de um colapso e o sorriso de dona Adela se mumificara em seu rosto, só então a Bella Manolita apontava com o queixo para Soledad Rubí e, dirigindo-se à mulher de dom Mauricio, como se as duas estivessem a sós e ninguém pudesse ouvi-las, dizia com voz de farpa e aguardente:

— Está vendo aquela mosquinha-morta ali, a de tanga verde? Pois é uma putona de marca. Já sugou a alma de mais de um, para não dizer a braguilha ou outras coisas, a novata.

— Já para o palco, Amalia! — tentava se impor dom Mauricio.

— Eu já dancei, a senhora não viu? — perguntava a Bella Manolita para dona Adela, soltando mais fumaça.

— Pois então vá para os camarins, ou dar trela para o público.

— Uma putona, minha senhora, basta pôr os olhos nela — afirmava a dançarina muito devagar, mascando a fumaça que não parava de brotar de sua boca e de seu nariz enquanto se retirava da mesa com o pêndulo das cadeiras indo solenemente de leste a oeste. — Uma vagabunda.

Mas a ira da Bella Manolita chegava mesmo aos píncaros quando dom Mauricio Céspedes deixava escapar um elogio às virtudes da nova dançarina ou de algum modo insinuava que ela devia comprar esta ou aquela roupa que ficava tão bem em Soledad. Então a amante de dom Mauricio se transformava numa verdadeira lula, que, diante do inimigo, cobre tudo de preto, como na noite em que o dono do cabaré, num gesto de reconciliação, entrou no camarim da Bella Manolita e, olhando-a na cara através do espelho, deu-lhe um beijo suave no pescoço e deixou a seu lado, entre potes de creme e pincéis de maquiagem, uma caixinha embrulhada para presente. As afiadas unhas da dançarina se precipitaram sobre o papel como um bando de pássaros e arrancaram de suas entranhas um pequeno frasco de perfume que, se num primeiro momento despertou sua alegria e a levou a beijar o suor de dom Mauricio, quando foi aberto e a Bella Manolita reconheceu naquelas essências o aroma que Soledad Rubí deixava ao passar, seu sorriso se fez bile, sua voz, caverna, e seus olhos e o rosto inteiro, noite escura, com vendavais, trovões e relâmpagos açoitando sua expressão. O frasco voou sobre a cabeça de dom Mauricio, para espatifar-se contra um outro espelho de maquiagem. E, como dez gaivotas, abutres ou tucanos, as unhas da Bella Manolita passaram em vôo rasante rente ao rosto do atônito empresário, que mal conseguiu esquivar o ataque e ficou com uma bochecha riscada de sangue.

À medida que os gritos da dançarina tomavam o camarim e seus arredores, o cheiro do perfume derramado ia aumentando e impregnando tudo. Esses vapores tiveram sobre ela o mesmo efeito do veneno que soltam na câmara de gás dos filmes e da América, e assim como os condenados quando vão ficando sem ar, a Bella Manolita começou a ter uma congestão. Os insultos entalavam em sua garganta, crispavam-se os músculos e em seu rosto não acabava de ecoar o último trovão que ali rebentara. Antes de cair de joelhos, a borrasca rompeu as barragens da Bella Manolita e de seus olhos brotaram muito rápidas duas lágrimas negras e longas que, em vez de pranto e rímel, pareciam compostas da mesma substância derretida de sua íris, à beira da asfixia.

Amalia Moreno, mais conhecida como a Bella Manolita, foi imediatamente socorrida por Anselmo, o gerente, e por dois músicos que, atraídos pelos gritos, trataram de levá-la a um sofá onde, depois de muito abaná-la e mergulhar seus pés e suas mãos em baldes cheios de gelo, desses que servem para manter frio o champanhe, acabaram por devolver o fôlego à dançarina. Desobstruídos seus brônquios e dissipado o gás venenoso do perfume pela ventilação e pelo diligente abano dos músicos, após um longo e serpenteante arroto, a Bella Manolita deu provas irrefutáveis de sua recuperação com um cavernoso grito que acuou ainda mais dom Mauricio contra a parede onde estava apoiado:

— Seu veado!

Dom Mauricio Céspedes, o proprietário da casa de espetáculos, aquele que até então fora amante da Bella Manolita, deixou de apalpar a própria bochecha com seu lenço branco e, muito lentamente, pôs-se a olhar aquelas três linhas borradas de sangue que ficaram marcadas no pano como uma espécie de pequeno pentagrama. Absorto naquela visão, nem pareceu ouvir o novo grito da Bella Manolita, em cujo rosto se generalizava a enxurrada de lágrimas enlutadas, e que, já semi-erguida no sofá, apoiando-se no ombro de Anselmo, o gerente, gemeu vingativa:

— Assassino! Você vai me pagar, seu criminoso!

Mas dom Mauricio, repito, não ouvia nada e já estava de costas para a amante. Nos cacos de espelho que ficaram encaixados na moldura rodeada de lâmpadas, olhava meio hipnotizado os arranhões em seu rosto e tornava a cobri-los com o lenço. E assim, deixando seu inseparável lenço coalhado de riscos e minúsculas cruzetas vermelhas, saiu do camarim e, caminhando muito devagar, olhando aqueles corredores escuros como se fosse a primeira vez que transitasse por eles, foi sentar-se nos umbrosos degraus que levavam ao vestiário e ali, envolto naquela umidade com cheiro de cerveja aguada e de quarto fechado, ficou com os cotovelos cravados nos joelhos, a boca aberta e uma sensação de cansaço tão imensa que a muito custo conseguia manter os olhos abertos, o mesmo que acontecia com Luisito Sanjuán toda vez que começava a fazer a lição de caligrafia e suas pálpebras se transformavam num toldo, numa persiana com as engrenagens quebradas, como no dia em que me falou da operação de seu primo e, depois de ter escrito quatro ou cinco letras e de apagá-las com muito capricho o mesmo número de vezes, levantou a cabeça para me dizer:

— O Pitraco também foi operado.

— O quê?

— De vegetações no nariz — respondeu. — Mas acho que ele não ganhou doces e nem sei se cuspiu sangue ou vomitou.

Depois de olhar a folha e constatar que o papel meio transparente já não suportaria o contato da borracha sem abrir um rombo que seria o passaporte certo para a mesa de dona Carmen, para lá sofrer sua ira, Luisito Sanjuán voltou a me olhar:

— Vai ver que o Pitraco ganhou um livro de datilografia, ou uma matrícula na Almi.

E as brumas dos olhos de Luisito Sanjuán se dissiparam quando ele voltou à carga dizendo que, além dos doces e do sorvete da Casa Mira, o que mais gostaria de ganhar era um dos canivetes da Casa Maldonado, aquela loja de ferragens que fica em frente do armarinho do Serrano. Um canivete gordo que tinha dentro uma navalha média, um saca-rolhas, uma lixa, uma navalha pequena, uma tesourinha, um furador, um serrote em miniatura e sei lá quantas coisas mais. Toda tarde de domingo, enquanto a balconista de La Jijona embrulhava os doces que ele acabara de escolher, Luisito Sanjuán ficava parado na frente da vitrine da Casa Maldonado, olhando o canivete que estava ali pendurado de um fio de náilon, com cabo de nácar e tantas coisas saindo dele que mais parecia um ouriço. Se bem que o canivete de que mais gostava era um que estava dentro da loja, bem pequeno e de cabo vermelho. Ele até já tinha segurado o tal canivetinho nas mãos um dia que foi lá com o pai comprar pregos. Enquanto seu progenitor ponderava com o dono da loja que tipo de prego era o mais apropriado para pendurar um quadro, Luisito Sanjuán pediu a um balconista moço, quase tão moço quanto ele, mas com um bigodinho de penugem preta e um avental azul que o faziam parecer mais velho, que lhe mostrasse os canivetes com saca-rolhas e tesouras. E ali, dentro de uma caixa de papelão, misturado com outros canivetes e chaves de fenda, estava o canivetinho de cabo vermelho-escuro que era o fascínio de Luisito Sanjuán. Mas seu pai nunca quis comprar esse nem nenhum outro canivete, por mais que Luisito Sanjuán tenha cansado de explicar que não ia cortar nem furar nada e que só queria o canivete para andar com ele no bolso, para sentir seu peso concentrado contra a coxa e, com muito cuidado, nas tardes de domingo, abrir todas as suas peças e tornar a fechá-las até a semana seguinte.

E com olhos sonhadores, sem querer ver a página de sua lição nem o rombo que ameaçava se abrir ao menor movimento, Luisito Sanjuán ainda continuou falando do canivete de cabo vermelho que o balconista de avental azul tinha guardado em sua caixa com um sorriso de triunfo, mas eu, assim como dom Mauricio fez com a Bella Manolita depois de ela ter arranhado seu rosto, eu mal o ouvia, pois meu interesse estava concentrado no outro extremo da sala, na figura e no nariz do Pitraco, que já havia terminado sua lição de caligrafia enquanto eu não tinha chegado nem na metade e Luisito Sanjuán, entre borrões e buracos, mal tinha passado da segunda linha. A partir desse instante em que o vi tão aprumado diante de sua carteira, empenhado em resolver as intermináveis contas que dona Carmen nos mandava fazer, a imagem do Pitraco adquiriu um novo significado para mim, e não só por ter tomado clorofórmio e ter passado por uma operação, por ter tido a coragem de enfrentar uma quadrilha de médicos mascarados e armados com todos aqueles aparelhos, mas pela história das vegetações no nariz. De repente senti que o Pitraco, com suas idas e vindas à Academia Almi, com sua cara tensa e sua cor amarelo-pálido, com seu amor por Conchi Canca e sua velocidade ao fazer a lição de caligrafia, era um ser ao qual eu me sentia secretamente ligado, alguém que tentava fugir de si mesmo por um labirinto datilográfico, metralhando teclas, recorrendo o carro.

As vegetações do Pitraco, aquela trepadeira que eu imaginava brotando para dentro de suas ventas e espalhando seus galhos e ramagens por dentro de seu corpo, eram apenas uma ínfima fração da descontrolada selva que tinha começado a crescer nos antros de meus pulmões e nos porões de minhas tripas no instante em que Esperancita e sua prima Quini apareceram na esquina da Diego de Vergara, transformadas como que em ninfas, com o cabelo alisado e a malha a ponto de estourar.

Assim como minha imagem do Pitraco mudou com uma única palavra de meu colega, a mais de mil quilômetros do colégio de dona Carmen e de minha casa, talvez enquanto eu dormia e sonhava que nunca mais teria que fazer lições de caligrafia ou que uns médicos sem rosto, auxiliados por todas as tias de Tatín, me operavam com o saca-rolhas, as tesouras e o serrote de um canivete com cabo de nácar, a mais de mil quilômetros de meu sonho, a Bella Manolita tentou mudar a imagem que todos no cabaré tinham dela, pretendendo que deixassem de vê-la como uma mulher enciumada e irascível. Não que tivesse desistido de destruir a imagem que os outros tinham de Soledad Rubí, mas já não falava mal de sua colega a toda hora, nem se referia a ela como uma meninota fedendo a esterco nem a chamava de pistoleira ou de putona. Assim como os detetives dos filmes procuram o falso livro na biblioteca do vilão, o livro que não é livro mas sim uma alavanca que abre a porta do porão ou da sala de tortura, desde a noite de sua briga com dom Mauricio Céspedes, a Bella Manolita empenhou-se em achar a palavra secreta, a alavanca misteriosa que, como aquela que tinha mudado minha visão do Pitraco, pudesse mudar a idéia que o pessoal do cabaré fazia de Soledad Rubí.

Um trabalho inútil, assim como sua nova teima em falar para o fotógrafo Rovira dos encantos daquela mulher de duas caras. O fotógrafo já tinha conhecimento de sobra a esse respeito, e muitas vezes, quando estava junto à jovem dançarina, sentia que lhe faltavam as forças para conter a tentação de mergulhar o rosto no perfume que o corpo de Soledad Rubí exalava e achava que de uma hora para outra ia desfalecer sobre ela, para enterrar os lábios naquela aura com aroma de morango que a envolvia. Quando a via de perto e meio nua, com aquele biquíni de lantejoulas e cristais resplandecentes, Rovira sentia que seus braços, escapando à sua vontade, de uma hora para outra se moveriam por conta própria, para rodear Soledad Rubí com muita calma e esmero. Ele a abraçaria e amaria lentamente, percorreria sua pele com a mesma ternura com que se acaricia uma menina indefesa, com a mesma devoção com que se reza para a Virgem e com o mesmo desejo com que se fornica com uma prostituta, com todos esses sentimentos e com muitos outros que por um instante fulgurariam em seu coração e, como fogos de artifício, desapareceriam deixando em seu ânimo um rastro de cinzas quentes. Com todos eles, com todos esses sentimentos fundidos num só alento, numa só pulsação, o fotógrafo Rovira amaria Soledad Rubí, Sonsoles Aranguren e todas as mulheres que se adivinhavam naquele corpo e naqueles olhos de amêndoa e sol.

Rovira sabia que esse instante significaria o fim dos tempos, que no momento em que esse ato se realizasse sua vida estaria acabada, pois nada do que acontecesse depois teria valor e nem de longe poderia ser comparado a esse momento tão ansiado que seria o clímax de sua existência, o verdadeiro motivo de ter sido gerado e em busca do qual, sem saber, até então tinha vagado pelo mundo. Tatín também parecia viver unicamente para o dia em que os médicos resolvessem dedicar-se a fundo a ele e pusessem para funcionar sobre seu corpo toda a sua parafernália e suas ferramentas. Em nenhum momento passava pela cabeça do nosso goleiro que poderia muito bem ficar para sempre na mesa de cirurgia e não voltar daquela viagem escura, daquele túnel que era o clorofórmio e cujas paredes confinavam com as da morte, sem nunca mais poder jogar no gol nem em nenhuma posição, sempre quieto e sempre sozinho. Talvez porque para ele, para o Tatín, jogar no gol já fosse o mesmo que não poder viver.

Por esse mesmo motivo, o fotógrafo Rovira não deixava de desejar a dançarina Soledad Rubí, sem importar-se com o que pudesse acontecer depois de realizado seu desejo. Ele também sentia que não ter Soledad Rubí era não ter vida. Rovira era um cadáver ambulante, um zumbi desses que aparecem nos filmes de mortos-vivos, só que em vez de andar com a roupa toda esfarrapada e a carne meio que caindo do esqueleto, ele usava um topete de artista, uma camisa recém-passada por dona Angelines e uma câmera fotográfica — um olho sempre aberto, sem piscar nem vacilar, o olhar de seu coração — pendurada sobre o peito. Rovira era um morto que bebia, e embora no cabaré ninguém nunca o tivesse visto fraquejar, quando vagava noite adentro ao lado de meu irmão, sempre esticando o caminho de volta para a pensão, exalando álcool pelo hálito e pelos poros, de frente para o mar, Rovira falava de sua juventude em Casablanca, do amor distante de uma mulher que ele, em sua cantilena solitária, chamava de minha marroquina, minha doce marroquina. No meio da noite, ele perdia o fio de sua história e só dizia palavras desconexas, sempre voltando a repetir o nome de Soledad Rubí, Sonsoles, me dê a luz, você é minha luz, meu sol, Sonsoles, me dê, me dê sua luz, Soledad, soledade, esta solidão que é a vida, Rubí, rubi de sangue, meu coração de pedra encharcada, Aranguren, olhos de água-marinha e orvalho, Rubí, Sonsoles Soledad Aranguren Gómez Rubí, Sonsoles, flor de orvalho.

De nada adiantava que na calma da noite meu irmão, a quem já restava pouco tempo com o nome de Ramón, entoasse para o fotógrafo as mais doces melodias e entre o sussurro das palmeiras, voando com o rumor do vento entre os galhos das árvores, sua voz subisse como um véu transparente e cálido, Eu te direi por que minha canção te chama sem cessar. Chorava Rovira Ramblas abaixo, chorava na praça de España, na praça de Cataluña, no monte Carmelo, ao pé da estátua de Colombo, em frente ao parque Tibidabo e ao pé do Montjuich, em meio ao primeiro vaivém do mercado de La Boquería, com os pés fincados nas areias de La Barceloneta, com a alma trêmula como a voz de meu irmão, que pouco depois já não se chamaria Ramón nem Solé: Cada vez que o vento passa leva consigo uma flor.

Eu, ao ver as cartas e os postais que meu irmão mandava, procurava ler bem devagar aquela prosa que, entre beijos para minha mãe, piadas para minha irmã e meu pai e lembranças para Cándida e minhas tias, falava de sua dança, do cinerama e dos cartazes de Barcelona, além de fazer comentários sobre seus colegas de cabaré, de dom Mauricio, das mágoas do fotógrafo Rovira e de tantas outras questões que, assim embaralhadas, eram como as peças de um quebra-cabeça que eu ia montando como podia, imaginando uma nebulosa de rostos, palavras e até sentimentos que, anos mais tarde, meu irmão, já de viva voz e tendo voltado de Barcelona e de sua vida de artista, iria iluminar. Mas então, no fim da leitura, eu ficava olhando as letras, já sem ler o que queriam dizer grudadas umas nas outras, mas observando o desenho da escritura e vendo como aquelas letras gordas e alegres pareciam contagiadas pelos passos de meu irmão e dançavam pelas linhas como se também elas, as letras, vestissem calças pretas e uma camisa amarrada acima do umbigo. Vagamente imaginava o que dona Carmen poderia ter pensado daquelas letras e como meu irmão teria apanhado de palmatória se tivesse apresentado uma lição com aquela caligrafia.

Mas eu ficava mesmo hipnotizado era ao contemplar os postais que Ramón mandava. Uns postais que às vezes eram grandes, quase do tamanho de uma folhinha, postais brilhantes que eu nunca tinha visto e que não me cansava de olhar, debruçado diante deles como se estivesse numa sacada que me permitisse ver a mais de mil quilômetros de distância. Via ruas e fontes noturnas, iluminadas por holofotes que apontavam para o céu, iguais aos que nos filmes perseguiam os aviões nas noites de bombardeio, só que nos postais do meu irmão não havia bombas nem bombardeiros, e sim avenidas cheias de carros e de gente desconhecida e pequena que usava casacos e vestidos antiquados, trafegando pelo fluxo de uma vida que por toda parte exalava mistério e nomes sonoros. E ao mesmo tempo que percebia tudo aquilo, no fundo daquelas paisagens eu também tinha a impressão de sentir a presença do fotógrafo Rovira, como se o rastro de seus lamentos e o eco das canções de meu irmão estivessem de algum modo encerrados, presos dentro daquelas fotografias, pouco importando que tivessem sido batidas muito tempo atrás. Era tanto o hipnotismo que eu sentia que, quando ia com meu pai ao bar Los 21, enquanto ele, orgulhoso, mostrava as cartas de meu irmão ao comandante Villegas, ao Toto, aos garçons e ao resto de seus amigos, eu tirava os postais do bolso de seu paletó e, enchendo a boca de uma soda que me fazia chorar com a virulência de suas bolhas, tornava a olhar as paisagens bem devagar, alheio aos comentários de meu pai, que sempre exagerava os feitos de meu irmão e inventava números que Ramón não tinha representado e contratos que, por fidelidade a dom Mauricio e seu cabaré, meu irmão tinha rasgado na cara dos mais importantes empresários, que, apesar do desplante, continuavam implorando que ele fosse atuar para eles.

E eu não desgrudava os olhos dos postais nem mesmo quando os amigos de meu pai, enquanto bebiam cerveja ou saboreavam aquelas patas de polvo cheias de ventosas chamuscadas, perguntavam pela dançarina morta a tiros pelo homem que se jogou na frente do trem. Com o lápis na orelha e enxugando as mãos no avental, Pepe e seu sobrinho Juan, os garçons de Los 21 — que não ficava nos Campos 21 nem eu sabia o porquê desse nome, nem o do bar, nem o do campo —, paravam para ouvir as explicações de meu pai, os detalhes que ele inventava do tiroteio que houve no cabaré e de como uma bala tinha raspado a orelha de meu irmão, que chegou a ficar chamuscada, e que aquele homem, o amante da dançarina, enlouqueceu e saiu na rua dando tiros, e também contava como meu irmão e um amigo dele que tocava trompete tiraram a dançarina gorda da sala de espetáculos e a enfiaram num carro, e meu irmão, que até aquele momento nunca tinha dirigido, pegou no volante e seguiu a toda pelas ruas de Barcelona, como se não tivesse feito outra coisa na vida senão guiar um Chevrolet como aquele que dirigiu, soltando faíscas pelo escapamento e sem parar nas esquinas, e que a dançarina, vendo que estava às portas da morte, lhe dizia, Mais rápido, Ramón, mais rápido. Então meu pai parava para molhar a garganta com cerveja e, enquanto a fritura se estorricava na frigideira e algum freguês reclamava em vão a presença de Pepe ou de seu sobrinho Juan, meu pai deduzia que aquela aprendizagem espontânea de meu irmão com certeza se devia ao fato de tê-lo visto dirigir tantas vezes seu caminhão Leyland, o que Doblas, o ajudante de meu pai, confirmava com um aceno, e ele, meu pai, ao sentir que o silêncio e o cheiro da frigideira iam chegando ao limite, depois de negar com a cabeça, quando Pepe ou seu sobrinho Juan já estavam girando sobre os calcanhares para acudir ao fogo ou ao beberrão impaciente e a tensão estava a ponto de ser quebrada por algum comentário ou uma tossida, retomava a palavra para dizer que por mais que meu irmão tivesse corrido, não havia o que fazer e que a dançarina deu seu último suspiro na mesa de cirurgia apesar de meu irmão e seu amigo Trompeta terem doado dois litros de sangue cada um, e que meu irmão ficou tão triste ao ver sua amiga morrer que pediu ao médico que, aproveitando que ainda estava com a agulha na veia, tirasse mais um litro, para o caso de aparecer outra infeliz que precisasse de mais sangue para salvar a vida. E depois de um novo silêncio e outro cabeceio de Doblas confirmando o que meu pai tinha acabado de narrar, o comandante Villegas pigarreava para contar que, na guerra, um soldado de Alicante que tinha levado um tiro na cabeça continuou andando como um sonâmbulo pela trincheira com um chafariz de sangue, uma fonte, saindo do cocuruto, e atrás dele um recruta, de Sabadell, se não lhe falhava a memória, foi recolhendo o sangue num balde, para ver se depois os médicos conseguiam pôr de volta no de Alicante, aquele que levou o tiro. E os garçons Pepe e Juan já corriam para o fogo e para a freguesia desesperada, sem querer saber, ou já cansados de saber que o recruta encheu mais de um balde e meio de sangue e que isso não adiantou nada porque o de Alicante, quando parou de andar, depois de cagar com um fedor insuportável, disse que estava muito cansado e caiu morto, fulminado como se acabasse de ser baleado naquela hora, meio quilômetro na frente de onde na verdade tinha levado o tiro. E aí o Toto já começava a contar a história da pomba daquela caçada, a pomba que encontrou num matagal a poucos passos de seus pés e que, depois de receber uma chumbada à queima-roupa, ficou parada, até que o Toto puxou o segundo gatilho e o bicho deu uns pulinhos, sem penas, sem pele e sem cabeça, e levantou vôo como se os tiros não fossem com ela, espalhando umas gotas vermelhas e finíssimas, como uma garoa de sangue. Doblas já não assentia, olhava muito sério para os que falavam, palitando os dentes, e a roda começava a se dispersar, a conversa se repartia em duplas, e eles pediam camarão frito, mariscos e mais polvo. E enquanto cada um continuava falando do que lhe vinha à cabeça, eu não parava de olhar os postais de meu irmão, a fonte do Montjuich, a serra de Montserrat, e reparava num menino ao fundo que corria atrás de uma bola no parque Güell, num cachorro minúsculo sentado numa esquina da rua Muntaner, numa moto com *side-car* estacionada no Paralelo.

Arrotando soda e meio enjoado por causa do cheiro da cerveja e da fumaça do Bisonte de meu pai, eu seguia com ele pela rua Mármoles, e enquanto pensava no menino do parque Güell, que não devia ser mais menino, que era capaz de já ter bigode e beber cerveja pelos bares de Barcelona, e também no cachorro da rua Muntaner e na moto do Paralelo, o primeiro morto ninguém sabia quanto tempo atrás e a segunda coberta de ferrugem, desmanchada num ferro-velho qualquer ou abandonada nos terrenos baldios do Carmelo, minha cabeça se enchia de disparos, ouvia o sangue do soldado de Alicante, o do tiro, jorrando no balde metálico do recruta com um rufar de tambor, e em meus pensamentos se embaralhavam pombas e coelhos arrebentados, danças e pessoas do cabaré das quais meu irmão falava com sua letra rechonchuda, e transfusões que nunca acabavam. E assim embotado, eu chegava com meu pai à porta da venda do fruteiro Serrano, onde todo dia ele me perguntava qual era meu nome. E eu, conforme uma fórmula que já me parecia pré-histórica, respondia a contragosto, O mesmo do meu pai. E qual é o nome do seu pai? Antonio. Então, qual é o seu nome? Antonio, o mesmo do meu pai.

Enquanto Serrano ria às gargalhadas, com sua careca e uma barba de dois dias que descia cheia de farpas brancas por seu papo e se perdia pelo colarinho adentro, dando a impressão de que toda a sua pele estava coberta de agulhas brancas, eu ficava olhando a guimba seca e apagada sempre grudada no lábio de cima e que não era guimba nem nada, só um papel meio verde e chamuscado com um fiapo de tabaco dentro, e me dava vontade de vomitar a soda em cima dos seus tomates gosmentos e da baba de suas uvas. Vomitar como vomitava o primo de Luisito Sanjuán, como um chafariz, vomitar a selva e os riachos de soda verde, de soda pantanosa que carregava dentro de mim, o matagal, as raízes, os cipós, as espessuras e areias movediças cheias de cachorros mortos, de *side-cars* enferrujados, baldes de sangue e soldados baleados que boiavam embolados dentro de mim. Mas em vez de vomitar, olhava para o chão, cheio de ramos pisoteados de alfafa, de terra de batatas e serragem suja, suportava as últimas gargalhadas de Serrano e seguia viagem com meu pai pela rua Mármoles, com a soda e a selva dentro de mim, com minhas vegetações.

Eu, como o fotógrafo Rovira, bebia para esquecer, para ficar ainda mais atordoado, para me mascarar. Só que em vez de beber álcool, bebia uma soda rebelde e ardida, uma soda que em Los 21, enquanto olhava os postais, as fotos e as cartas de meu irmão, me permitia lacrimejar, fungar e fazer caretas pondo a culpa nas bolhas. E à noite, quando a soda bebida passava da conta e através do sonho a bexiga avisava que estava a ponto de estourar, eu me levantava como um zumbi, como Rovira andava pelo mundo, sonâmbulo, como o soldado de Alicante seguiu andando pelo campo afora com uma bala e um chafariz de sangue na cabeça. E, com a boca pastosa e seca, ao passar pela sala me encontrava com aquela luz que saía de dentro da cristaleira. Em volta do móvel estavam sentados meu pai, minha mãe e minha irmã, que me olhavam com uns sorrisos muito estranhos, como se estivessem atrás de um espelho, com as caras iluminadas por um brilho amarelo e cheias de sombras compridas. Na superfície da cristaleira, como bonequinhos mecânicos, dançavam meu irmão e todas as figuras saídas das fotos que estavam ali dentro, suas colegas de cabaré rodopiando, rodeando xícaras e estátuas de porcelana com seus vestidos brancos e suas lantejoulas brilhantes. Mas ninguém me dizia nada, nem sequer minha mãe, só me olhavam por um instante e depois continuavam ali no escuro, os três iluminados pelo brilho amarelo do móvel, ouvindo o pulsar da noite, o pingo de uma torneira, as mandíbulas das minhocas devorando a terra nos canteiros do quintal e certo tremor das paredes, como se elas também respirassem. Ao sair do banheiro, eu tornava a vê-los junto à cristaleira enquanto eu voltava para a cama, deixando nas lajotas o rastro fosforescente dos meus pés descalços. E ao passar diante da porta de seus quartos, eu adivinhava no escuro os vultos de meus pais e de minha irmã como se estivessem ali dormindo, embora eu soubesse que, na verdade, embaixo das mantas só havia foles vazios, sacos que seus donos tinham abandonado para contemplar aquele resplendor, aquela dança sem música que, no coração da noite, acontecia na cristaleira da minha casa, na rua Antonio Jiménez Ruiz número 36.

Cada vez a cristaleira ia sendo povoada com mais fotos, com novos fregueses e amigos do cabaré, com dançarinas repetidas, Fátima Combados, Inmaculada Galván, Almudena Fernández, Mari Carmen Molina ou a Mulata de Fuego, tão linda que, segundo afirmava meu pai, para a incredulidade de minha mãe, não havia maquiagem no mundo capaz de inventar aquelas pernas nem aqueles olhos que parecia que de uma hora para outra iam começar a arder e a queimar a foto que os retratava. Porque além de beber e falar da marroquina de Casablanca e murmurar os nomes de Soledad Rubí, além disso tudo, o fotógrafo Rovira continuava batendo suas fotos, trabalhando no laboratório com seus líquidos e fazendo aquelas fotomontagens de que meu irmão tanto gostava.

Mas o fotógrafo e meu irmão já não riam como antigamente. Na primeira fotomontagem dessa época, Lilí foi fundida com sua amiga Almudena Fernández. É que o fotógrafo Rovira colava cabeças e corpos de diferentes pessoas sem que a emenda aparecesse. Colava braços, pernas de fotos antigas, bigodes, vestidos de toureiros, chapéus armados e qualquer coisa que sua coleção de negativos contivesse. E se em outros tempos se divertia colocando a cara de dom Mauricio Céspedes em cima do corpo de um elefante-marinho ou de um jacaré com sapatos de verniz, pondo as pernas de uma anã no corpo da Bella Manolita, tudo recortado com tanta precisão que dom Mauricio e sua amante pareciam mais verdadeiros e genuínos na montagem de Rovira do que como apareciam na realidade, agora as emendas e trucagens do fotógrafo eram feitas do mesmo material melancólico que lhe inundava a alma. Embora em suas fotos continuasse aparecendo gente, Rovira já não retratava pessoas, nem caras, nem bocas; o que Rovira fotografava eram desejos, saudades, temores, angústias, ambições. E o mesmo acontecia com suas fotomontagens.

Em homenagem ao passado, a Lilí e ao tempo perdido que com ela se fora para sempre, ele montou aquela cena que fez o coração de meu irmão parar por um momento. O rosto volumoso de Lilí se assentava sobre o corpo esguio e as pernas esculturais de sua amiga Almudena Fernández, nitidamente reconhecíveis, não só por sua perfeição, mas também pela correntinha de ouro com um coração que sempre pendia em volta de seu tornozelo direito. Mas o que tirou o fôlego e a fala de meu irmão não foi a perfeição da fotomontagem, e sim a expressão de Lilí, aquele sorriso idêntico ao que a dançarina exibia no instante de morrer, quando, já interrompidas a dança e a música, meu irmão se virou e a viu caída atrás dele, no meio do palco, com aquele sorriso que não tivera tempo de murchar e que parecia ignorar o tiro que acabava de atingir sua dona, igual ao sorriso dos japoneses que estavam sorrindo quando a bomba atômica caiu sobre suas cabeças e ficaram com o sorriso na boca e um pensamento partido ao meio. Quem sabe Lilí também não tenha podido acabar de pensar em como gostava da música que estava dançando ou onde devia pôr o pé no passo seguinte, ou nos olhos do homem da segunda mesa que não desgrudavam dela, ou quem sabe estivesse pensando que devia mesmo deixar o cabaré e o nome de Lilí para se casar com Cosme Cosme, e quem sabe tenha ficado com o comichão do pensamento na cara, com um sorriso que era o mesmo que Rovira colara sobre o corpo de Almudena Fernández. E a expressão da dançarina era tão parecida com a que ela mostrava no momento em que recebeu a surrada bala de duplo Cosme nos miolos, que meu irmão vasculhou a foto procurando o buraco do projétil ou algum rastro de sangue na testa de Lilí, ao mesmo tempo que, já tendo recuperado a voz e o fôlego, perguntou a Rovira:

— E esta foto?

— Igualzinha, não é? Mas não foi batida naquela hora. Daquilo eu só tirei a foto do Cosme Cosme subindo a escada. Da Lilí, não.

— Sei — respondeu meu irmão, segurando a foto na ponta dos dedos e esticando o braço para afastá-la, mas sem tirar os olhos dela. — Mas é melhor você não mostrar isso para a Almudena, nem para ninguém. Impressiona.

Apesar de tudo, apesar da ausência irremediável de Lilí, da tristeza de Almudena Fernández, do desespero de dom Mauricio Céspedes, das estratégias da Bella Manolita, das notas falsas cada vez mais longas do solista Arturo Reyes e da melancolia do fotógrafo Rovira, apesar de tudo isso e de muitas outras coisas que não vou contar agora, o cabaré continuava deslumbrando meu irmão com aquela vida fervilhante de lantejoulas, música, cortinas, fumaça e maquiagem, aquela vida que para meu irmão era a vida, tão diferente do caminhão Leyland do meu pai, do cheiro de fritura de Los 21, das oficinas de Oliveros, das vozes das vizinhas gargalhando na rua, ou da roupa pendurada no quintal de casa. A vida era Barcelona, o cabaré e a possibilidade de que um dia um monstro da tela entrasse no salão e a gente pudesse olhar nos olhos e dizer, Oi, Charlton, adorei *Ben-Hur*, como você guiava bem a quadriga, ou, Puxa, Gina, pena o Tyrone Power ter morrido antes de acabar *Salomão e a rainha de Sabá*, era tão bonito o casal que vocês formavam e como você estava linda naquela dança dos véus.

E enquanto um daqueles monstros, ou Hedy Lamarr, ou quem sabe Ginger Rogers não resolviam visitar o cabaré de dom Mauricio Céspedes, meu irmão, que nas últimas fotos estava um pouco menos famélico e com o topete um pouco mais domado, menos virulento, ia ampliando seu círculo de amizades e já era compadre de meia freguesia, de um advogado que todos chamavam de tio Tom, de um casal de faquires de sobrenome Suárez que tinham trabalhado no circo como engolidores de espada, do dono de uma fábrica de farinha e de um corretor de imóveis que, quando falava, ninguém entendia uma palavra do que dizia porque estava sempre bêbado e além disso tinha um buraco na garganta coberto com um lenço, que era por onde falava à base de roncos. Meu irmão chegou inclusive a fazer amizade com o boxeador Avelino Padilla, um dos acompanhantes do enterro de Cosme Cosme, na verdade o único acompanhante, pois, dos outros dois, um era funcionário da funerária à espera de não sei que assinatura que ninguém queria dar, com medo de eventuais pagamentos, e o outro, um amigo de Padilla chamado Alberto Tesán, que, por ser poeta e afeito a dramas e histórias de amor, tinha concordado em acompanhar seu amigo Padilla para dar o último adeus àquele ciumento assassino e suicida ferroviário.

Por toda parte meu irmão ia espalhando suas amizades e sua animação, em cada uma das mesas ele se enredava em conversas sempre cheias de risadas e palmadas no ombro, sempre com seu topete, meu irmão, com aquele topete que era sua selva pessoal, mas que em vez de invadir sua alma tinha crescido exuberantemente para fora, como uma bandeira, como um estandarte de sua própria alegria e da de todo o cabaré, cuja orquestra voltava a contar com a presença do Trompeta e que, por esses dias, por conta de um acesso de rouquidão do solista Arturo Reyes, assistiu à segunda estréia anônima de meu irmão, desta vez como cantor do Paralelo.

Recebemos a notícia numa manhã clara e com o céu tão azul que a gente sentia a tentação de levantar o braço para cortar com os dedos aquele gás azul contra o qual se perfilavam os galhos do pessegueiro e as folhas da nespereira, com tanta precisão que o dia e o céu pareciam uma ilustração do Evangelho pintada por Conchi Canca com seu giz de cor. Chegou a carta sem postal nem foto, nua a letra de meu irmão. E ali, no meio do quintal, entre as margaridas, os gerânios e o jasmineiro, minha mãe, com o avental molhado e deixando a roupa que lavava se afogar no tanque, ficou com um sorriso muito meigo à sombra do pessegueiro, lendo a carta de meu irmão. Enquanto eu olhava o envelope, com as marcas de umidade que os dedos de minha mãe tinham deixado num canto, e cheirava aquele papel que, lá da pensão Ríos-España, tinha viajado em caixas de correio, túneis e trilhos de trem por mais de mil quilômetros, minha mãe ia lendo que certa noite foram tantas as notas falsas, as desafinadas e as passagens completamente mudas que o solista Arturo Reyes introduziu em suas primeiras canções que o público, depois de uns instantes de dúvida, tomou aquilo por um novo número humorístico. Meio soterrado em gargalhadas, assobios e aplausos, o solista foi ficando irritado e exibindo sem pudor suas gengivas nuas numa última tentativa de alcançar uma melodia que galopava, fugia como um cavalo selvagem à frente de sua voz. Meu irmão contava que só depois de muita insistência de dom Mauricio Céspedes o achacoso e quase mudo Arturo Reyes concordou que Ramón concluísse, mesmo que fosse só essa noite, seu rançoso repertório.

Como na primeira vez em que dançou no cabaré, essa também foi uma estréia meio clandestina, pois de novo meu irmão não foi anunciado pelo microfone, nem ninguém disse seu nome, que ainda era Ramón, nem comunicou nenhuma alteração no programa. Vestido como os outros dançarinos, meu irmão simplesmente deu um passo à frente como um voluntário, inclinou-se sobre o microfone e começou a cantar. Parte do público ainda estava com os olhos embaçados de lágrimas por causa das gargalhadas, alguma risada ainda pairava sobre a música lembrando a atuação de Arturo Reyes e, como sempre, no bar se ouvia o estrépito dos copos, as vozes dos garçons e o burburinho dos fregueses que não suportavam tanta música. Mas à medida que a voz de meu irmão foi crescendo em meio àquele denso bafo de rumores e fumaça, os garçons pararam de mexer os copos, apagou-se o eco das últimas gargalhadas e os olhos voltaram a brilhar com o nascimento de umas lágrimas que não eram fruto do riso e sim de uma inundação de felicidade, de um alento sonoro que brotava da garganta de meu irmão e que o microfone espalhava por todo o cabaré. E até as pessoas que nesse momento estavam no banheiro, nos corredores dos camarins ou no fundo do vestiário, ficaram paralisadas em seus afazeres, com o ânimo suspenso naquela melodia que, ao findar, deu passagem a uns tímidos aplausos que logo se transformaram numa cerrada ovação que não era dedicada propriamente a meu irmão e sim à sua voz, àquela voz que tinha surgido do microfone comovendo todo o cabaré e que ninguém associava à imagem de Ramón, que, fantasiado de marinheiro antigo e com a calça arregaçada, continuava com as costas encurvadas sobre o microfone, sem ver nada além do sorriso largo, o sorriso luminoso e os olhos brilhantes do fotógrafo Rovira, que aplaudia com seu topete de herói ferido.

E minha mãe, como se através da carta tivesse ouvido a voz do meu irmão, também ficou em silêncio no meio do quintal, com seu avental, com o céu azul flutuando sobre ela, em silêncio como meu pai quando chegou ao meio-dia e começou a ler a carta com um sorriso que, ao contrário do de minha mãe, crescia mais e mais à medida que ia lendo. E aquela tarde todos ficaram em silêncio em Los 21 quando meu pai, depois de ler a notícia em voz alta, comunicou a seus amigos que aquela era a melhor estréia como cantor que alguém podia ter. A incredulidade e a reserva de seus amigos — menos do Doblas, que assentia com muita firmeza — foram vencidas com uma quantidade de polvos fritos, camarões e entrechocar de copos de vinho e cerveja que, no meio daquele dia luminoso, brindavam pelo futuro artístico de meu irmão, por sua carreira naquele cabaré que começava a recuperar seu antigo ritmo, embora, sempre que um copo se quebrava ou o tambor soava mais alto, todos virassem a cabeça em busca de algum revólver ou olhassem fixamente os dançarinos para ver se um deles estava no chão com um buraco aberto no corpo. Mas quando a dançarina Fátima Combados morreu, não houve nenhum tiro nem golpe de tambor. Fátima Combados morreu sozinha.

De tarde, o céu continuava azul e, mesmo tendo perdido um pouco de seu brilho, ainda dava a impressão que, de uma hora para o outra, bem no meio dele ia aparecer o triângulo de Deus com o olho dentro ou o menino de cabelos cacheados com o cordeiro nas costas, ou qualquer uma daquelas coisas dos Evangelhos que Conchi Canca desenhava na lousa no sábado de manhã. Tatín e os outros também estavam em silêncio, como se tivessem acabado de ouvir meu irmão cantar, só que não sentiram nenhuma alegria, nem começaram a bater palmas ou a devorar polvos e camarões, eles continuavam encostados na parede ou sentados nos degraus com a mesma cara que a gente fazia quando um caminhão estourava a bola ou ela caía por cima do tapume da fundição num sábado à tarde e só ia dar para pegá-la de volta na segunda. Nem mesmo Barea falava da Alemanha. Só Pepito, muito entretido olhando a cinza de seu cigarro e o avanço da brasa, que ele avivava com pequenos sopros, parecia algo satisfeito com a amenidade da tarde.

Eu os olhava sem parar de mastigar meu sanduíche, entretido com o silêncio deles, cada silêncio diferente do outro, ruidoso e engasgado o do Mocos, concentrado o de Barea, piscante e nervoso o do Guille, atarantado o de Diego Manuel e rotundo, silêncio-silêncio, o de Tatín. Foi quando este se levantou que o Mocos me encarou com os olhos arregalados e, assoprando, balançou bem rápido a mão direita, como se tivesse queimado os dedos. E enquanto Tatín chutava a bola contra a parede, aos poucos o silêncio de todos foi se quebrando — menos o de Pepito, que agora fumava com os olhos entrecerrados, como um policial dentro de seu carro esperando os ladrões saírem de seu esconderijo —, uns e outros iam contando-me atropeladamente e aos trancos o que tinha acabado de acontecer, que Tatín e o Mocos estavam sozinhos, sentados ali no degrau, que primeiro tinha passado o Castillo, e logo depois passou a Quini, que sumiu pela escada que dava na rua Eugenio Gross, e dali a pouco o Castillo e a Quini apareceram juntos e quando o Tatín viu os dois de longe deu risada mas logo parou, e aí ele ficou com uma cor horrível na cara e começou a ranger os dentes com o mesmo barulho das ferragens de suas pernas, como se tivesse ferrugem na gengiva, e ficou calado, que nem o Mocos, os dois olhando para a Quini e o Castillo, para a mão direita da Quini e a mão esquerda do Castillo, que estavam juntas, com os dedos enroscados feito uma trança, e aí apareceram o Guille e o Barea, que chegaram andando devagar mas vinham com uma cara de quem tinha chegado correndo, e que não sabiam direito o que falar, que o Guille meio que começou a gaguejar, mas foi o Barea que falou o que tinham acabado de ver, que tinham acabado de ver a Quini e o Castillo na esquina da rua Cataluña, meio escondidos entre os galhos do jasmineiro que saíam da casa do eletricista, e que o Castillo estava com a mão em cima da lã da malha da Quini, num canto bem junto da protuberância esquerda da Quini, um lugar que não era nem costas, nem peito, nem cadeira, nem nada, e que ela estava com os braços assim para cima, passando os dedos bem devagar no pescoço e na nuca do Castillo, as duas caras bem juntas e os lábios primeiro relando de leve e depois grudados feito duas ventosas, a Quini respirando nos pulmões do Castillo e o Castillo nos da Quini.

E assim, com as palavras de um e de outro, fui encaixando o vai-e-vem dos últimos dias com aquela coceira na cara de Castillo, que tinha as espinhas rebeldes como se fosse primavera, e com as bombas que ele andava chutando, que até parecia ter nascido na Granja Suárez. Tudo se encaixava, os passeios tão compridos de Quini junto com sua prima Esperancita, dando voltas e mais voltas no quarteirão, suas risadinhas, e as rondas de Manolito Tejada com sua bicicleta, e a infinidade de vezes que Castillo ia até a banca da Eugenio Gross para não comprar nada, e o tempo que demorava para voltar, ele e sua calça comprida. E enquanto eu ia juntando as peças, não deixava de olhar para Tatín, olhava ele bater o pé na bola, tentando fazer embaixadas como Castillo, que equilibrava a bola na cabeça, tocava de calcanhar e de novo a jogava para a frente, namorando a bola, que ficava grudada em seu corpo, ao contrário do que acontecia com Tatín, perto de quem a bola ficava arisca e não queria saber dele nem de suas botas ortopédicas.

Mas Tatín não entregou os pontos diante desse contratempo. Iludido com as viagens de perua, parecia ter certeza de que tudo iria mudar no exato momento em que deixasse a sala de cirurgia. Não tinha a menor dúvida de que o coração de Quini passaria a bater por ele, e assim, depois do aborrecimento dessa tarde, foi o próprio Tatín o primeiro a caçoar do novo hábito de Castillo e Quini de se disfarçarem ao cair da tarde entre as ramagens da casa do eletricista. Tatín ria como os gângsteres dos filmes antigos. Ria como eles riam pouco antes de serem amarrados na cadeira elétrica ou naquela poltrona das câmaras de gás, não como Pepito, que os imitava com sua fumaça e seus olhos entrecerrados, não, no caso do Tatín aquele sorriso maligno vinha lá do fundo, e era dele mesmo, os gângsteres é que imitavam seu sorriso. Começou a xingar Manolito Tejada de frente, e quando o via atravessar a rua com sua bicicleta o chamava de veado e dizia que não passasse mais por ali. Mas não falava irritado, falava com aquele sorriso, mostrando os dentes como se dali a pouco fosse chegar o carcereiro, o padre da prisão e dois guardas que o levariam até a cadeira elétrica, para fritá-lo, e dava medo.

Tatín andava com as ferragens das pernas completamente abandonadas, com as juntas sem graxa e as correias de couro ressecadas e também chiando, parecendo uma cigarra, o Tatín. Nessa época, só queria saber de ir aos surdos-mudos, e lá era ele mesmo quem negociava a largura do gol. Dava um chute na pedra que fazia de trave para estreitar o gol e dizia para os jogadores da Granja Suárez que as regras eram essas e que quando ele tivesse suas próteses internas e arrancasse fora aquelas ferragens eles poderiam fazer o gol do tamanho que bem entendessem, e se quisessem colocar uma trave em Teatinos e a outra na ponte de La Aurora, não ia ligar a mínima, porque nunca mais seria goleiro. E ali ficava ele, entre as traves que tinha colocado à sua medida, de óculos e com as mãos na cintura, disposto a defender todas as bolas que resolvessem chutar. Olhava com desprezo para as meninas da Granja Suárez, que se agitavam junto ao campo, e elas então começaram a reparar nele e a dar-lhe água quando pedia, depois de largar o corpo no chão e agarrar a bola fazendo o mesmo barulho que fez Lilí e o mesmo que logo faria Fátima Combados ao cair morta. E elas, as meninas da Granja Suárez, com aquela vesgueira que tinham, não nos olhos, mas atrás dos olhos, nas idéias e pensamentos tortos que andavam por dentro de suas cabeças, davam risada quando viam o Tatín cair ou receber uma bolada no meio da cara, a mesma risada que davam quando seus amigos, Francis, Cani ou o Escoba, rolavam pelo chão ou levantavam uma nuvem de poeira em seu galope desenfreado.

E se um dia éramos poucos e nosso time não estava completo para irmos jogar nos Campos 21 ou no dos surdos-mudos, antes de sentarmos no degrau ou alguém ter a idéia de irmos ao caminhão do Cuellicorto para conversar entre restos de macarrão e grãos-de-bico desgarrados, Tatín teimava em ir até o ferro-velho de La Pellejera, sem se importar com os ciganos que costumavam andar por ali, tanto que várias vezes tivemos que sair correndo e às pedradas por ele ter resolvido derrubar a máquina de lavar que os garotos ciganos estavam depenando ou por ter cismado de entrar num carro abandonado que os outros consideravam de sua propriedade. Ali passávamos boa parte da tarde vendo a grua funcionar e, assim como os próprios ciganos de La Pellejera, acabamos pegando gosto por escarafunchar a sucata, pular sobre o capô e o teto dos carros meio desmanchados ou arrancar suas portas à base de pedradas e muita alavanca. Só que nós não levávamos nada e os vigias não nos revistavam em busca de cobre, e só ralhavam quando nos viam subir até as alturas daquelas montanhas de latas e chapas de metal enferrujado. Eles sempre gritavam a mesma coisa. Meniiiino! Puta que o pariu, você ainda vai desgraçar a gente. E a mãe mais lembrada era a do Tatín, que depois de ficar algum tempo ao volante de um carro fazendo de conta que dirigia, empreendia a escalada daquele Evereste de ferrugem com mais agilidade que os outros, como se as ferragens de suas pernas reconhecessem seu próprio meio e o guiassem entre toda aquela lataria. Os vigias sempre o enxotavam do mesmo jeito, Puta que o pariu, só podia ser o coxo.

As dançarinas costumavam ter uma costura na parte de trás das pernas, no reverso das meias. Era uma espécie de rio escuro e sem afluentes que percorria o dorso das pernas e as dividia em duas partes que nunca eram iguais. Essas costuras apareciam quando elas viravam as costas ou, numa de suas danças, levantavam o pé tão alto que dava para ver aquele rio espesso que desaguava silenciosamente no fim das coxas, sob as ondas cintilantes do maiô de pedraria. Dava vontade de embarcar e navegar ao longo daquele rio de águas negras, percorrendo o canal da barriga da perna, as corredeiras atrás dos joelhos e os remansos das coxas. Como nunca vi uma dançarina dançar, nem nunca nenhuma rodou na minha frente, eu fui descobrir isso, o rio, numa fotografia onde Almudena Fernández aparecia de perfil, dançando um tango abraçada ao meu irmão. E se naquela noite eu estivesse no cabaré, também não teria sabido se o que estava virado ao contrário eram as pernas ou a cabeça de Fátima Combados. Ela ficou parecendo um nó, um desses novelos que vinham todos emaranhados e que minha mãe tinha que desembaraçar enrolando no encosto da cadeira. Foi isso que aconteceu com Fátima Combados, que acabou feita um garrancho. Foram os comprimidos que a deixaram assim, os comprimidos que a dançarina tomava a toda hora, os comprimidos de pintinhas azuis que de manhã acalmavam seus nervos, as cápsulas verdes e as roxas que a deixavam no ponto para a dança e os programas, os comprimidos brancos para a angústia, outros menos brancos para dormir sem ouvir os miados dos gatos e os passos dos ratos que dizia escutar entre sonhos, os pós amarelos para vertigens, e tudo sempre encharcado em rum, porque tinha horror à água, a água, diziam, estava cheia de cobrinhas, de bichos e vermes invisíveis e não tinham cor nenhuma, mas estavam ali, nadando.

Naquela noite, Fátima Combados só tomou uma cápsula verde e duas roxas com o rum que o garçom Álvarez sempre lhe servia assim que a via aproximar-se do bar, sem trocarem nenhum gesto ou palavra. E ela as tomou devagar, porque, segundo o comentário feito a Anselmo, estava com o estômago embrulhado e entupido com a infinidade de comprimidos que tinha tomado ao longo do dia. Depois, foi até o camarim para disfarçar as olheiras, e enquanto tentava disfarçá-las, dizem que ficou rindo junto com Lolita Berruezo e a Mulata de

Fuego, e dizem que ela riu muito, achando graça nela mesma e em suas olheiras. Quando saíram para dançar, seu acesso de riso já tinha passado, se bem que no corredor ela ainda parou duas vezes para se apoiar na parede e ficar de cócoras sufocando as gargalhadas, chorando de tanta graça que achava em suas olheiras, e quase teve que ir para o banheiro, de tanto rir. Mas assim que ouviu a música da orquestra, ficou muito séria, pôs o casquete de plumas na cabeça e ajeitou os peitos dentro do biquíni, que tinha umas flores de pedraria azul, só duas ou três flores, porque ela sempre escolhia o menor biquíni, tão pequeno que nem mesmo os peitos, pequenos, de Fátima Combados cabiam neles e sempre estavam escapando por um lado ou por outro, espiando a arena, como dizia dom Mauricio Céspedes, aprendendo a voar como tímidas pombinhas, afirmava com olhos sonhadores o poeta Alberto Tesán, o acompanhante extra do funeral de Cosme Cosme.

E começou a dançar muito séria, mais séria do que nunca, e com uns músculos que não pareciam de dançarina, e sim de ginasta ou acrobata, eles também querendo escapar da pele, meio corpo de Fátima Combados em fuga. E ali ficou ela rodopiando e levantando os braços, correndo pelo palco ao som dos trompetes, dos violões, do acordeão e da dupla de violinos, saltitando ao som esganiçado da voz de Arturo Reyes, até que seu olhos também quiseram escapar das órbitas e uma espuma verde começou a sair por um canto de sua boca e depois pelos dois. Teve vontade de rir, mas nesse instante as luzes entraram em sua cabeça, a cabeça de Fátima Combados — sentiu Fátima Combados — era um facho de luz, a luz saía de dentro de sua cabeça, um canhão de luz que varria os rostos, os sorrisos, e os olhos e os dentes do público, mas continuava dançando, seguindo o ritmo da música, com suas pombas estremecidas e um sabor amargo na boca, a baba verde, as bolhas e os restos dos comprimidos derramando-se sobre as flores de pedra azul do biquíni azul, azul como o vestido azul e os olhos azuis de Hedy Lamarr na última cena de *Sansão e Dalila*, como o mar nos dias mais azuis, até que a luz explodiu, tudo ficou branco para Fátima Combados e o público de repente a viu voar, soltar-se do chão e cair impelida por uma força invisível três metros atrás, ao pé das cortinas, acompanhada pelo berro de gato assustado que o solista Arturo Reyes deu ao vê-la voar. Todos os comprimidos do mundo estouraram dentro de Fátima Combados, todos os nervos, tendões e encaixes de seu corpo arrebentaram, safaram-se em uníssono de seus suportes e se transformaram num emaranhado de fios que deixaram um tremor no plumão azul que ela levava sobre a cabeça, um tique-taque de código morse que também tamborilava em seus cílios tartamudos e sacudia partes isoladas de seu corpo, não se sabia ao certo quais, pois o corpo de Fátima Combados, como eu já disse, era um novelo emaranhado e não se sabia ao certo se era a cabeça ou o tronco que estava retorcido nem por que o queixo estava apoiado nas costas e as pernas viradas do avesso, com as costuras das meias, o rio escuro por onde navegava a morte, de frente para a barriga já sem respiração nem espasmos.

Fátima Combados foi a segunda dançarina morta no palco do cabaré de Barcelona. Caiu fazendo um barulho enorme, disse meu irmão em sua carta, um barulho de vidros, metais e ossos, quer dizer, o mesmo barulho que Tatín fazia quinze ou vinte vezes por partida, quarenta e tantas quando jogávamos contra o time da Granja Suárez. E ao contrário do que aconteceu com Lilí, quando todo mundo começou a correr em meio a uma gritaria que só acabou meia hora mais tarde, ninguém disse nada nem se mexeu da cadeira quando Fátima Combados se estatelou ao pé das cortinas de veludo vermelho. A música parou e só o garçom Álvarez, que nunca falava, disse muito baixo, Jesus. E era tanto o silêncio que todos viraram a cabeça e olharam para ele, como se Álvarez tivesse algo a ver com o vôo mortal da dançarina. Aos poucos, talvez temendo que os tremeliques da pobre Fátima não tivessem acabado, andando na ponta dos pés, suas colegas, meu irmão e Jerónimo de Córdoba, depois o violinista Angulo, começaram a se aproximar. A cadeira de dom Mauricio Céspedes rangeu quando o dono do cabaré se levantou, rangiam as tábuas do palco, a garganta trêmula de Arturo Reyes e os sapatos de dom Mauricio avançando por entre as mesas. O flash do fotógrafo Rovira borbulhava sem que ele se decidisse a erguer a câmera para retratar a defunta. Ai, disse bem baixinho a Mulata de Fuego, vendo metade de uma pílula verde sair pelo nariz da colega. Coitadinha, soluçou Almudena Fernández. Fátima, Fátima, sussurravam quase em coro a partner do chinês Bonilla, Sonia Setúbal, e Lolita Berruezo. Acelerou-se o ranger dos sapatos de dom Mauricio Céspedes cruzando o palco. Mas o que é isso?, disse o dono, enrugando o rosto e sem entender a disposição do corpo de Fátima Combados. Mas o que é isso?, repetiu, e mais uma vez, Mas, o que é isso? E então, dentre o público começou a brotar um sussurro, um rumor que cresceu com o arrastar das cadeiras, o engolir em seco e os passos do pessoal. Fátima!, gritou Jerónimo de Córdoba, já sem paciência para acompanhar o ritmo tão lento daquilo. Assustado com o grito, o agente Carmona tropeçou no bumbo, Bum! Ela morreu!, gemeu num alarido o garçom Romera, aproveitando o estrondo do instrumento, e foi esse o sinal definitivo para que público, músicos e dançarinas se convertessem num mar cujas rumorosas ondas iam e vinham pela sala de espetáculos, assim como os cortesãos de *Sansão e Dalila* corriam de um lado para o outro ao ver que o fortão começava a derrubar as colunas querendo soterrar a estátua de um deus que não era Deus. E todos perguntavam por um médico, pela polícia, por um assassino, proclamavam em altos brados o efêmero da condição humana e, como sempre acontece, como já começava a ser comum entre os freqüentadores do cabaré, pediam contas e razões ao destino e a Deus, ao Deus dos Evangelhos que Conchi Canca pintava flutuando sobre um campo meio verde com um Olho e um Triângulo.

Foi em meio a esse alvoroço, quando a assustada Soledad Rubí e o impassível Rovira se encontraram na saída do palco, entre o cordame das cortinas e os restos amontoados de antigos cenários, que os dois ficaram olhando um para o outro como se de repente se vissem nus, frente a frente, já sem mentiras nem sentimentos a esconder. O brilho nos olhos, os passos detidos, a boca entreaberta da dançarina, sem palavras na língua, só com o hálito, e a voz do fotógrafo pronunciando seu nome, Soledad, um passo à frente e os dois abraçados, Rovira mergulhando no cheiro, no mar e nas águas que rodeavam Soledad Rubí, nadando em seus cabelos e naquele aroma que tantas vezes pressentira, ouvindo ao longe os soluços da dançarina, a pulsação de seu peito, as algas de suas madeixas enredadas na boca de Rovira, que ao emergir de seu longo mergulho se encontrou de novo diante do fulgor daqueles olhos em cujo interior tremulava o reflexo azul das plumas e das contas azuis que, assim como a Fátima Combados, como a Hedy Lamarr, envolviam Soledad Rubí. E ali, nos olhos, no horizonte dos olhos, Rovira viu a cor amarela de um trigal de verão e o verdor das árvores frutíferas que havia ao fundo do trigal, no fundo dos olhos. A cor de um rio. E diante de seus lábios estavam os lábios de Soledad Rubí, os lábios entreabertos de Sonsoles Aranguren, e as profundezas, o túnel escuro de um beijo. O fotógrafo Rovira e Soledad Rubí fugidos do cabaré pela porta secreta de um beijo, longe dos lamentos, do corre-corre de quem passava a seu lado e os apertava ainda mais contra a cal escura da parede, encolhidos num canto até que o fotógrafo Rovira sentiu em seu peito e em seus ombros as mãos da dançarina empurrando-o para trás, afastando-o de seu corpo, de seu mar e de seu coração.

Uma lágrima empanando de orvalho o trigal daqueles olhos e um gesto de negação foram as primeiras coisas que o fotógrafo Rovira viu quando abriu os olhos e voltou ao mundo. Soledad Rubí negava em silêncio, ao mesmo tempo que esticava os braços, dava um passo para trás e, afastando-se do fotógrafo, dizia num sussurro:

— Não, Félix. Não.

E o fotógrafo Rovira, sem ar, como se tivesse mergulhado de verdade não se sabe quantos minutos pelas profundezas do oceano, atropelado por um homem que se dizia médico e por duas dançarinas que corriam atrás dele, pronunciou, quase numa súplica, o nome de Soledad Rubí, Soledad, e estendeu a mão, que já não chegou a tocar a dançarina, como um cego, enquanto ela voltava a negar e a dizer, Não, Félix, nunca, e o fotógrafo sentia que uma parte de seu corpo, não sabia ao certo se o fígado, os intestinos ou quem sabe um lado inteiro, desmoronava e ia ao chão transformada em cinza, como se dentro dele um minúsculo sansão tivesse derrubado as abóbadas de seu corpo. Entrecerrou as pálpebras e saboreou nos lábios e na língua o gosto da dançarina, o gosto de sua pele e dos lábios da dançarina Sonsoles Aranguren, que todos chamavam Soledad Rubí, e bem devagar tornou a abrir os olhos, na esperança de que a negação de Soledad fosse uma miragem. Mas Soledad Rubí continuava recuando, já tragada pelo mar de gente que ia e vinha, e tornou a dizer-lhe que não, já sem voz, só com o movimento dos lábios que Rovira acabara de beijar, os lábios onde ainda brilhava a saliva do fotógrafo Rovira, Não, e as flores azuis do peito de Soledad Rubí se estremeceram num princípio de pranto, as madeixas oscilaram num último gesto de negação e nesse instante a mão de um espectador perdido no turbilhão de gente disparou a câmera de Rovira, e o clarão do flash iluminou de branco o rosto da dançarina, a nuca de Jerónimo de Córdoba, as caras espantadas de vários fregueses e o peito de dom Mauricio Céspedes, que, nadando arduamente contra a maré de gente que se apinhava na boca do palco e na saída dos artistas, avançava afobado na direção do desvalido e flácido fotógrafo.

Dom Mauricio agarrou-o pelo colarinho, suarento, com cara de nojo, como se também estivesse entupido de pílulas coloridas e a duras penas reprimisse as ânsias. Mas a náusea de dom Mauricio não vinha da visão de Fátima Combados convertida num novelo emaranhado, mas do que tinha intuído ao observar o modo de Rovira e Soledad Rubí se despedirem. O fotógrafo Rovira sentia-se sacudido e via o rosto de dom Mauricio sussurrando palavras abafadas que, como seu dono, também pareciam suarentas, resfolegantes, e lhe diziam que não o perturbasse mais, nem a ele nem às suas dançarinas, que ficasse longe delas, que antes que arruinasse o seu negócio ele o poria no olho da rua, que estava cagando para os anos que esteve ali tirando fotos, todo mundo sabe fotografar artistas, as artistas sempre saem bem, por isso mesmo são artistas, para sair bem nas fotos que qualquer um pode tirar, que já estava perdendo a paciência. E apontando para o lugar onde, atrás da barreira de gente, se encontrava o novelo de Fátima Combados, perguntou-lhe se não percebia o que estava acontecendo, se por acaso não estava percebendo.

Mas, ao sair de seu pasmo e da névoa do devaneio, a única coisa que o fotógrafo Rovira percebeu foi que dom Mauricio Céspedes estava manchando com seu hálito o hálito e o gosto que Soledad Rubí lhe deixara na boca. Dos gritos e das sacudidas que o dono lhe proporcionava, ele só teve uma pálida idéia, dissipada pela raiva que lhe causou a perda das essências de Soledad Rubí, e aquela sensação de roubo, de sacrilégio, foi uma chicotada na consciência do fotógrafo. Rovira jogou o topete para trás, já despenteado como ficam os heróis no fim do filme, recuou num pulo e, arqueando o corpo, da direita para a esquerda, deu um murro no abdome balofo de dom Mauricio Céspedes. Seu braço, como uma foice trabalhando em semicírculo, todo tendões e músculos, tornou a bater na camisa empapada do dono, que, já sem fala nem fôlego, foi tombando bem devagar, com o suor subitamente gelado.

O empresário não chegou a cair completamente, ficou meio sentado no chão, com as pernas esticadas e apoiado nos cotovelos, em posição de banhista. No peito de Rovira, a câmera balançava de um lado para o outro, como um pêndulo manco ou um coração sem peito, mas seu olhar, ao ver dom Mauricio naquela pose, perdeu toda sanha e todo fogo. Depois de erguer a vista e ver como a pluma azul de Soledad Rubí se perdia para sempre no tumulto, Rovira tornou a olhar para dom Mauricio, para o rosto desfigurado e lívido do dono do cabaré, e estendeu-lhe uma das mãos, a mesma que acabara de esmurrá-lo, para ajudá-lo a se levantar. Mas dom Mauricio, ainda sem ar nem cor, repeliu-a com um safanão e, gaguejando por causa da raiva e da asfixia, disse:

— Fora, Rovira! Fora do meu cabaré. Não quero ver você mendigando por aqui, peça a conta para o Anselmo. Já chega. Vá para sua merda de pensão e não me apareça mais aqui. Está me ouvindo, Rovira? Nunca.

E foi assim que, pela segunda vez naquela noite, alguém disse Nunca ao fotógrafo Rovira de Barcelona. E ele ainda ficou por uns instantes com a mão estendida, meio que mordendo o lábio inferior em busca de algum resto de batom ou sabor de Soledad Rubí, até que foi recolhendo a mão muito devagar para levá-la à testa, ao topete desabado, e armá-lo num toque de mágica. E já sem ouvir os protestos de dom Mauricio, deu meia-volta e o deixou ali sentado, repentinamente cercado por uma roda de gente que queria a todo custo levantar o dono do cabaré, embora este continuasse distribuindo safanões e gritando, Ouviu, Rovira? Está me ouvindo, seu valentão de merda? Mas Rovira já estava subindo as escadas a grandes passadas e a voz de dom Mauricio não podia atingir a voz de Soledad Rubí que Rovira levava bem dentro da cabeça, junto com os olhos, o trigal maduro e as folhas das árvores frutíferas que havia nos olhos da dançarina agora estremecidos por um vento ríspido e úmido, prenúncio de vendaval, e pelo desenho distante de um raio ou uma veia incendiada na íris.

Ao topar com o ar frio da noite, o fotógrafo Rovira percebeu que tinha pulmões, e que o fole de sua respiração se quebrara. Parado nos degraus da entrada do cabaré, tendo às costas uma foto das pernas de Almudena Fernández transformadas em cartaz, sentiu um calafrio nos rins, na nuca, e ao virar-se viu uns homens vestidos de branco saindo pelo portão de carga com uma maca coberta por um lençol que um dia também devia ter sido branco mas agora tinha um tom amarelo-claro, quase esverdeado, a cor da morte. Sob o lençol destacava-se o vulto dos ossos e da musculatura circense de Fátima Combados, e, à altura do rosto, o pano marcava o perfil da dançarina como o de uma múmia recém-embalsamada. Tremulante, o plumão azul sobressaía da maca e emprestava colorido ao quadro do lençol e dos uniformes dos transportadores sanitários. Ao passar, a dançarina inerte deixou um gelo no ar e no chão um rastro de diminutas cápsulas e comprimidos de variadas cores, principalmente verdes, que com o balanço continuavam brotando de seu corpo e derramando-se maca abaixo.

Só quando a ambulância partiu Rovira levou a câmera ao olho direito e apertou o disparador para bater uma foto, embora, mais do que a ambulância, Rovira tenha fotografado a rua, só com uma luz ao fundo, que, olhando bem, era a luz de uma ambulância, o uivo de uma sirene cortando a madrugada ao meio. Depois de bater a foto, de descer os dois ou três degraus do cabaré e afastar-se do néon e das lâmpadas coloridas, Rovira começou a andar pela noite, procurando as calçadas mais escuras e as ruas mais desertas, até que ouviu atrás de si um sapateio aparatoso e a voz de meu irmão gritando seu nome. Sufocado pela corrida, meu irmão chegou até junto dele, com o rosto ainda meio maquiado e ainda vestindo um colete de lantejoulas azuis e uma calça que nas laterais também tinha umas faixas estreitas enfeitadas com pedacinhos de metal azul brilhante, como as botas que tinham provocado o estrépito dos paralelepípedos. Agarrado ao ombro de Rovira e exagerando a falta de ar, meu irmão meio que revirava os olhos e abria a boca como os peixes que os pescadores deixam morrer na beira da água. Assim, entre falta de ar e paródia, disse a Rovira que logo que soube o que tinha acontecido no cabaré, do segundo caso da noite, o primeiro tinha sido o da Fátima Combados, Precisava ver a coitadinha da Fátima, o pulo que ela deu, você viu o pulo que ela deu?, que coisa, era como se tivesse levado um tiro de canhão, arfava meu irmão, limpando o suor e a maquiagem com o dorso da mão, pois então, quando soube o que tinha acontecido com ele, com Rovira, saiu correndo até a rua e começou a procurá-lo, e que dom Mauricio não tinha o direito de fazer isso, era um absurdo, mas Rovira não devia esquentar a cabeça, aquilo logo ia passar, era só um nervoso que lhe deu por causa da Fátima, coitada. Vendo o olhar triste do fotógrafo, meu irmão parou de resfolegar e, depois de um breve silêncio, sem tirar a mão de seu ombro, disse:

— E também tem ela — meu irmão hesitou em pronunciar o nome de Soledad Rubí. — Você sabe.

— Sei.

— Dom Mauricio anda meio louco por causa dela. Mas é melhor você não esquentar a cabeça. — Meu irmão arriscou um sorriso e tornou a respirar com força. — Ai, que falta de ar. Coitada da Fátima, como voou.

— Todo mundo está louco, Ramón. Uns por causa dela, como você diz, e outros por outras coisas. Mas todos estão. Eu sempre estive louco, e só agora percebo. — Rovira fitou o vidro de uma vitrine escura, onde só as lantejoulas de meu irmão se refletiam. — Olho para trás e não me conheço. Não sei quem fui. — Também tentou sorrir. — E para dizer a verdade, nem quero saber.

É, disse meu irmão, são coisas da vida. Pois é, coisas da vida, respondeu o fotógrafo Rovira, e, aí sim, os dois meio que sorriram de verdade, e meu irmão começou a se queixar da dor que estava sentindo por causa das botas, que eram dois números menores do que ele calçava. É o pão-durismo de dom Mauricio, disse enquanto seguiam pela rua, levantando com seus passos um tropear de cavalo coxo. Coitada da Fátima, você acredita que eu não consigo tirar ela da cabeça, Félix? E tudo foi ficando preto em volta dos amigos, a voz foi sumindo e só se viam os dois dentro de um círculo que foi diminuindo mais e mais, até se fechar por completo. E quando o círculo voltou a se abrir, o fotógrafo Rovira e meu irmão estavam num bar estreito e muito comprido, quase vazio, com abajurzinhos vermelhos por toda parte, mas antes disso eles tinham passado por muitos outros bares e espeluncas, meu irmão sem camisa e com seu colete de lantejoulas azuis, primeiro mancando e depois levando as botas na mão, deixando-as ao pé dos balcões ou em cima das mesas, entre garrafas e copos de vodca que ele e seu amigo Rovira iam entornando pela madrugada de Barcelona, meu irmão sempre dizendo para Rovira, Lembre das botas, que é capaz de eu acabar esquecendo, lembre delas.

Davam risadas espaçadas, falavam do cabaré e Rovira contava histórias antigas, recordando o tempo em que sua mulher se chamava Lina e ainda dançava. Ele a conheceu pouco depois de ela ter deixado o cabaré, mas sempre tinha ouvido falar de Lina, a melhor mulher que jamais pusera os pés em Barcelona. Os olhos do fotógrafo brilhavam, e então os dois ficavam um tempo em silêncio, iam para outro lugar, urinavam nas esquinas, meu irmão pisava em cacos de vidro e se queixava, era observado pelos fregueses do local aonde chegavam e ele balançava a cabeça, fazendo que não com seu rodamoinho de cabelos, e murmurava, Coitadinha da Fátima, que será que ela tinha no corpo para dar o pulo que deu? Você viu, não?, e sem esperar a reposta de seu amigo, meu irmão torcia a boca e começava a rir, ria como Fátima Combados riu antes de entrar no palco, quase sufocando com a risada e sem conseguir falar até que, muito lentamente, com a mão meio tremendo, levava à boca o copo de vodca com laranja e, como um doente que acabasse de tomar seu remédio, começava a dizer, Coitadinha, coitadinha da Fátima, tão bem que ela dançava o mambo. E ficaram nisso até chegarem àquele bar vazio cujo dono, que era gordo e não tinha um só pêlo nas sobrancelhas nem cabelo na cabeça, enxugava a testa com uma peruca esverdeada e, como se fosse um trapo, esfregava o pescoço e a nuca com seus cachos, incomodado com o silêncio do fotógrafo e as constantes gargalhadas de meu irmão. E embora o lugar nunca fechasse, o careca, depois de ficar algum tempo bufando pelo nariz como bufam os animais, acabou dizendo:

— Vocês fedem a morto.

— Como é? Que foi que disse? — perguntou meu irmão com a língua enrolada por causa da vodca.

Mas embora falasse no plural, o garçom só se dirigia ao fotógrafo:

— É melhor irem embora. — Pôs de volta a peruca, que parecia de bronze, meio jogada para trás, deixando uma testa larguíssima. — Paguem a conta e vão embora daqui.

Meu irmão olhou para os lados e para trás em busca de testemunhas, incrédulo. Mas como só viu um sujeito com cara de assassino que estava alisando as coxas de uma moça loira numa mesa dos fundos, tornou a perguntar:

— O quê? Quem vai embora?

— Nós — disse Rovira ajeitando a gola do paletó, como se estivesse acostumado a ser enxotado. — Já estamos indo mesmo.

— Mas, esse cara... O careca — gaguejava meu irmão.

— Olhe as botas. — Com as sobrancelhas Rovira apontou para as botas azuis que meu irmão tinha deixado num canto do balcão.

Ao pegá-las, indignado e bêbado, meu irmão derrubou um desses pequenos abajures que havia por todo o bar. Quando o vidro se espatifou no chão, o garçom deu um pulo para trás e do meio de umas garrafas cobertas de poeira tirou um canivete que abriu muito devagar, com um rangido de muitas molas. O sujeito mal-encarado que estava nos fundos tossiu, ao que meu irmão, percebendo que essa tosse era um sinal de apoio para o garçom e uma advertência para ele e seu amigo, rapidamente apanhou uma garrafa pelo gargalo e, depois de batê-la duas ou três vezes contra o balcão sem conseguir quebrar o vidro, apontou-a inteira contra o garçom, como se fosse uma espada ou um revólver, enquanto o garçom, com o braço estendido, apontava seu enorme canivete contra o peito do fotógrafo Rovira ao mesmo tempo que gritava:

— Anda! Vão saindo para essa merda de rua! E nunca mais quero ver você por aqui, entendeu? Nunca!

Rovira parou de tirar pelinhos do paletó e dirigiu-se a meu irmão:

— O galo ainda não cantou, não é, Ramón?

Meu irmão, com a garrafa tremendo na mão, já não entendia mais nada. Olhou para o homem dos fundos, para ver se descobria ali alguma coisa sobre o tal galo. Olhou também para a moça loira, que tinha os olhos turvos, e depois para Rovira, agora para perguntar-lhe:

— Que galo?

— O galo, ora. Olhe lá. — Rovira apontou para as pequenas janelas que ficavam quase junto ao teto e que nesse momento começavam a clarear e a tingir o ar de vermelho. — O galo ainda não cantou e já me negaram três vezes. Este aqui foi o terceiro.

O garçom, temendo sabe-se lá que treta, arregalou ainda mais os olhos e espiou de esguelha as pequenas janelas que Rovira tinha apontado e que nesse momento pareciam uma brasa viva. No fundo do bar ouviu-se o arrastar de uma cadeira, o homem mal-encarado se levantava, a loira olhava a cena com um sorriso torto, meu irmão levava a garrafa de um lado para o outro, com sua palidez e suas lantejoulas, e o garçom, balançando o canivete muito devagar, via que Rovira, com muita pachorra e os botões da camisa quase encostando na ponta da faca, levava sua câmera fotográfica até o olho direito e, apontando a objetiva contra o garçom, começava a girar as rodelas para um lado e para o outro até que fez soar um clique e o relâmpago do flash estourou bem na cara do careca.

— Foi este aqui — disse Rovira a meu irmão boquiaberto, enquanto devolvia a máquina a seu estojo de couro. — Foi este o filho da puta que me negou pela terceira vez na noite.

— O que foi isso, Fermín? — perguntou a voz do homem dos fundos.

— Ele me fotografou!

O garçom andava atrás do balcão como os bichos na jaula, para um lado, para o outro.

— Que foi que ele fez com você? — perguntou o homem, aproximando-se. Meu irmão deu uma nova batida que deixou a garrafa intacta, mas estremeceu todo o balcão.

— Ele me fotografou!!

O garçom, a peruca voando, impelida pelo salto, arremeteu contra Rovira bem na hora em que este acabava de guardar a câmera e ia afastando o corpo do balcão. Na última hora, os dedos carnudos do careca conseguiram agarrar a ponta da gravata do fotógrafo e puxá-la. O sujeito com cara de assassino, avançou, a loira com os olhos turvados pelo perigo deixou sua cadeira e meu irmão brandiu a garrafa, disposto a arremessá-la, mas o canivete do careca já tinha dado o bote em direção ao rosto do fotógrafo e, passando rente ao nariz e aos lábios de Rovira, a lâmina foi cortar sua gravata dois ou três dedos abaixo do nó. Todos ficaram calados, trocando olhares entre si, sem saber o que tinha acontecido nem que passo dar agora. O garçom segurava na mão a gravata recém-decapitada, Rovira tentava avaliar os estragos em sua indumentária, meu irmão olhava de soslaio para o robusto vidro da garrafa, o homem de cara feia tinha uma das mãos nas costas, não se sabe se devido ao reumatismo ou se tentando puxar de algum revólver para resolver o caso. E ficaram nisso por alguns instantes, até que Rovira disse para o garçom:

— Bom, meu velho, a conta você já cobrou em gravata. Depois eu vejo se a foto ficou boa.

E embora o gordo tenha engasgado com dois ou três palavrões que quiseram sair de sua boca ao mesmo tempo e, espremendo a gravata, tenha dado mais uns passos de fera enjaulada, enquanto meu irmão, já meio esquecido do que estava acontecendo a seu redor, agachava-se para martelar a garrafa contra o chão com muita curiosidade, as palavras de Rovira e o chamado da loira ao sujeito do reumatismo, Medina, deixe esses caras para lá, dissolveram o zumbido e a eletricidade que as primeiras palavras da disputa tinham lançado no ar.

Cuidado para não se cortar, Ramón, Rovira disse a meu irmão. E assim, o fotógrafo Rovira, com uma gravata de quatro centímetros e meio e uma gota de sangue formando-se na ponta do nariz, e meu irmão, vestido de azul e lantejoulas, levando uma garrafa inquebrável numa das mãos e as botas embaixo do outro braço, deixaram o bar dos abajures encarnados e, cruzando com as primeiras pessoas que saíam da casa, bebendo o vinho retirado da garrafa e parando de vez em quando para Rovira bater uma foto das ruas molhadas, chegaram à pensão Ríos-España, em cuja sacada principal, emoldurada pelo sangue e pelo veludo verde dos gerânios e iluminada pela primeira luz do dia, estava dona Angelines Cortés Esplá à espera de seu marido, preocupada com as notícias que tinha recebido do cabaré e combatendo o frio do amanhecer com uma touca cor-de-rosa e a companhia do Trompeta, do amolador noturno Poveda e do chinês Bonilla, que, debruçado na grade da varanda, ainda exibia sua túnica estampada de dragões e seu bigode de chinês, desmantelado pela vigília e pelos bocejos.

A morte de Fátima Combados levou ao cabaré uma alegria irrequieta, um rebuliço de brindes e de copos no qual ninguém teria apostado logo depois que aconteceu a segunda desgraça entre as dançarinas. Mas o fato é que por toda Barcelona se comentava que naquele cabaré do Paralelo as dançarinas morriam no meio do palco e que, para fazer graça, ao morrer elas davam piruetas incríveis ou se deixavam balear pelo amante e, com uma bala no corpo, continuavam requebrando e dando pernadas ao ritmo da música. Era como uma cortesia da casa, um agrado. E agora todo mundo ia ao cabaré, e ninguém ligava para a dança, sempre esperando ver alguém morrer e regando a espera com champanhe e outras bebidas que os garçons, para alegria de dom Mauricio Céspedes, não paravam de servir. Só algumas dançarinas e alguns músicos guardavam luto por dentro, se bem que, para dizer a verdade, nunca a tristeza pela morte de Fátima Combados chegou a calar do mesmo modo que a dor que a morte de Lilí causou em todo o cabaré, que foi, a dor, como uma camada de breu que tivessem passado na alma dos empregados e nas paredes do próprio cabaré.

Em meio àquele comércio frenético, àquela euforia meio funerária, deu-se a grande ocasião, a verdadeira estréia de meu irmão Ramón, que a partir dessa noite, embora continuasse sendo meu irmão, não teve mais o mesmo sobrenome que eu nem se chamou mais Ramón. No fim, não foram os milhares ou milhões de horas passados no escuro do cinema, nem as aulas na academia de dom Braulio e de Atarazanas, nem o estudo minucioso dos passos de dança que Ginger Rogers dava em seus filmes que levaram meu irmão ao topo dos palcos de Barcelona, e sim os tiros de Cosme Cosme e os comprimidos verdes, as pílulas brancas e os pós amarelos de Fátima Combados, pois se já por conta própria o solista Arturo Reyes cantava com voz trêmula e vivia semitonando e se sufocando em várias passagens das músicas, desde que Lilí caíra morta atrás dele, as melodias de seu repertório pareciam um escorregador, uma montanha-russa cheia de sustos, com golpes de tambor que lembravam tiros, sopros de músicos que aos ouvidos do solista soavam como estertores e sapateios de dançarinos que para ele eram o prelúdio da morte.

Desde o caso de Fátima Combados, o pobre Arturo Reyes só conseguia espiar o grupo de dançarinos com o rabo do olho, vivia se esquecendo do que estava cantando e via a foice da morte por toda parte. A tal ponto chegou o desvario de suas apresentações que dom Mauricio Céspedes, apesar dos muitos anos e de sua aversão a mudanças, foi obrigado a render-se às evidências e, finalmente convencido pelas gargalhadas do público, cada vez mais numerosas, decidiu ter uma longa conversa com o desdentado solista. Depois dessa palestra, em que o proprietário do cabaré teve de lançar mão de uma revoada de gestos, uma enxurrada de elogios e pelo menos três lenços encharcados de suor, comunicou a meu irmão, meio exausto, que, a partir do sábado seguinte, ele substituiria Arturo Reyes em caráter definitivo, que fosse até o costureiro e encomendasse sua roupa, que teria de pagar do próprio bolso, e que nunca esquecesse a humildade, a dignidade e a generosidade de Arturo Reyes, que, no auge da carreira, se retirava dos palcos para dar passagem à mocidade. Um exemplo a ser imitado, disse dom Mauricio, enxugando como se fossem lágrimas as gotas de suor que escorriam pelo rosto.

E foi assim que Carlos del Río estreou de verdade em Barcelona, num cabaré enfumaçado e com cortinas de veludo vermelho que ficava a mais de mil quilômetros da minha rua, da casa de Tatín e do colégio dos surdos-mudos. Carlos del Río era meu irmão, assim apareceu nos cartazes colados na porta do cabaré e em todo o Paralelo: ESTA NOITE ESTRÉIA DO SOLISTA CARLOS DEL RÍO, e assim foi anunciado ao microfone pelo próprio dom Mauricio Céspedes, se bem que, mais do que apresentar meu irmão, o que o dono do cabaré fez foi incensar a figura de Arturo Reyes, que a partir dessa noite se incorporava à orquestra na qualidade de tocador de bongô. Mas quando dom Mauricio se cansou de falar dos anos tão duros mas tão bonitos do passado, quando se cantava sem microfone e todo mundo era muito jovem, a luz do cabaré se fez mais tênue e só um facho continuou iluminando o palco vazio, e no meio do silêncio, justo quando da orquestra se começava a ouvir o sopro de um violino, o prenúncio de uma melodia, no centro do círculo apareceu a figura do meu irmão, de Carlos del Río, vestindo um paletó de seda prateada, uma calça escura com cinta branca, e diante dele pairava sua voz, muito suave, subindo pelo facho de luz, espalhando-se como a fumaça pelo cabaré, e junto com a voz a música crescia por todo o salão, como se a orquestra estivesse distribuída em todos os cantos e junto com a voz houvesse uma trepadeira, uma hera, uma selva que verdejasse no interior do público, só que era uma selva de talos macios, de folhas limpas como a voz ascendente, a voz de meu irmão, que logo recebeu a escolta de seis dançarinas, todas com biquínis de pedraria branca, cristalina, e penachos brancos, todas suavidade, seis nuvens brancas balançando no algodão da fumaça, e meu irmão, que parecia ter crescido com aquela roupa, com a magreza perdida e o topete aplacado, abria os braços para que sua voz se espalhasse, para que a calidez de sua melodia pudesse alargar os horizontes, e a gravata-borboleta branca subia e descia por seu pescoço ao ritmo dos vibratos, e ele temperava os versos da canção, com o ritmo amestrado, como se as dançarinas deslizassem por sua voz e umas serpentinas invisíveis as unissem a suas cordas vocais. Essa era a impressão que se tinha ao olhar a foto que um dia chegou a minha casa.

Nessa foto, meu irmão, que já não se chamava Ramón, fortalecido pela estréia, aparecia de braços abertos no meio da cartolina, como um padre no ofertório, e em volta dele estavam as caras de Almudena Fernández, da Mulata de Fuego, de Lolita Berruezo, de Mari Carmen Molina, da Bella Manolita e de Soledad Rubí, também de prata seu corpo, todas com um mesmo e idêntico sorriso, todas com as pernas levantadas ao mesmo tempo e à mesma altura e todas com os olhos erguidos para o céu do cabaré, como se na verdade seguissem o rastro da voz que se elevava da garganta de meu irmão rumo à abóbada daquele templo sagrado do Paralelo.

As lágrimas que despontaram nos olhos de minha mãe eram brilhantes, transparentes como a pedraria das dançarinas, dois diamantes equilibrando-se no lacrimal para depois rolarem de alegria pelo rosto, Ele está bem melhor, e muito bonito, dizia minha mãe, enquanto meu pai, já planejando a conversa que à tarde teria em Los 21, observava a foto com um sorriso sonhador, como se nesse mesmo instante estivesse ouvindo a canção que meu irmão tinha cantado oito ou dez noites atrás e participasse daquele balé de sorrisos que as dançarinas exibiam no rosto. Agora o nome dele é Carlos del Río, disse meu pai a Doblas, seu ajudante, sem tirar os olhos da fotografia, enquanto Doblas, assentindo, mascava os próprios dentes e olhava com muita atenção por cima do ombro de meu pai para as pernas e os sutiãs brilhantes das artistas.

Nos dias seguintes à chegada da fotografia da estréia, minha mãe e meu pai diziam sempre a mesma coisa a todos aqueles para os quais a mostravam, fosse minha tia Antonia, o Toto, a Anita de Los Bilbaínos, o primo Paco, que era guarda, Cándida ou Fortes, Olhe, a última foto do Ramón, ele já está cantando e seu nome agora é Carlos del Río, e todos diziam, Ah, é, ou não diziam nada e ficavam olhando a foto e, dependendo de quem fosse, depois de olhá-la por um instante, diziam outra vez, Ah, é, ou, Como está alto e bonito, ele cresceu, não? Ou será que sou eu que o estou vendo mais alto? Vai ver que é de tão bonito que está, Que beleza as meninas lá de Barcelona, hein?, É, sim, logo se vê que ele canta bem, só de olhar a foto, está na cara, parece até que a gente está ouvindo ele cantar, com certeza é "Ojos verdes", Essa aí do canto acho que uma vez eu levei para o juizado de menores, se não é ela, é muito parecida, uma que pôs veneno na comida do pai, nas lentilhas, Que corpão, hein?, e a roupa, como é bonita, Com essa das pernas eu era capaz de dançar até o dia do meu enterro, todas elas têm pernas, mas essa aí das pernas tem mais.

Tudo isso e muito mais as pessoas falavam ao ver meu irmão na frente do microfone, mas ninguém dizia nada sobre o novo nome do meu irmão, se é que continuava sendo meu irmão, porque todos os irmãos têm o mesmo sobrenome, não é um Martínez e o outro Quintana. Todo mundo achava natural que ele não se chamasse mais Ramón nem Solé e que até no envelope tivesse escrito Carlos del Río e na própria carta, na hora de se despedir, tivesse dito, Com muito amor, seu filho Carlos. Só minha irmã pareceu notar a mudança, mas, longe de se preocupar com isso, festejou a notícia e a partir de então ela mesma deixou de se chamar Mari Carmen e se batizou com o nome de Olga e, assim que teve essa idéia, a primeira coisa que ela fez foi se sentar à mesa da sala e passar mais de duas horas ali assinando um monte de papéis com seu novo nome, até que fez uma assinatura muito cheia de si, com um *o* meio aberto e de franjinha empinada, como um topete amalucado. Daí para a frente, ela nem respondia quando alguém a chamava pelo nome de sempre, admitindo, no máximo, que a chamassem de Mari Olga. Já nessa mesma tarde das assinaturas e do batismo, sua amiga Mari Carmen Lavado ficou chamando minha irmã desse jeito pela janela, Olga, a que horas você vai sair? Olga, não se esqueça dos discos, Olga, me empresta seu lenço vermelho?, e a cada duas palavras Mari Carmen Lavado punha o novo nome no meio das outras palavras, como se tivesse que usá-lo bastante para que gastasse e não parecesse novo, chegando ao cúmulo de inventar qualquer coisa desde que pronunciasse o tal nome, Já são quatro horas, Olga, Olga, hoje não vai chover, Olhe, Olga, o pessegueiro do seu quintal está muito alto, Olga.

Vendo minha irmã fazer essas coisas, tinha medo que de uma hora para outra ela avisasse que também estava indo embora e saísse correndo para pegar um desses trens que durante toda a noite vão serpenteando por mais de mil quilômetros de trilhos até chegar a Barcelona. Até falava de outro jeito, minha irmã, e estava ainda mais doida e mais esquisita do que antes, quando se chamava Mari Carmen. Jogava a cabeça para trás quando ria, como riem as Olgas ou como ela pensava que deviam rir as pessoas que se chamam Olga, e colocava flores na tiara e ficava o tempo todo trancada no quarto com sua amiga Mari Carmen Lavado ou montada na moto de um dos seus amigos, com os cabelos e as flores ao vento, e ao chegar em casa, enquanto roía uma cenoura crua ou qualquer outra coisa das que antes detestava, perguntava para minha mãe se tinha chegado alguma carta do Carlos ou ia direto até a cristaleira para ver se uma nova foto tinha sido incorporada àquele cabaré de cartolina que aos poucos ia soterrando xícaras e demais porcelanas, tudo cheio de lantejoulas e de gente que não se chamava como na verdade se chamava.

Ao ver a naturalidade com que todos aceitavam essa embrulhada de nomes, fiquei pensando se essa mania não seria uma doença de família, e muito preocupado comecei a me perguntar se quando eu crescesse não chegaria uma hora em que eu também resolvesse mudar de nome, e de repente um dia acordaria já com outro sobrenome e com vontade de dançar e ir embora para Barcelona. Então eu me via sobre um palco dando passinhos para a frente e para trás, sacudindo a barriga e fazendo par com Luisito Sanjuán, ele com as mãos nos bolsos de seu casaco cor de baunilha, sua cara de sono e um topete imenso, e eu com um paletó de seda e uma gravata-borboleta branca, sem saber que nome escolher, se Marcos Márquez, Goliat Jiménez ou Liborio García, não como Luisito Sanjuán, que quando eu lhe perguntei como gostaria de se chamar se não se chamasse Luisito Sanjuán, depois de dois dias, quando eu já achava que ele não tinha ouvido minha pergunta ou não se lembrava mais dela, levantou os olhos da lição de caligrafia e com os olhos iluminados, como se tivessem acabado de pôr o canivete de cabo vermelho em suas mãos ou a balconista de La Jijona estivesse escolhendo com suas pinças um caminhão de suspiros só para ele, disse com muita decisão que na verdade gostaria de se chamar Leonard T. Kimberly, e eu, para ser bem sincero, achei que era um nome muito esquisito para um dançarino do Paralelo. O T. era T de Theodor.

Tatín sempre se chamou Tatín, e todo mundo sempre o conheceu como Tatín, embora nas listas da escola e nos envelopes marrom das radiografias que ele levava de lá para cá na perua de sua tia estivesse escrito Alberto Farra Anglada. Ele, que sempre se chamou assim, talvez devesse ter trocado de nome, pois, desde que começou a ir ao médico, aos poucos foi se transformando em outra pessoa. Não só porque deixou de cuidar das ferragens das pernas e começou a andar com o cabelo despenteado e a apedrejar Manolito Tejada sempre que este passava de bicicleta pela rua. Nos últimos tempos, além disso tudo e de só querer saber do ferro-velho de La Pellejera, ele ficava muito tempo sem dizer nada, e quando falava era quase sempre aos berros, e quando jogávamos bola sempre parecia que os atacantes do nosso time eram uns molengas e os zagueiros uns medrosos.

Mas o mais assustado de todos era o próprio Tatín. Sua tia, aquela que tinha cara de ser seu tio, aparecia cada vez menos com o cotovelo para fora da perua, e as viagens de Tatín começaram a rarear de um modo misterioso, e já quase nunca víamos a perua de sua tia passar na frente do colégio de dona Carmen, nem rua Mármoles acima ou abaixo, e quando por acaso alguém avistava o carro, sempre ficava com o sorriso pela metade e a mão parada no ar ao ver que no reflexo de vidro de trás não aparecia o rosto de Tatín nem de ninguém para quem dar adeus. Eu notei esse medo de Tatín na tarde em que fui até a casa dele com uma remessa de revistas de *O Tenente Negro* e, depois de atravessar o rebuliço de tias que fervilhavam nos corredores, entrei no quarto do meu amigo. Nesse dia, nessa tarde, Tatín estava meio deitado em sua cama, com seu uniforme de goleiro, a malha azul com dois picos brancos no peito e o calção acolchoado nos lados, o que de nada servia para amortecer as aparatosas quedas de um goleiro com paralisia infantil. E embora no começo ainda tenha ficado um tempo entretido com os desenhos dos quadrinhos, logo começou a erguer a cabeça a cada instante e, virando-se para a porta do quarto, a dar um grito chamando por uma de suas tias. Eu ficava calado, olhando os carrinhos americanos que já estavam com a tinta meio descascada, todos dentro de uma vitrine, percebendo naqueles chamados o reflexo de um desprezo e uma violência que deviam ser os mesmos que quase tinham feito sucata daqueles carrinhos. Até que uma das tias de Tatín apareceu na porta e com muita calma perguntou ao sobrinho o que queria, e como ele, sem tirar os olhos dos quadrinhos, disse que já estava na hora de ir ao médico, sua tia, olhando para mim como se fosse eu quem tivesse chamado, explicou com um sorriso compassivo que esse dia não iam ao médico, que não iriam a nenhum médico em toda a semana, que já tinham conversado sobre isso na noite anterior, e na noite anterior à anterior, Tatín, você sabe, meu filho, sussurrou a tia com tanto carinho que em vez de tia eu achei que aquela talvez fosse a mãe de Tatín, A gente já conversou sobre isso, o doutor Cubero disse que é para ter paciência e acompanhar as melhoras que ainda podem acontecer. *O Tenente Negro* tremia nas mãos de Tatín como se o gibi estivesse cheio de desenhos de terremotos e desastres.

— Sei, quando eu morrer.

E como sua voz, mais do que voz, foi um zumbido, um ranger de dentes ou um chiado como o dos fios desencapados que levam a eletricidade aos trancos, a tia dele perguntou, trêmula:

— O quê, meu filho? Que foi que você disse, Tatín?

— Que quero suco de pêssego. Sem bagaço. E para o meu amigo também.

— Está bom, meu filho. Um pouquinho de suco.

Temendo voltar a ouvir um novo disparate transmitido pela corrente que pairava naquele quarto meio eletrocutado, a tia de Tatín desapareceu da porta como um raio. E só então, quando seus passos já se afastavam trotando pelo corredor, Tatín levantou os olhos da revista e começou a fazer gestos e caretas, a murmurar insultos e a dar bananas com tanta fúria que seu corpo inteiro se estremecia e os óculos galopavam enlouquecidos sobre o nariz, com toda a eletricidade e as faíscas que estavam crepitando no quarto agora dentro de Tatín, que tremia como o homem daquele filme a quem rasparam o cocuruto antes de amarrar na cadeira elétrica, e ele dava cada pulo que deixava o quarto e toda Alcatraz ou Singsing no escuro, sem luz, e soltava fumaça pelos sovacos enquanto o jornalista da história, que tinha ficado o tempo todo avisando o preso de que iam fazer churrasquinho dele, olhava para o amigo com seus olhos azuis através de uma dessas vitrines que têm as câmaras de gás e as salas vazias, sem quadros, cortinas nem sofás, onde sempre colocam a cadeira elétrica.

Mas com Tatín não acontecia como no filme. No filme, depois de se ver como a camisa cinza do homem soltava uma fumaça branca e de focalizarem a cara do jornalista, apareciam umas letras todas rachadas dizendo The End, aí tudo ficava escuro por um momento como se estivessem fazendo churrasquinho de alguém no porão do cinema, mas logo em seguida acendiam as luzes, e tocava uma música nos alto-falantes, e todo mundo sorria para o amigo ou para a namorada ou para o pai e se levantava da cadeira, que senão era capaz de também virar churrasquinho, e saía andando bem devagar pelo corredor cheio de outros amigos, outras namoradas e outros pais. Na casa de Tatín não tocava música nenhuma, e apesar de estar cheia de cortinas, sofás e quadros, parecia que o Tatín não parava de ser eletrocutado, suas ferragens rangiam, e o barulho das pernas se confundia com o das molas do colchão, aquelas dobradiças do Tatín que pareciam um chocalho retiniam, e eu ouvia a dançarina Lilí caindo no chão, ouvia o tiro de Cosme Cosme, os trompetes desafinados, ouvia o baque de cristais e lantejoulas de Fátima Combados se esborrachando no chão, o chiado da lâmpada e seu filamento ardendo sobre a cabeça de Tatín. Até que, com a revista amassada nas mãos, depois de sobrecarregar o contador de sua casa, de toda a rua, do bairro inteiro, meu amigo começou a se acalmar, e seu corpo ficou boiando no colchão tremulante, como um náufrago embalado pelas ondas suaves que se seguem aos tufões. E como se durante aquele transe tivesse podido ler o gibi, alisando as rugas de seus espasmos, perguntou-me quando eu tinha comprado esse número de *O Tenente Negro*, que estava ótimo. Eu respondi que meu pai é que o tinha comprado duas ou três noites atrás, numa banca perto da estação, porque o Fortes não vendia *O Tenente Negro.*

— Eu sei — disse Tatín acabando de alisar o gibi. — Ficou um pouco amassado.

— Não tem importância.

— Mas não chegou a rasgar — continuava Tatín, passando a mão pela capa.

— Não tem importância.

— Ainda dá para ler bem. As letras aparecem direito.

Não tem importância, voltei a dizer. E embora uma das coisas mais importantes para mim fosse ter todos os gibis bem lisos, sem rugas nem manchas, nesse momento pouco me importava o que acontecia ou deixava de acontecer com o Tenente Negro e o gibi de *O Tenente Negro*. Meu amigo tinha parado de ranger os dentes e sua tia veio deixar sobre uma mesa os dois copos de suco de pêssego e uns biscoitos que vendiam em La Espiga de Oro e que eram cobertos de um pó branco, uma espécie de caspa doce que sujava os dedos e os lábios, mas eu não via a hora de sair daquela casa, e jurava e trejurava para mim mesmo que nunca mais ia voltar lá. Não importava que Tatín, falando de Manolito Tejada, risse às gargalhadas e seus olhos de louco parecessem menos loucos, nem que ele abrisse a vitrine com uma chave que levava pendurada no pescoço e me desse um dos carrinhos de ferro com Bentley Continental escrito no chassi, a verdade é que Tatín se parecia cada vez mais com aquele homem do cocuruto raspado, isso estava cada mais claro: Tatín era um preso que matava o tempo em sua cela tomando suco sem bagaço e recebendo visitas, à espera do dia da execução. Eu era o amigo jornalista, que no fim via como passavam sabão em seu cocuruto enquanto a seu lado um padre com cara de carneiro lia coisas da Bíblia, só que eu não avisava o Tatín que iam acabar fazendo churrasquinho dele nem falava nada, só apertava o Bentley Continental na mão e fazia força para engolir o biscoito de La Espiga de Oro, para ir embora o quanto antes, se bem que dessa vez não saí correndo nem deixei Tatín falando sozinho como o outro dia, em que ele estava com aquele menino meloso que se chamava Ramón. Dessa vez eu segurei a vontade de sair correndo e deixei que ele falasse de Quini, que, segundo ele, já não estava tão bonita, com uma espinha cheia de pus num canto da boca, contagiada por Castillo, que estava todo cheio de pus e tinha o sangue infeccionado, e às vezes as pessoas morrem disso, de tanto pus que têm dentro do corpo que as espinhas não dão conta de botar para fora e aí pegam uma coisa chamada septicemia e têm que ser enterradas em cal viva. Talvez isso não acontecesse com Castillo, ou talvez acontecesse, sim, não dava para saber.

O biscoito descia para meu estômago como uma enguia, deslizando lentamente, eu olhava os olhos azuis de Tatín, o condenado que levava as grades de sua prisão nas próprias pernas, e fui aos poucos me aproximando da porta do quarto e disse que estava indo embora e que não me importava de deixar o gibi de *O Tenente Negro* com ele, que podia me devolver um outro dia, mas que tomasse cuidado para não amassá-lo mais. E saí pelo corredor andando muito devagar, como saem andando pelos corredores das prisões os acompanhantes dos presos e os presos que vão ser executados, embaixo de um teto tão alto como o das cadeias e de um rumor de tias de Tatín que vinha de todos os cantos, como se as tias fossem baratas e estivessem escondidas nas frestas das paredes, cochichando com as antenas esticadas. E uma delas, uma das tias que não era aquela que dirigia a perua com o cotovelo para fora, nem a que tinha aberto a porta para mim, nem a que tinha atendido aos gritos de Tatín, essa outra tia saiu por uma das portas e foi andando a meu lado até a saída, falando em latim como o padre da Bíblia, e eu sem entender nada, sorrindo até que ela fechou a porta da rua e eu, pelas brechas do sorriso com que acabara de me despedir, vomitei, ali mesmo no degrau de sua casa, o biscoito de La Espiga de Oro, o suco de pêssego e um bagaço que, se não era do suco, tinha brotado no meu estômago e que era amargo, como devia ser a saliva venenosa de Castillo.

Cambaleando, sob o primeiro repiscar noturno das lâmpadas, fui até minha casa, no outro extremo da rua Antonio Jiménez Ruiz. O reluzente prédio da telefônica, com sua torre de ferro perdendo-se céu acima como a coxa de um gigante com paralisia infantil, foi o espelho de minha solidão. Meus passos também eram os passos de um réu, alongados pelas sombras, silenciados pelo vento que estremecia minha camisa e minha alma. Apertei o passo, temendo que ao chegar em casa minha casa não estivesse no lugar, temendo que os anos tivessem passado e ao chegar junto à porta me encontrasse diante de um terreno baldio com um pessegueiro estropiado crescendo entre os escombros. Queria ver minha mãe, ver as mãos de meu pai, as mãos que seguravam as cartas de meu irmão, as que pegavam os maços de Bisonte e os copos de cerveja, as que, como um arado suave, acariciavam o trigal amarelo de minha cabeça. E ali encontrei minha casa, como uma aparição, como se os anos tivessem mesmo passado e eu estivesse entrando num encantamento, com os vitrais verdes e vermelhos da porta apagados pela noite, o corredor de azulejos azuis, cada cômodo com um hálito diferente, a sala de jantar com a tapeçaria de um leão altivo e minha mãe no meio da cozinha. Essa noite minha mãe foi mais do que nunca minha mãe, com seu avental e sua voz, seus olhos, perguntando-me cheios de ternura onde eu tinha estado:

— Com Tatín, o da pólio. Na casa dele.

— Coitadinho.

É, sim, coitadinho do Tatín, com suas ferragens, sem mãe no meio de tantas tias, coitadinho do Tatín, preso, eletrocutado todos os dias, todos os dias pelos corredores da morte, coitadinho do Tatín, acuado mesmo numa selva da qual ninguém pode fugir, não como a minha ou a do Pitraco, que saía por seu nariz e os médicos tratavam de podá-la como alegres jardineiros, não uma selva com pântanos, sol e animais, mas uma selva metálica e fria, uma masmorra com janelas cobertas de grades através das quais se avistava a selva da vida, uma prisão toda niquelada. Tatín estava preso numa cela vazia como as câmaras de gás, como as salas cheias de parafusos onde colocam as cadeiras elétricas e que só têm um crucifixo pregado numa das paredes.

— Coitadinho.

— É, sim.

O cheiro de minha mãe, o cheiro de minha casa, o cheiro do paraíso terrestre antes que as árvores dessem maçãs, antes que o tempo fosse a flor branca cujas pétalas são levadas pelo vento. Essa noite senti que, ao cobrir-me com os lençóis, era envolto por todos os cheiros bons e puros que pairavam pelo mundo, e quando já estava às portas do sono e minha memória esmorecida se enchia de paisagens e rostos de pessoas que eu nunca tinha visto — rostos imaginados na penumbra das fotos mandadas por meu irmão que se combinavam com outros rostos que eu iria encontrando ao longo dos anos e entre os quais também estava o meu próprio rosto futuro —, veio da rua um ronco vigoroso, e através do meio-sono reconheci os dóceis roncos do caminhão de meu pai. E o sussurro de seu motor, o sussurro do motor Leyland, foi um acalanto carinhoso, o pulsar de um coração potente que acabou de encher-me de paz e cobriu meu corpo e meu sono com o calor de uma carícia.

A fotografia da verdadeira estréia de meu irmão como cantor também foi tirada por Rovira, embora ele já tivesse sido demitido por dom Mauricio Céspedes e tivesse para sempre deixado de ser o fotógrafo oficial do cabaré. Eu soube disso mais tarde, quando minha cara tinha já quase se convertido naquele rosto anguloso que vez por outra vislumbrava em meus sonhos infantis. Embora, depois da briga com dom Mauricio Céspedes, Rovira tenha passado vários dias sem aparecer no cabaré, trancado em seu quarto escuro e afogando as mágoas em seus banhos reveladores e fixadores, fazendo experiências e fabricando monstros com fotos de corpos e cabeças diferentes, como um cientista maluco que colocasse patas de rato numa rã e cabeça de girafa num cavalo, quando Rovira soube que meu irmão ia ser o solista do cabaré, depois de dizer para ele, A primeira coisa que você tem que fazer é se chamar Carlos del Río, garantiu que estaria presente em sua estréia e que seu flash seria o primeiro a banhá-lo com sua luz. E meu irmão o abraçou emocionado, dizendo, É, Carlos del Río, como se fosse o nome de Rovira e não o dele.

Dom Mauricio Céspedes tinha contratado um fotógrafo das Ramblas para substituir Rovira. Era o fotógrafo Porpeta, que estava acostumado a fazer retratos em seu estúdio, com um painel de Montserrat ou da Sagrada Família ao fundo e as pessoas paradas, as luzes sempre iguais e as distâncias conhecidas de cor, e que ao chegar ao cabaré e ver toda aquela gente indo de um lado para o outro, e dom Mauricio pedindo-lhe que tirasse uma foto com este ou aquele freguês sem se importar com a contraluz nem com os contrastes, ficou meio tonto, com uma vertigem que tornava seus dedos e seus olhos ainda mais lerdos. Com as dançarinas, então, Porpeta era um desastre total, porque as dançarinas dançavam, as dançarinas não ficavam quietas, rodavam, misturavam-se umas às outras, entravam nas sombras e de repente apareciam bem no meio da luz espalhando brilhos e rajadas luminosas com suas lantejoulas e sua pedraria. As fotos das dançarinas saíam todas tortas, como se tivessem sido tiradas no *Titanic* no momento do naufrágio.

— Porpeta, o senhor por acaso não sabe fotografar? Quem tirou as fotos que o senhor me mostrou em sua casa, hein? Aquelas eram bem bonitas, cada pessoa com sua cara, não como estas daqui onde nem dá para ver quem é quem.

— Mas, dom Mauricio, é que elas não param de se mexer.

— Ora, Porpeta, se elas não se mexessem seriam estátuas, e aí estariam trabalhando num parque, não no cabaré.

— Calma, dom Mauricio, que com a prática tudo se acerta.

— Pois então trate de acertar logo, que afinal isso não pode ser tão difícil assim. É só apertar um botão.

Só que os dias passavam e o Porpeta não acertava nada, e ninguém queria aparecer nas fotos dele para depois ficar um tempão tentando descobrir se era o da frente ou o outro ali no fundo e no fim se reconhecer pela gravata ou pela pinta ao lado do umbigo, porque os rostos saíam com os traços borrados ou todos escuros, ou, pior ainda, às vezes a pessoa achava que se reconhecia, mas ao olhar a foto com mais atenção via que as bochechas eram chatas, o corpo atarracado ou o nariz comprido demais. Mas na verdade, mesmo que o Porpeta tivesse tirado umas fotos angelicais, absolutamente nítidas, nas quais todas as dançarinas saíssem com perfil de deusas e pernas tão longas e torneadas como as de Almudena Fernández, mesmo assim ninguém no cabaré ia querer ser retratado por ele. Todos sentiam falta de Rovira, não só de suas fotografias, mas de sua presença, de seus olhos que eram duas objetivas bem focadas que captavam tudo.

Foi por isso que, na noite da estréia de Carlos del Río, meu irmão, quando o fotógrafo Rovira acabou de descer as escadas da entrada e apareceu no fundo do salão, com seu topete de aventureiro, seu bigode como uma chicotada curta e preta e sua câmera fotográfica pairando sobre o peito de sua camisa impecável, o cabaré foi tomado por um rumor que acabou rebentando numa ovação que, nascendo do palco e da orquestra, atravessou o público até chegar ao próprio Rovira, que, com um sorriso contido e piscando de leve, num esboço de aceno, cumprimentou os presentes enquanto Emilio Blázquez, o Chispas, já em plena rebelião, girava seu canhão de luz, dirigindo o facho ao fotógrafo e, ao mesmo tempo que o garçom Álvarez, com a mudez perdida, gritava, Bravo, Rovira! Bravo!, e Anselmo, o gerente, com um guardanapo sobre o ombro, aplaudia triunfante e sereno atrás do balcão, dos camarins saíam dançarinas meio maquiadas, com os penachos ainda tortos e mal colocados. Também saiu Carlos del Río, meu irmão, sem cinta nem gravatinha, com a camisa reluzente, e então Chin Lu, erguendo as mãos no centro do palco, tirou de suas mangas estampadas duas pombas brancas que, em meio aos aplausos, se elevaram numa revoada jubilosa rumo à abóbada do cabaré. Só dom Mauricio Céspedes permanecia mudo e sem aplaudir, olhando uns e outros, pois até o próprio Porpeta, sem saber o que estava acontecendo nem quem era o alvo da ovação, deixou sua câmera sobre uma mesa e arriscou um tímido aplauso que, quando ele soube que era dedicado ao fotógrafo Rovira, arrefeceu por uns instantes para logo ser retomado, agora com decisão, para maior glória da classe dos fotógrafos.

Nos bastidores, já com seu biquíni de pedras transparentes e espiando por um canto das cortinas, Soledad Rubí tampouco aplaudiu, embora também voassem pombas em seus olhos e um sorriso sonhador se abrisse em seus lábios, pintados de batom vermelho. Ainda postado na entrada do salão, Rovira fitou por um instante esse sorriso que o olhava, até que o veludo da cortina caiu muito devagar, como uma mecha de mulher, e a dançarina Soledad Rubí, que dentro de si também levava outra mulher chamada Sonsoles Aranguren, ocultou-se atrás do doce balanço do veludo.

Os aplausos logo começaram a amainar entre o público, e apesar de dom Mauricio, com o lenço enxugando o suor da testa, exibir um sorriso que todos sabiam envenenado, pior do que qualquer grito ou maldição, os empregados e dançarinos ainda prolongaram com sapateados e palmas as boas-vindas ao fotógrafo Félix Rovira Crespo, que passou junto ao dono do cabaré andando muito devagar, roçando o ombro no ombro de dom Mauricio mas sem chegar a olhá-lo. O ambiente eufórico criado pela entrada de Rovira não podia ser mais propício para a estréia de meu irmão, para que em meio a um silêncio vibrante sua voz se elevasse sob forma de fumaça e se espalhasse por todo o local, como algumas páginas atrás já lhes contei com muitos detalhes. Como numa cerimônia sagrada, o fotógrafo Félix Rovira foi até a beira do palco quando meu irmão já estava lançando o gás de seu canto, e bem devagar le-vou a câmera ao rosto e durante um bom tempo, enquanto a música ia e vinha e as dançarinas rodavam como girassóis de cristal, ficou com o dedo acariciando o botão do disparador até que meu irmão, crescendo com a música, começou a erguer os braços, temperando a canção com um sorriso, e o flash de Rovira o batizou nessa pose, com os braços afastados do corpo, iluminado por um raio divino.

O cabaré inteiro foi um só aplauso. E agora sim Rovira sorria como se as palmas fossem para ele. Carlos del Río nasceu nessa noite que talvez tenha sido a mesma noite em que eu dormia acalentado pelo ronco de um motor Leyland, aquela noite em que minha mãe andava pela cozinha entre o crepitar das frigideiras pensando em seu filho enquanto seu filho, no meio de um facho de luz, de gravata-borboleta branca e paletó de seda cinza-pérola, recebia beijos de dançarinas e abraços de músicos que já atacavam uma nova melodia, uma cabriola de trompetes e tambores que eram um pedido de novos aplausos e vivas. E dizem que em meio àquela festa o fotógrafo Porpeta se aproximou de Rovira para se apresentar e declarar sua admiração por ele, ao mesmo tempo que pedia desculpas por ter ocupado seu lugar, ao que fora forçado pelo estado famélico de seus nove filhos e por uma legião de impiedosos credores que em nada comovia o estado de desnutrição e penúria de sua prole. Rovira sacudiu-lhe os ombros com umas palmadas e disse que outra hora conversariam sobre o assunto, e enquanto dizia isso a seu colega, Félix Rovira esticou o olhar até o palco e tornou a cruzá-lo com o de Soledad Rubí. Mas como essa era a noite de seu amigo Carlos del Río, o fotógrafo não quis empaná-la de modo algum e, repetindo ao Porpeta que poderiam conversar nas próximas semanas, aproximou-se da roda de amigos que abraçavam meu irmão e, de costas para Soledad, esperou que o grupo, ao notar sua presença, abrisse um estreito corredor para deixá-lo ante o sorriso, as lágrimas e o abraço do solista Carlos del Río.

Aquela noite, primeiro no cabaré e depois em não se sabe quantos bares, nas Ramblas, no Somorrostro e na praia da Barceloneta, Rovira limitou-se a acompanhar meu irmão, a elogiar sua estréia, a dar-lhe conselhos e a rir junto com o Trompeta e Almudena Fernández, com Lolita Berruezo, Anselmo, o gerente, e Jerónimo de Córdoba. E como se nada estivesse acontecendo com ele, sem dar mostras de que os sentimentos o corroíam por dentro nem de que sua alma estava caindo aos pedaços como uma casa devorada pelo cupim do amor, Rovira tirava novas fotografias, fotografias essas que, acompanhando a foto principal, aquela em que Carlos del Río aparecia de braços abertos, meu irmão foi mandando para casa em várias remessas. Nessas fotos meu irmão sempre aparecia abraçando alguém, sempre rindo, menos em uma delas, uma que foi batida por Anselmo, o gerente, onde ele aparece ao lado de Rovira e que na verdade é a única foto que Félix Rovira deixou que tirassem dele em toda sua vida. Os dois amigos, com os olhos embaçados por um véu de emoção, sérios e fitando o olho de cristal de câmera como se através dele estivessem vendo o Tempo, os anos por vir, a Vida ou o olhar incerto do Destino, estavam um ao lado do outro, com os braços sobre o ombro do companheiro e o corpo quase em posição de sentido. Topetes e camisas amarrotados pelo álcool e a madrugada, a sombra suave do branco e preto dulcificando aquela tristeza em que Anselmo, o gerente, os congelou à beira do amanhecer.

Olhando essas fotos da noite de sua estréia, eu me consolava ao ver que, apesar de ter trocado de nome, meu irmão continuava abraçando as mesmas pessoas de sempre: Almudena Fernández, Lolita Berruezo e até o chinês Bonilla, que, segundo a memória dos mais antigos no cabaré, nunca tinha passado uma noite como aquela, entornando todo e qualquer líquido que aparecesse na sua frente, de bigode postiço na testa e tirando pombas e mais pombas das mangas e de debaixo da túnica, até ficar sem um único pássaro, tanto que nos dias seguintes seria visto pelas praças com uma rede nas mãos, caçando pombas para seu número de mágica. Apesar de sua posição de solista, meu irmão continuava mandando cartas, só que agora sua letra era um bocadinho mais rebuscada, e o rabo das vogais, dos *ll*, dos *nn* e dos *mm*, em vez de dançar como antes, apontava para cima, subindo como a trepadeira de sua voz subia todas as noites pela fumaça branca do cabaré de dom

Mauricio Céspedes, que, apesar do ótimo movimento e de estar faturando como nunca, mostrava-se cada vez mais taciturno e não parava de humilhar o Porpeta. Porpeta, vá preparando os diafragmas e as coisas de sua máquina, que daqui a uma hora, com essa mesma luz que o senhor está vendo agora, eu vou querer que me fotografe ao lado de um freguês, dizia ele ao fotógrafo, ou então, Porpeta, tomara que um dia aconteça um terremoto para que o senhor possa bater uma foto que não saia toda tremida.

O que na verdade incomodava dom Mauricio Céspedes não era a lerdeza dos garçons, nem a dieta das dançarinas, nem mesmo a inépcia do Porpeta para tirar fotos em movimento. O que na verdade tirava dom Mauricio Céspedes do sério era o fotógrafo Rovira, que, apesar de ter sido demitido, depois da estréia de seu amigo Carlos del Río retomou as visitas à casa como se nada tivesse mudado. Fregueses e artistas continuavam pedindo-lhe as mesmas fotos de sempre, mas ele, que agora tinha um horário caprichoso e circulava entre as mesas bem devagar, cada vez demorava mais para bater suas fotos, cada vez ficava mais tempo apontando a câmera para a pessoa que ia fotografar, como se tivesse sido contagiado pela lentidão do Porpeta ou por um estranho entorpecimento que lhe impedisse entender as coisas que via pelo visor de sua máquina, e muitas vezes, depois de ficar algum tempo enquadrando uma dançarina ou um músico, ele afastava a câmera do rosto sem bater a foto. Mas, quando resolvia apertar o botão e tirar a foto, ela não tinha nada a ver com as do Porpeta, não só porque não saía desfocada e era possível reconhecer as pessoas, mas porque as figuras que Rovira retratava pareciam estar em relevo e a ponto de saltar do papel, e eram tão bonitas que dava até medo de olhar para elas. As fotos do Porpeta eram cheias de nervos, nelas apareciam os tremores do fotógrafo, seu desalento e todas suas angústias, a fome de seus filhos, mas as fotos de Rovira eram feitas sem pulso, sem um único tremor. Eram as fotos de um morto. E é que na realidade, embora continuasse andando, indo e vindo da pensão ao cabaré, penteando-se e comendo, Rovira estava morto por dentro. Tinha morrido definitivamente dois dias depois da estréia de meu irmão, quando, já refeito das comemorações, voltou ao cabaré e, depois de tirar algumas fotos do Trompeta e do poeta Tesán, esgueirou-se até os camarins e se encontrou com Soledad Rubí.

Embora a dançarina soubesse desde o primeiro instante quais fossem as intenções do fotógrafo, ela o recebeu com o mesmo sorriso que lhe dirigira do palco na noite em que Rovira voltou ao cabaré para assistir à estréia de seu amigo Carlos del Río, só que desta vez não caiu nenhuma cortina diante dela nem alguma coisa que pudesse ocultá-la. Estavam frente a frente, sozinhos no estreito corredor que levava ao último camarim, e nenhum dos dois dizia nada. Soledad, sobre uns sapatos de tiras pretas e de salto muito alto, vestindo uns shorts da mesma cor e uma camisa que em vez de bolinhas tinha estampadas notas musicais e pentagramas, abandonou um ombro contra a parede com muita suavidade, e depois de ficar não se sabe quanto tempo bulindo com o nó da camisa, ergueu os olhos e, sem perder o sorriso, disse, Oi, Félix.

Mas Félix Rovira, o fotógrafo, não disse nada, continuou olhando para ela por alguns instantes, imóvel e sem expressão. Não pôde sequer avançar nem estender a mão para acariciar os cabelos da dançarina, nem aproximar-se de sua aura morna e perfumada, nem olhar seus lábios nem beijar seus olhos. Antecipando-se a qualquer movimento do fotógrafo, a voz de Soledad Rubí o deteve: Não, Félix. Não. E ali, sentindo que dentro dele se levantava muito lenta uma nuvem igual àquela que se seguia às explosões atômicas e que seu corpo se enchia de cadáveres, de gente que morria dentro dele, o fotógrafo Rovira foi ouvindo Soledad dizer que apesar de tudo, apesar de nunca ter conhecido um homem que a atraísse daquele jeito, ela não queria nada com ele.

— Eu não quero nada com você. Não me pergunte por quê. Eu não sei. Mas nunca tive tanta certeza de nada. Não é por causa da sua mulher, nem da diferença de idade, nem de dom Mauricio. É por mim mesma, tem alguma coisa dentro de mim que me diz que não, que você não é bom para mim. Nem eu para você.

— Quem sabe eu não seja bom para ninguém. — A voz de Rovira foi um túnel.

— Quem sabe. — Soledad Rubí continuou a olhá-lo com calma, ainda com a lembrança do sorriso nos lábios.

Rovira deu meia-volta e começou a andar pelo corredor, agora mais estreito e cheirando a umidade. Teve a impressão de ainda ouvir às suas costas, Sempre vou amar você, Félix. Mas não tinha certeza, os mortos não ouvem muito bem. A partir desse instante, o fotógrafo se sentiu um cadáver, um cadáver com topete e bigode que tirava fotos, que bebia genebra com gelo, escutava canções de amor e às vezes até sorria, principalmente quando se sentia observado por dom Mauricio Céspedes. Se o dono do cabaré estava por perto, o morto Rovira procurava esticar a carne sem vida de seus lábios e suspendê-los numa careta alegre que envenenava o já envenenado empresário, que por essa época sempre andava escoltado por Padilla, o amigo do poeta Tesán e único acompanhante do funeral de Cosme Cosme, que, como recadeiro de dom Mauricio, tinha a incumbência de transmitir as ordens mal-humoradas e as queixas que se amontoavam na cabeça do dono.

— Padilla, vá perguntar para Mari Carmen Molina se por acaso ela está com reumatismo e por isso não mexe a cintura no número de samba.

— Padilla, diga para o Camacho que, por mais barman que ele seja, ninguém lhe deu permissão para despejar meia garrafa de conhaque em cada copo que serve para aquela ruiva decotada.

— Padilla, esta é para o Trompeta. Avise que para ir ao banheiro ele já tem os intervalos. E que, se está querendo dar um passeio, é só vir falar comigo que eu o ponho agora mesmo no olho da rua.

E lá ia o Padilla de um lado para o outro, pedindo desculpas pelos recados que levava, ou seja, dizendo que ele não servia para ser leva-e-traz, que a única coisa que queria era uma chance e que seu negócio era o boxe. Avelino Padilla era boxeador. Meu irmão contou isso numa carta. Avelino, por ser nosso conterrâneo e recém-chegado a Barcelona, tinha muita estima por meu irmão. Eu lhe tenho muita estima, Ramón, ou seja, Carlos, vivia dizendo a meu irmão. A mãe dele morava na rua Las Viviendas, entre o Cine Cayri e o ferro-velho de La Pellejera de que Tatín tanto gostava, e, sempre que podia, ela mandava para o filho uma caixa de papelão cheia de lingüiças e salsichões da mercearia de García Agua, mas a mãe de Avelino podia bem pouco, e era cada vez mais magra a charcutaria da caixa de papelão. A mãe de Avelino, que era viúva desde sempre, passara a vida inteira batalhando para que seu filho chegasse a motorista de ônibus, ou, pelo menos, cobrador, da viação Oliveros, aquela que fazia o trajeto de Puerta del Mar a Teatinos ou até Colonia de Santa Inés. Mas Avelino não tinha jeito para os números; quando era criança vivia matando as aulas e mais tarde nunca parou na oficina onde os amigos de seu defunto pai lhe deram uma chance como aprendiz, sempre fugindo para zanzar pelas tavernas e espeluncas do porto, até que um dia voltou dizendo que ia lutar boxe, que ia ser boxeador. Peso-pena. O Sandalias, que tinha estado na América e visto muitas lutas de negros, disse que ele tinha uma canhota de ouro, e jogo de cintura, muito jogo de cintura. E desse dia em diante, por mais que sua mãe implorasse, Avelino nunca mais quis abrir os livros de contabilidade nem o código de trânsito.

— Mãe, ou seja, um boxeador ganha mais do que qualquer motorista. Por melhor que seja o motorista, ou seja, e por mais que ele trabalhe com o Oliveros, um boxeador sempre vai ganhar mais. Você não sabe, ou seja, a nota preta que vem na bolsa de um boxeador. Um motorista não tem nem bolsa nem nada.

— O que seu pai ia dizer, coitado.

— Meu pai, ou seja, já faz um tempão que morreu e não diz nada. Meu pai está K.O., ou seja, nocaute. Agora eu que tenho que ir à luta.

E Avelino levava os punhos ao rosto e fazia duas fintas para a mãe, Um, dois, lançava murros no ar diante do olhar cada vez mais amarelo e sempre meio passado de seu pai, personificado no retrato de um homem grisalho e com cara de doente que, até onde chegava a memória de Avelino, sempre tinha presidido a sala de móveis escuros onde ele agora se batia com o vento. Avelino passava o dia inteiro no ginásio, levantando pesos, dando murros num saco cheio de areia e fazendo de conta que lutava contra a própria sombra. E também lutava contra outros boxeadores, ou melhor, outros boxeadores é que lutavam contra ele, pois o Sandalias tinha dito que ele precisava curtir-se, controlar a vontade de soltar o punho para ir acumulando agressividade e deixar que o Tigre Trinitario, Soto Carratalá, Quintana e os outros rapazes treinassem batendo nele. Trocando em miúdos, Avelino era *sparring* de meio ginásio e só muito de vez em quando deixavam que ele desse o melhor de si e lutasse de igual para igual, mas sempre com alguém de peso superior, um meio-médio ou até um peso pesado. O Sandalias sempre dizia a mesma coisa, Paciência, Padilla, você tem que virar um aço. Canhota você já tem, e jogo de cintura, agora só falta aprender a sofrer. O boxe é, acima de tudo, sofrimento.

Mas quem mais sofria era a mãe de Avelino, que a cada manhã via seu filho sair de casa para ir receber todos os murros que quisessem lhe dar, para no fim da tarde vê-lo voltar cambaleando pela rua, não se sabe se por causa da fome e da fraqueza ou dos golpes recebidos. Tirando os murros, tudo era promessa, mas Avelino Padilla, que também meio que tinha mudado de nome como se fosse um artista e agora fazia questão de ser chamado de Kid Padilla, nunca estreava. E embora, vários meses mais tarde, o Sandalias tenha comunicado a Avelino a data de seu primeiro combate num espetáculo que se realizaria no centro esportivo de Carranque, e depois disso ele tenha passado as noites sonhando, ou melhor, não tenha nem sonhado, nem dormido, só imaginando, não a luta, mas o cartaz anunciando a luta com seu nome impresso em letra de fôrma, no fim ele ficou de pugilista suplente e passou sua tão esperada estréia como ajudante do Sandalias, pondo e tirando o protetor dental de Soto Carratalá e torcendo toalhas num balde de água fria. No cartaz, olhando com uns óculos dos bons, podia-se ler seu nome na borda do papel, ao lado do endereço da gráfica: Kit Palilla.

Se seu nome tivesse saído certo, pensou Avelino mais tarde, talvez ele tivesse ficado mais seis meses ou um ano esmurrando a própria sombra ou dando a cara para que o meio-médio Quintana, o médio Soto, o meio-pesado Tigre Trinitário, e quem mais se habilitasse pudesse bater à vontade. Mas aquele jeito de escrever seu nome e os tapinhas que depois o Sandalias lhe deu nas costas acabaram por desanimá-lo. O Sandalias só o enganava. Avelino viu isso não nos olhos do Sandalias, mas nos olhos de seu pai, aqueles olhos cansados que boiavam como dois botões pretos no meio da fotografia quase desbotada que presidia a sala de sua casa:

— Avelino, o Sandalias é um sem-vergonha.

Avelino nunca tinha ouvido a voz de seu pai, que morrera quase nove meses antes de seu nascimento, mas essa noite, enquanto comia a contragosto umas batatas-doces fervidas em água açucarada, ele a ouviu nitidamente. E cada vez que olhava para a foto, ele tornava a ouvi-la. Avelino, o Sandalias é um sem-vergonha. E assim, depois de três dias sem aparecer no ginásio, de muito manusear o código de trânsito e de, com olhos vazios, ver passar os ônibus da viação Oliveros rumo a Teatinos ou Colonia Santa Inés, tomou a decisão de, naquela mesma noite, ou seja, pegar o trem para Barcelona, terra prometida do boxe, segundo o que tinha ouvido falar no ginásio. Pensando um dia devolvê-lo com juros, tirou da cômoda o dinheiro que sua mãe tinha para as despesas do mês e no lugar deixou um bilhete. "Mãe vou imbora para Barcelona para virar um bom lutador de boxe peso-pena. Com meu jogo de cintura e minha canhota de ouro vou vencer e ganhar miliões. Para mim e para a senhora. Cansei de fazer sombra. Seu filho que tiadora, Kid Padilla. Avelino. Não chore purque vou chegar muito mais longe do que si eu fosse chofer e o pai ia gostar."

Avelino Padilla, apesar de ter mudado de nome, não se instalou numa pensão de artistas, nem sequer numa pensão de artistas pobres, mas numa pensão de boxeadores pobres, que são bem piores do que as pensões de artistas pobres. Os boxeadores sempre vão às piores pensões do mundo e, quase sem perceber, passam direto para os hotéis de luxo. Isso quando dão sorte e não ficam a vida inteira na pensão das baratas e do cheiro de ensopado frio ou, já meio tontos depois de levar tantos murros, estudam como podem o livro de cálculo e arrumam um emprego de cobrador ou de ajudante de mecânico. A pensão onde Avelino Padilla foi parar ficava perto da estação Francia e tinha centenas de metros de corredores escuros e montes de portas de onde nunca saía ninguém, tudo tão diferente da pensão Ríos-España de dona Angelines, sempre repleta de gente e de vozes, de uma alegria que nem mesmo a morte das dançarinas e a tristeza de Rovira conseguiam estragar. Se a pensão Ríos-España tinha sido a sede terrestre do paraíso, a de Avelino, dirigida por uma espécie de anão chamado Ramó, era a própria imagem do purgatório, e seus quartos trancados, as portas do inferno, que estava ali mesmo, a ponto de transbordar, crepitando atrás da cal descascada daquelas paredes.

O ginásio Mateu cheirava a porão de navio. A impressão que se tinha era de que ali limpavam o chão com petróleo e os ginastas suavam amoníaco. Mas logo Kid Padilla pôde constatar que ali na verdade só se limpava com água. A água que ele, em troca de meio jantar do Austríaco, recolhia do cano triste de um chuveiro num balde de lata e com a qual limpava o chão depois que os usuários saíam deixando tudo encharcado e cheio de pegadas que Avelino, enquanto as apagava com seu esfregão molhado, para distrair-se tentava descobrir se eram de

Bocanegra, do Malayo ou de Pastrana. No ginásio Mateu, os pugilistas faziam manchas em vez de sombra, pois as silhuetas, com a ajuda da luz fraca, se camuflavam entre os descasques das paredes e cada um parecia lutar, não com sua sombra, mas com um fantasma, ou com o fantasma de sua sombra. Mas, em compensação, Kid Padilla não tinha nenhum Sandalias para mandar que levasse murros de ninguém. Ele batalhava sozinho, com as manchas, os halteres e o saco de areia. E ao acabar, enquanto esperava a hora de começar a faxina, contava para todo mundo que já havia participado de dez lutas, só que com outro nome, e que por isso não estavam registradas em lugar nenhum. Nove vitórias, duas por nocaute, e uma anulada. Em sua cidade, segundo ele, seu apelido era "La pantera de Carraque", mesmo tendo começado um pouco tarde, ele, que era para ter virado chofer da Oliveros. Mas ninguém dava ouvidos a Avelino, viravam-lhe as costas para continuar esmurrando o saco de areia ou iam para os chuveiros assobiando e o deixavam falando sozinho, esclarecendo que Oliveros era uma empresa de ônibus que fazia a linha Puerta del Mar–Teatinos e que ele, ou seja, preferia lutar contra dois negros do Bronx com uma das mãos amarrada nas costas do que ler o código de trânsito que era desta grossura. Nem sequer o Austríaco, o administrador, o ouvia.

É verdade que em Barcelona ninguém o enganava como o Sandalias, mas por outro lado ninguém lhe dizia nada sobre seu jogo de cintura nem que tinha uma canhota de ouro, nem de ferro, nem de nada. Era como se ele fosse manco. Só uma vez um homem de cabelo branco, que todos chamavam de senhor Muniesa e que parecia ser muito amigo do dono do ginásio, comentou ao passar a seu lado, Olhe, esse rapaz tem pernas. Avelino, Kid Padilla, ficou olhando para suas extremidades inferiores, ele mesmo surpreso de encontrar ali aquele par de pernas. Obrigado, obrigado, chefe, gritou para o senhor Muniesa, que já desaparecia pela escada da saída, conversando com dom Mateu. Com um sorriso petrificado, voltando a olhar para seus joelhos e seus pés, Avelino retomou a sova no saco de areia, enquanto por dentro zombava do Sandalias. Pernas, ouviu? Eu tenho pernas e você nem tinha notado, você que tanto entendia de boxe, merda nenhuma é o que você entendia, Sandalias. Pernas, eu tenho pernas.

Não se sabe se foi por causa dessa história das pernas, mas, poucos dias depois desse comentário, o Austríaco veio lhe dizer que tinham uma vaga de peso-pena para o encontro do sábado seguinte, se ele não queria preenchê-la. De saída Avelino não soube o que dizer. A primeira coisa que sentiu foi medo, viu-se sobre o ringue e ouviu a voz do apresentador e seu nome nos alto-falantes. Medo do público, das luzes, da cara do juiz. Só teve fôlego para dizer que queria, sim, e o disse como quem confessa depois de uma sessão de tortura:

— Quero, sim.

O Austríaco, que não era da Áustria e sim de Mataró, perguntou-lhe incrédulo:

— Você diz que é peso-pena?

— Claro! Pena autêntico. Foi o Sandalias que me falou, ou seja, cinqüenta e sete quilos e meio. Pena.

— Sei — respondeu o Austríaco, ao mesmo tempo que dava meia-volta e fazia um gesto com a cabeça para que o seguisse até a balança. — Pode subir.

Avelino, Kid Padilla, tinha deixado de ser peso-pena. Sua fome barcelonesa o transformaram num peso-galo mirrado, puxando a mosca. Avelino viu-se no ringue, mas agora sem luzes nem microfones, nu e sozinho no meio das sombras.

— Será que a balança não está, ou seja, quebrada? Esses aparelhos têm, ou seja, suas coisas. Seus enguiços.

O Austríaco negou com pachorra e segurança, mas foi tão desesperado o pedido de clemência do ex-pena Padilla, que o administrador do ginásio cedeu a suas súplicas de adiar o anúncio de sua diminuição de peso e, com certa ironia, chegou até a propor-lhe um modo de ganhar algum dinheiro para assim poder alimentar-se e aumentar de peso nos cinco ou seis dias que faltavam para o combate. Avelino passou todo esse tempo pintando o ginásio Mateu. Azul-metálico era o nome que o Austríaco dava à cor em que Padilla vivia mergulhado. Azul podre ou azul doente, o que qualquer outra pessoa lhe daria. Avelino pintava muito devagar, sempre andando lentamente, como um relógio a ponto de parar. Tudo para não perder nem um grama de peso. Todas as noites, o dinheiro da pintura ia direto para seu estômago, convertidas as notas em bolos e batatas cruas que, segundo o Austríaco, eram o que mais engordava, e que Avelino, para não desperdiçar nada e sem se importar com a dor de estômago que acompanhava sua digestão, comia com casca e terra.

A economia avarenta de peso levou-o a abandonar todo e qualquer tipo de treinamento, e quando não estava pintando, Avelino passava as horas deitado na pensão, quase sem falar nem ao menos se coçar. Diziam que ele estava concentrado, que esse tal de Kid Padilla podia até ser perigoso, um desses sujeitos que levam o filme da luta tatuado na cabeça e quando sobem no ringue já sabem não só em que assalto vão derrubar o adversário como o canto e até o milímetro exato onde o pobre rival vai cair. Mas, na verdade, Avelino não pensava em nada, tinha a mente vazia, só ocupada com números e cálculos em que adicionava e subtraía gramas, metros pintados, somas de dinheiro e quilos de batatas que podia comer. Como um autômato surdo-mudo, no dia da pesagem ele se levantou da cama e foi vagarosamente até o mercado de El Borne, direto para uma banca de salgados, onde comprou um quilo de torta de atum que foi comendo bem devagar a caminho do ginásio.

Entre ânsias de vômito, catando as últimas migalhas da torta e lambendo o papel gorduroso que a embrulhava, Kid Padilla chegou à porta do ginásio Mateu. Não havia fotógrafos nem jornalistas, só o Austríaco, um sujeito atarracado, escuro e de bigode, que todos chamavam de Doctor e que era o empresário de seu adversário, e um homem que lembrava vagamente o pai de Avelino e que, assim como ele, também parecia doente, só que este, o representante da federação, devia ter uma doença mais grave e em estado mais avançado que aquela que pôs fim à vida de seu progenitor. O Austríaco apressou Avelino:

— Vamos, Padilla, que a fera está impaciente.

— Não enfureça a fera, tampinha — sorriu com dentes muito brancos o assim chamado Doctor.

A fera era Óscar Troncoso, e Avelino pôde vê-la no vestiário quando, depois de tirar a roupa e já vestindo seu calção, pôs a boca sob a torneira e começou a beber água até que, já meio afogado, ficou sem ar e com uma pressão que partia do estômago e se espalhava pelas costas e pelo peito. Tomando cuidado para não transbordar, inclinou-se e bebeu mais um pouco. E ainda colocou duas barrinhas de chumbo embaixo da língua. Todo seu corpo parecia feito desse material, e se agora ele se movimentava com lentidão, não era para economizar energia, e sim porque na verdade suas articulações estavam meio travadas e doloridas. Ao passar na frente do espelho, Avelino pôde ver uma barriga proeminente destacando-se de sua parca musculatura, mirrada pela falta de treinamento e pelo repouso.

A fera, Óscar Troncoso, era quase tão atarracada e escura quanto o Doctor, só que sem bigode e com um par de pontudíssimos caninos, mais de gato que de cachorro. Ao vê-lo, Avelino, pela primeira vez desde que o Austríaco lhe falara do combate, pela primeira vez desde que começara a fazer sombra com o Sandalias, teve plena consciência de que ia lutar, de que ia subir num estrado para pegar-se com um homem que não conhecia nem de vista e bater nele com todas as suas forças. A fera deu-lhe uma olhada de esguelha, e Kid Padilla esteve a ponto de dizer-lhe que não tinha nada contra ele, que a única coisa que queria era ser lutador de boxe para não ter que estudar o código de trânsito e ficar o dia inteiro guiando um ônibus da viação Oliveros. Mas Avelino não estava para muita conversa, a torta se revirava em sua barriga, primeiro boiando como os restos de um naufrágio, depois dando saltos como se também ela tivesse pernas e corresse de um lado para o outro. Era a náusea.

Avelino queria que o pesassem logo de uma vez, mas o Austríaco agora estava às gargalhadas com dom Mateu, que tinha acabado de chegar e estava fazendo graça para Troncoso e uma loira platinada que abraçava a fera e que, se não tivesse a raiz do cabelo tão escura, poderia muito bem ser a namorada do boxeador de um filme de Holywood. Fumavam charutos oferecidos por dom Mateu, todos eles fumavam, até a fera, que fazia anéis de fumaça apontando o queixo para o teto, enquanto o Austríaco roía seu respectivo charuto e os outros conversavam mascando uma fumaça espessa. Só a loira da Paramount decadente não fumava charuto, fumava um cigarro branco e fino, com piteira. E enquanto lambuzava a boquilha de batom vermelho, virando-a e enfiando-a nos lábios para depois tirá-la como uma bala melada, com seus olhos verde-esmeralda, cem por cento *glamour* e sétima arte, olhava curiosa para Avelino.

Quando a fera Troncoso se pesou, apesar da musculatura rija e brilhante que deixou à mostra ao se despojar de seu roupão de seda preta, a agulha cravou bem no meio, que era o que o Austríaco dizia quando um boxeador tinha o peso ideal. A loira platinada viu nos olhos de Padilla a impressão e o reflexo dos músculos, do torso de seu homem. Avelino, sem ter do que se despojar, subiu na balança como uma parturiente prestes a dar à luz, já imune à fumaceira dos charutos e ao ricto de estranheza com que dom Mateu fitava seu abdome. O Austríaco teve de pesá-lo duas vezes, negando com a cabeça ante a tosse e o charuto do homem doente da federação, cada vez mais parecido com o pai de Avelino.

— Passou alguns gramas — disse o homem amarelo a dom Mateu. — Nada que uma boa mijada e duas corridas não resolvam.

À vista de todos, Kid Padilla apalpou a boca com os dedos e, com cuidado, tirou uma e depois outra barrinha de chumbo.

— Tinha me esquecido. É o chumbo que eu tomo, ou seja, por causa das vitaminas. Fico sempre chupando.

Com cara de preocupação, dom Mateu olhou para o Austríaco, que respondeu com um movimento de ombros antes de voltar a equilibrar a balança:

— Tudo bem. Mais quinze gramas e você vira um peso leve.

— É que não se deve abusar da comida, rapaz. Um pouco menos de rancho e um pouco mais de treino — sorriu dom Mateu aliviado —, que senão a balança reclama.

— Deixe os rapazes, dom Mateu, que alguma coisa eles têm que aproveitar — ria o Doctor, dando uns tapinhas nas costas do proprietário do ginásio enquanto se dirigiam aos vestiários. — Para sofrer eles já têm o ringue. E os rabos-de-saia — disse, apontando com o queixo para as cadeiras da loira Paramount, abraçados, ela e seu rebolado, à fera fumadora de charutos Óscar Troncoso.

Foi ao descer da balança, sozinho e de costas para os outros, que Avelino sentiu o atum da torta remontar a correnteza, como um salmão a ponto de desovar, e subir direto para sua boca. Só teve tempo de dar dois passos em direção ao banheiro, no terceiro, a torrente de suas tripas transbordou e Avelino teve a sensação de que golfava de uma só vez todas as batatas cruas, toda a terra, a saliva chumbada, o atum, a torta e a fumaça dos charutos. O pavoroso uivo de seu estômago deteve e atraiu o olhar de toda a comitiva, que, contraindo o rosto, viu como aos pés de Avelino desabava uma cascata encarnada.

— Que é isso? Olhe, lutar com um doente é encrenca, hein? Dá de o cara morrer e aí sobra pra gente. Aí você não volta a pisar num ringue nem fodendo — Avelino ouviu dizer a suas costas, associando a voz ao rosto escuro de Troncoso e sentindo diante dessa imagem a investida de uma nova ânsia de vômito.

— Doente? Não. — Achou que agora era o Austríaco quem estava falando.

— Deve ser a emoção. Afinal de contas, é a sua estréia. — Esse era dom Mateu, o desgraçado. — Não viram como ele se mexe? É que está nervoso.

— O que eu vi é que o tampinha é bem esquisito — disse o Doctor na sua vez de falar —, com aqueles chumbinhos na boca.

— Que nojo — ouviu-se uma voz murmurar, e Avelino queria que o comentário não tivesse partido da loira. Melhor que tivesse vindo do homem meio morto da federação. Ele sim é que devia dar uns vômitos de dar medo, com aquela cara e a doença que o consumia.

— Vocês precisavam ver o garoto com o saco de areia. E pulando corda, a agilidade que ele tem. Se eu fosse você não tirava conclusões do que está vendo, Troncoso — comentou o Austríaco.

— Não sei, não... — murmurou Troncoso — essa barriga...

— Olhe lá, já passou. Foi só uma tontura — continuou o Austríaco, em seguida dirigindo-se a Avelino. — Não passou, Padilla?

Avelino, com um fio de baba rebelde que não queria desgrudar de seu nariz, virou-se arriscando um sorriso despreocupado e acenou com a mão, também molhada.

— Não foi nada. Talvez alguma coisa que eu comi. Ou seja, nada.

— Viram? — O Austríaco mascou seu charuto com energia. — Você já sabe, o balde está aí atrás. Jogue uma água limpa nisso.

Avelino, cúmplice, assentiu.

— Agora é se cuidar para fazer bonito na luta — despediu-se dom Mateu com o charuto pendurado num canto da boca.

Da luta, o que Avelino mais recordava era a parede do vestiário, a emenda dos azulejos com o gesso enegrecido, e um gosto espesso e salgado entupindo-lhe a boca e o nariz. Todo o resto era uma nebulosa que começou quando a cabeça do Austríaco apareceu na porta do vestiário para dizer-lhe que estava na hora. Não se lembrava da caminhada até o ringue, só da capa de um homem que estava sentado num tambor de metal, uma capa verde com uma mancha amarela, que parecia ovo, de muitas vozes e de alguns olhos que o olhavam e que eram como os olhos das pessoas que aparecem nos sonhos, olhos embaçados, meio feitos de fumaça. Também ouviu uma voz, uma voz a seu lado que disse, Olhe, um dos que vão lutar. Avelino virou-se, querendo sorrir para quem tinha falado, mas não viu ninguém, ou melhor, viu vinte ou trinta pessoas mas não soube quem tinha dito isso. Sentia que o tempo avançava aos trancos e que havia segundos negros, trechos de tempo que piscavam e desapareciam. Deu vários pulos tentando subir ao ringue, jogou as luvas sobre a lona e olhou em volta, procurando uma escada, um caixote, ouviu um assobio, uma gargalhada, puxou uma lata grande, com uma etiqueta vermelha: "Pimientos Morrones La Campesina 5 Kg", teve a impressão de estar sonhando, subiu na lata, deu um salto e caiu sobre o ringue, levantou-se e um homem de camisa branca se aproximou dele e ao mesmo tempo que lhe indicava um canto disse, Eu sou Vidales, o juiz, e Avelino, Kid Padilla, sorriu e de repente viu que Vidales era o homem doente da federação, que estava ainda mais parecido com seu pai, com aquele penteado e a camisa branca que não estava lá muito branca e sim amarela, com um véu de sujeira antiga, como a foto de seu pai, e Avelino ficou em pé no seu canto, ao lado de um balde de metal que conhecia muito bem porque era o balde de metal onde tinha recolhido os pedaços encharcados de torta, a água e a bile, então olhou para a parte dos espectadores que estavam sentados e viu dom Mateu, que não estava olhando para ele, mas dando risada junto com o senhor de cabelo branco, o senhor Muniesa, aquele que ao passar pelo vestiário tinha visto Avelino e reparado que ele tinha pernas, Sou eu, dom Muniesa, olhe aqui, eu tenho pernas, Avelino pensou em gritar-lhe, mas não disse nada, e entre as pessoas que estavam em pé apareceu a cabeleira retinta e os olhos esbugalhados do Doctor, e atrás dele o roupão preto de Troncoso e a cabeleira loira da Loira Paramount, a Loira Fox com sua risca de raízes escuras, e Avelino sentiu que seu coração inchava e era um feto esperneando em seu peito, e na piscada seguinte Óscar Troncoso já estava no meio do ringue, sacudindo os ombros, o pescoço, e sem ter precisado subir em nenhuma lata de conservas o Doctor também estava ali em cima, e de repente Avelino ouviu que nos alto-falantes instalados no fundo do ginásio estavam dizendo seu nome, Kid Padilla, e Vidales o chamava para o centro da arena, e ali viu a cara de Troncoso, e Avelino disse boa-noite para Troncoso e para o Doctor, mas ninguém respondeu, Vidales falou algumas palavras que o burburinho interior de Avelino não o deixou ouvir, embora houvesse falado aos gritos, Vai se arrepender e se lembrar de mim, pensou ouvir, como se Vidales fosse lutar, de tão bravo, e Troncoso nem piscava, parecia de cera, Avelino correu para seu canto, o Austríaco fez um sinal e o boxeador estreante apanhou seu protetor de boca no fundo do balde, calçou as luvas e, agachado, pondo as mãos para fora do ringue como os presos põem os braços para fora de suas celas, deixou que o Austríaco amarrasse os cordões, quando se levantou já não viu ninguém no ringue, só Vidales com sua camisa amarela e Troncoso, que ao soar o gongo começou a andar devagar, com seus músculos brilhantes e escuros, com as veias saltadas, Kid Padilla olhou para trás e só viu de relance a cabeleira amarela da loira e se lembrou do Sandalias enquanto começava a saltitar, pensando que estava saltitando demais, pensando que tinha esquecido como se dança no boxe, e sentiu na cara o cheiro de couro das luvas de Troncoso, e apesar do direto que recebeu no maxilar, Kid Padilla perdeu o medo e por um instante sentiu que parava de flutuar, lembrou-se de suas pernas, de sua canhota e de seu jogo de cintura, e soltou os braços, começou a girar em volta de Troncoso, sem pular, como um gato, com fibra e ritmo, esquerda esquerda, e teve a sensação de estar girando num carrossel, ouvindo sua respiração e a de Troncoso e batendo suas luvas contra as de seu adversário, impecável, com estilo, e lançou os braços, esquerda direita esquerda, e de repente sentiu um mal-estar no flanco, uma agulhada, uma bomba que tivesse explodido no fundo de seu corpo, e então soube que Troncoso acabara de acertar-lhe um golpe seco no fígado, lembrou-se do chumbo, meio que se abraçou a Troncoso e sentiu o cheiro de seu suor que era como o gosto do chumbo e seguiram-se novos golpes e o empurrão de Vidales, as luzes ao fundo que se mexiam como faróis de carros correndo por uma estrada aberta no meio do ginásio, a cara do Sandalias, o cheiro e a fumaça da garagem da viação Oliveros, e uma luz muito forte e branca, o punho de Troncoso em sua cara, como a lanterna de um trem que o deixou agarrado nas cordas, de joelhos, com muito sono para poder vomitar, as mãos de Vidales, na foto seu pai não tinha mãos, não tinha pernas, nem metade do corpo, os dedos começando a contar e ele fazendo que não, levantou e se perguntou por que sua mãe tinha uma foto de Vidales na sala de sua casa, tornou a sentir o cheiro do suor de Troncoso e teve vontade de dizer-lhe, Seu tampinha, eu vou matar você, tampinha, e já ia lançar um esquerdo quando soou o gongo, Kid Padilla caminhou depressa até seu canto, enfiou a toalha no balde e molhou o rosto, havia vozes, e dentes e olhos, mexeu os ombros, olhou para Troncoso sentado em seu canto, sendo massageado pelo Doctor, a fumaceira do público, o Austríaco gritando-lhe não sabia o quê, e de novo o gongo, os olhos saltados de Troncoso, Padilla dançou, para a frente, para trás, soltou a canhota, dois passos em retirada para fugir do fole sufocado de seu rival, uma esquerda na cara de Troncoso, uma direita no peito, no peito de novo, um esquerdo no pescoço, na têmpora, e de repente o ginásio Mateu de ponta-cabeça, Avelino com o pescoço retorcido como uma galinha sendo sacrificada, o gosto de sangue na garganta e a sensação de que ainda estava em pé, uma rajada de gritos e tudo branco, suas mãos acariciando a lona puída e suja, a voz de sua mãe dentro de seu ouvido, Avelino, o ringue empinado como um navio a pique e o homem amarelo sorrindo nas alturas, um sonho viscoso onde giravam a cara de Troncoso, clarões e sirenes, a toalha molhada, o gosto de sangue.

Disseram que ele se saiu muito bem, que se notou sua falta de preparo e que Troncoso era Troncoso. Ele precisava era de um padrinho, alguém que apostasse nele, foi o Palanca quem lhe disse isso, dessa parte ele se lembrava, sim, foi quando ele e o Austríaco o levaram para o vestiário, Estilo todo mundo viu que você tem, Padilla, agora, o que ninguém viu mesmo foram condições, é de um padrinho que você precisa.

E foi assim que Avelino, Kid Padilla, começou a freqüentar o bilhar Tesán, que era o ponto de encontro de federados, boxeadores e demais pessoas do ramo, além de umas mulheres que chegavam em você já meio que chupando sua orelha e falavam, Eu toco uma gloriosa no banheiro por não sei quantas pesetas, vamos lá, rapaz, que isso é muito bom para a circulação e para essas coisas do boxe e dos socos. Mas Avelino não queria saber de gloriosas, nem de chupetas, nem de completas, nem que fizessem um servicinho, que era como as mais finas chamavam aquilo, Então, rapaz, não quer que eu faça um servicinho?, o que ele queria era um padrinho, alguém que o levasse para o campo para correr pelos montes e lhe desse presunto e o pesasse todos os dias, alguém que enchesse seus pulmões de oxigênio e não o mandasse limpar latrinas nem o deixasse meio intoxicado de tanto pintar paredes. O problema é que os padrinhos, patrocinadores ou como quer que se chamem não apareciam em lugar nenhum, e o máximo que Avelino conseguiu no bilhar Tesán, além de vez por outra cair na tentação de ir ao banheiro para que lhe fizessem um servicinho, foi travar certa amizade com um tal de Cosme Cosme, que de tempos em tempos aparecia por lá, mais para xingar as senhoritas do banheiro e jogar bilhar sozinho e desesperado, como se apostasse a vida em cada carambola. Foi ele mesmo quem lhe disse que poderia apresentá-lo a um empresário, um sujeito que botava dinheiro aqui e ali, numa pedreira, num supermercado ou no que quer que fosse. Dom Mauricio Céspedes era o nome do possível patrocinador, que era também dono de um cabaré no Paralelo.

Superando os repentes de Cosme Cosme, suas súbitas mudanças de humor e demais esquisitices, Avelino, que vivia repetindo que um boxeador na verdade é uma pedreira, conseguiu convencer seu desalinhado amigo a deixar que o acompanhasse até o cabaré de dom Mauricio, só que Cosme Cosme nunca o deixou entrar ali e sempre o deixava esperando na porta:

— Minha namorada trabalha aí de dançarina, e como você pode imaginar, enquanto ela estiver aí dentro mostrando o corpo, meio nua, não vou ser eu o corno manso que vai trazer mais gente para ficar olhando. Que só falta ela dar para os outros na minha frente e eu ainda ter que aplaudir.

De nada serviam as súplicas de Avelino, nem as promessas de que ia virar a cara, que a única coisa que ele queria era ser apresentado a esse tal de dom Mauricio para explicar-lhe suas coisas, as coisas do boxe, com os olhos fechados se fosse preciso.

— Se você está querendo que aconteça uma desgraça, é só avisar — sussurrava Cosme Cosme no beco escuro ao lado do cabaré, sacando um revólver e apontando para o peito de Avelino e para a própria cabeça como se sorteasse a morte entre os dois. — Espere aqui fora, que eu cuido de tudo. Se você me aparecer lá dentro, leva bala, pode acreditar. Já estou cheio de tanta putaria. Depois que eu me casar com a Hortensia, aí você entra quando bem entender, e se quiser pode até ficar morando com essa corja.

Mas Cosme Cosme nunca acertava nada. Kid Padilla ficava rondando as sombras do cabaré, ouvindo o eco distante de sua música como se fosse a música que soava dentro de um trem que passava ao longe, dando caminhadas que não o levavam a nenhum lugar e ensaiando socos na penumbra dos postes, até que, meio vencido pelo sono, o frio e o cansaço, via Cosme Cosme reaparecer, já esquecido dele, tanto que ao vê-lo sair do beco sempre levava a mão ao bolso onde carregava a arma. Ah, é você, dizia sem deter o passo, andando tão rápido que Kid Padilla quase era obrigado a correr atrás dele, perguntando-lhe se tinha falado com dom Mauricio.

— Esse aí?! Esse aí é um filho da puta. Um dia ainda vai acontecer uma desgraça, juro. E pare de me perseguir! Pare de me perseguir, seja lá qual for o seu nome.

— Avelino — murmurava Avelino. — Avelino Padilla.

E ali ficava Avelino, vagando pela madrugada de Barcelona. E nem pense em entrar aí, se você entrar, se eu ficar sabendo que você entrou, alguém vai bater as botas, gritava Cosme Cosme perdendo-se no labirinto de vielas, e Avelino não sabia o que era pior, se essas noites em que seu contato saía do cabaré como que carregado pelo diabo e ficava zanzando por ali, ou as outras, aquelas em que aparecia meio abraçado a uma mulher corpulenta e alegre. Nessas ocasiões, Cosme Cosme nem sequer lhe dirigia suas ameaças de praxe, só fazia uns gestos com a mão, mandando que o deixasse em paz. Tropeçando e chutando latas, depois de espiar a boca do cabaré, Avelino ia andando até a pensão La Estrella, onde o esperava Ramó, aquele meio-anão com cara de menino, imóvel no meio do labirinto de corredores, fitando seu balcão como se em plena madrugada matasse o tempo decifrando o significado dos veios e nós da madeira.

Assim foi a vida de Kid Padilla, o desertor da viação Oliveros, todos os dias indo ao ginásio Mateu para fazer sombras e halteres e limpar seu chão encardido, fazendo escala no bilhar Tesán para ver se Cosme Cosme cuidava do seu caso ou para conversar com Alberto Tesán, o sobrinho do dono, que escrevia poemas e vez por outra aparecia por lá para pedir ao gerente algumas folhas e uns lápis com os quais pudesse compor uns versos que falavam de amores e de quartos cujo teto desabava. Nos dias de luta, por gentileza e imposição de dom Mateu, Avelino vendia avelãs e soda para o público, junto com o Palanca, só que Avelino preferia circular sempre de costas para o ringue e os boxeadores, para não envenenar seu sangue pensando que era ele quem devia estar lá em cima, de luvas, e não apregoando amendoins, que até virar motorista ou cobrador da viação Oliveros teria sido melhor do que aquilo. E uma noite, isso foi o pior, sem perceber ofereceu sua mercadoria à Loira Paramount, a Loira Fox, que ficou olhando para ele surpresa e cheia de ternura e que, ao reagir, fez o Doctor comprar meio cesto de amendoins e três sodas, só três, porque Avelino, Kid Padilla, não deixou que comprassem mais seis, Para o caso de dar muita sede, explicou a loira com uma piscada de brilhos verdes. Troncoso nem sequer olhou para ele, continuou com a vista cravada no teto, fazendo anéis com a fumaça de seu charuto, enquanto Avelino escapulia para não ouvir a loira dizer às suas costas, Coitado.

Assim foi até que um dia lhe disseram que Cosme Cosme tinha se jogado na frente do trem depois de ter matado a tiros uma dançarina do Paralelo. Ele então foi até o bilhar Tesán para conferir a notícia, e ali uma das meninas do banheiro lhe disse que era verdade, que graças a Deus aquele espantalho tinha deixado o mundo, que no fim nem ele mesmo se agüentou mais, de tão chato que era, sempre com aquela pistolinha de merda, e que o enterro ia ser dali a duas horas. Já na porta do bilhar Avelino topou com Alberto Tesán e, depois de muito suplicar e dizer que esse negócio de cemitério costumava dar muita inspiração para os poetas e que depois lhe vinham uns versos tristes mas muito profundos, por fim o convenceu a acompanhá-lo no funeral de Cosme Cosme.

Além do mais, se você gosta de poesias onde o teto das casas desaba, vai poder fazer uma onde o que desaba, ou seja, é o teto de um túmulo, disse-lhe Avelino enquanto o puxava por um braço, já pegando o caminho do cemitério, onde primeiro se depararam com o caixão de Cosme Cosme no centro de uma sala vazia, uma espécie de quarto de despejo para mortos, e depois com o longuíssimo cortejo que oferecia companhia e pranto à vítima do suicida e em meio ao qual Avelino tentou adivinhar quem seria o tal de dom Mauricio Céspedes. E embora ele logo tenha visto que era aquele senhor meio rechonchudo que ficava o tempo todo enxugando o suor com um lenço, Avelino não teve como deixar seu amigo Cosme Cosme sem cortejo para ir juntar-se aos lamentosos vizinhos e, em pleno funeral, apresentar-se ao empresário como um futuro astro do ringue, recitando o breve discurso que tantas vezes ensaiara em suas horas de espera na porta do cabaré e no qual retratava a si mesmo como um peso-pena que na verdade era, ou seja, uma pedreira, uma mina que em vez de dar à luz o veio de riquezas que encerrava, não tivera outro remédio senão dedicar-se a limpar chãos, pintar paredes descascadas e a emporcalhar, ou seja, com o perdão da má palavra, o estômago com batatas cruas e tortas, ou seja, meio estragadas.

Avelino teve consciência de estar presenciando um milagre quando, depois de terem enfiado o caixão de Cosme Cosme em seu buraco e o funcionário da funerária ter voltado a insistir em que ele ou Alberto Tesán assinassem não sei que documento, viu se aproximarem duas pessoas que Avelino logo soube procedentes do cortejo do cabaré. E como se não bastasse o milagre e o modo de fazer contato com aquele mundo que ele tanto havia rondado, Avelino reconheceu vagamente um daqueles dois homens que não eram senão o Trompeta e meu irmão Ramón, que na época ainda não se chamava Carlos nem del Río.

— Mas você não é de Las Viviendas? — perguntou a queima-roupa para meu irmão.

— De Las Viviendas?

— Atrás do Cayri, do Cine Cayri. Você não mora ali perto?

— Na rua Antonio Jiménez Ruiz, uma travessa da Eugenio Gross — respondeu meu irmão, franzindo a testa antes de acrescentar: — Mas agora eu moro aqui. Em Barcelona, quero dizer.

— Eu não disse? — Avelino bateu no braço de Alberto Tesán, a quem, na verdade, ele não tinha dito nada e que o olhava surpreso, ou pelo menos com essa cara de surpresa triste dos poetas que escrevem poemas de amor e desabamento de tetos. — Eu não disse? Não me era estranha, ou seja, sua cara, assim que bati o olho em você. E falei: esse aí é da rua Las Viviendas, ou da Eugenio Gross, que dá na mesma, não é?, dali perto. Tão longe.

E Avelino se apresentou como pugilista peso-pena, uma luta-uma derrota, mas, sabe, outros começaram pior. E lhe falou de Oliveros, e do filho de Oliveros, o Fichi.

— Você conhece o Fichi?

E meu irmão:

— O Fichi? Claro. Mas você conhece o Fichi?

— E o Fortes, ou seja, o Fortes para mim é o maior. Eu tenho muita estima pelo Fortes.

— O Fortes! — exclamava meu irmão com uma alegria escurecida pela distância. — O Fortes! E Remeditos!

— E o Serrano!

— O Serrano, claro.

— E o Patachula!

— O Patachula... O Patachula, não — hesitava meu irmão.

— Dá na mesma, o Patachula também não vale muito a pena, só que mora ali perto, com o pai dele, ou seja, é guarda e tem uma verruga bem aqui, na testa.

E ali ficaram os dois, depois de terem apresentado o Trompeta e Tesán respectivamente, falando com olhos iluminados daquele bairro que não era um bairro, que era um bairro onde se encontravam vários bairros e subúrbios, estranhando, meu irmão e o pugilista Padilla, o fato de não se conhecerem, apesar de terem passado a vida freqüentando quase que os mesmos lugares, o bar Los 21, a frente da casa do Fortes, o Cayri, o Capitol e a taberna do Chato. E no fim, quando os primeiros sorrisos do Trompeta e de Tesán já haviam murchado e, fitando a ponta dos próprios sapatos ou lendo os nomes e as idades dos mortos nas lápides vizinhas, já não escutavam o que seus respectivos amigos diziam, a conversa acabou desembocando em Cosme Cosme, e meu irmão e Padilla fizeram um gesto triste, uma careta compungida, ao mesmo tempo que olhavam para o lugar onde tinham acabado de pôr o atormentado pistoleiro, momento aproveitado pelo insistente funcionário da funerária para pedir a meu irmão e ao Trompeta que assinassem o documento que Avelino e Alberto Tesán não quiseram assinar.

— Não, não, obrigado — negou meu irmão, afastando a mão da caneta que o empregado lhe estendia. — Eu conhecia mais era a namorada dele, a outra defunta. Lilí.

— Eu sou músico! Que é que está pensando? Os músicos nunca assinam nada — argumentou o Trompeta, ofendido e carrancudo. E dirigindo-se a meu irmão: — Vamos embora, Ramón? Eu não agüento mais tanto morto e tanta lápide.

Mas Avelino ainda reteve meu irmão por um momento e, com ares de mistério e armando-se de coragem, ou seja, pensando muito bem, perguntou-lhe, ou seja, Ramón, se ele podia, ou seja, ir ao cabaré, Ou seja, entrar no cabaré um dia desses.

— Entrar? — estranhou meu irmão. — O cabaré está lá para se entrar, ou seja, para que as pessoas entrem nele. Está lá para isso mesmo.

E assim, depois que Avelino, Kid Padilla, uma luta-uma derrota, abraçou meu irmão emocionado e, eufórico, chamou aos gritos o funcionário da funerária que já se perdia pelos jazigos dos fundos, Traga aqui esses papéis para eu assinar, que eu assino tudo, ou seja, o que for preciso assinar, depois que deixaram para trás o estranho boxeador e seu silencioso amigo, meu irmão e o Trompeta voltaram a se reunir com os chorosos e perfumados acompanhantes de Lilí, não sem que antes o Trompeta voltasse a dizer, Estou farto de mortos, Ramón, eu não gosto do jeito como a morte ri. Essas foram as últimas palavras que o Trompeta disse em não sei quanto tempo, pois assim que voltou ao seu quarto da pensão Ríos-España, enfiou-se em sua revirada cama de músico e ficou vários dias sem sair dali e sem ir ao cabaré, só tocando em seu trompete umas melodias que ninguém nunca tinha ouvido, mas através das quais todo mundo pôde reconhecer a risada, os olhos luminosos e a voz de Lilí, a dançarina gorda que tinha os peitos como baldes de flã e a pele tão lisa como o pudim da Casa Mandarín.

Poucas noites depois do retorno do Trompeta ao cabaré, a casa de espetáculos recebeu a visita de Avelino Padilla e seu amigo, o poeta Alberto Tesán, que muito relutara em entrar naquele lugar, alegando que seu coração fora dilacerado por Chelo, uma mulher da vida mais velha do que ele, e o convalescente vate não queria recair nos abismos de outros amoricos nem nos braços de nenhuma daquelas mulheres que se anunciavam nas vitrines do cabaré com seus biquínis de prata e seus penachos de faisão. Avelino demorou mais de uma semana para convencê-lo de que aquelas senhoras, por mais que aparecessem meio nuas nas fotos da vitrine, não eram vagabundas como as do bilhar de seu tio nem como a tal Chelo que ele teve a infelicidade de conhecer e que, mesmo ainda a adorando, devia ser, ou seja, uma megera, uma hiena humana.

E assim, passados os dias, Avelino e Tesán cruzaram o umbral do cabaré, seus dois vultos tateando timidamente a escada que descia até as trevas. Pararam no último degrau, observando aquele rebuliço de vozes, músicas e garçons que num primeiro momento fez Avelino vacilar, mas, misteriosamente, atraiu seu amigo Tesán, que logo pousou o negror de seus olhos na iluminação do palco e para lá se encaminhou lenta mas decididamente, até chegar à beira da luz e dali ver com toda a nitidez os lábios, as pintas, os narizes, pescoços e umbigos das dançarinas que corriam pelo tablado e cujos traços esparsos, peças de um quebra-cabeça mágico, remontaram o corpo inteiro de Chelo na mente de Alberto Tesán. Por um instante, Chelo esteve ali, dançando diante dele, com os olhos de Mari Carmen Molina, o pescoço de Lolita Berruezo, as mãos da Bella Manolita, os lábios de Almudena Fernández, as pernas da Mulata de Fuego e os movimentos pausados de Soledad Rubí. Chelo era todas e todas eram Chelo, e o coração de Alberto Tesán desabrochou como uma flor em botão subitamente transportada do gelo das estepes à doçura dos trópicos, as pétalas de seu peito abriram-se como uma flor encarnada e veloz, e, sem deixar de olhar as dançarinas, apalpando o encosto de uma cadeira vazia, encostou-a contra uma coluna e ali se sentou, com as sombras e os reflexos das dançarinas desenhando-se em seu rosto embevecido, enquanto, no outro extremo do salão, Kid Padilla se perguntava sobre as estranhas peregrinações que há de realizar um boxeador e sobre os ambientes que há de freqüentar para aproximar-se do triunfo. Avelino lembrou-se de sua mãe e pela primeira vez pensou que ela estava certa e que o boxe era duro demais, não por causa dos socos que se tinha de receber e muito menos pelos que devia dar, que isso era uma brincadeira de criança, mas porque o ringue da luta era imenso e nele cabiam juízes moribundos como Vidales, latrinas sujas e chuveiros fedorentos, quilômetros de paredes com descasques impossíveis de pintar, pessoas que o chamavam de tampinha ou que faziam anéis de névoa com a fumaça dos charutos, pensões sombrias e cabarés e ruas desertas, e cidades inteiras. O ringue era um imenso labirinto onde até o melhor motorista da viação Oliveros poderia perder-se.

O cabaré estava animado pelas mortas e meu irmão estava resplandecente por causa das canções que cantava com seu paletó cinza-pérola, seu topete domesticado e seu nome novo. Mas o que mais me chamava a atenção nessa época não era o fato de meu irmão ter se transformado num homem chamado Carlos del Río, que cada vez se parecia menos com aquele meu irmão que um dia tinha entrado no caminhão Leyland de meu pai carregando uma mala de lona xadrez azul para ir à estação e pegar o trem que o levaria até Barcelona através de mais de mil quilômetros de estações desertas e paisagens noturnas. O que mais me maravilhava era que meu irmão conhecesse um lutador de boxe. E também que meu pai não falasse de Kid Padilla com seus amigos de Los 21 e, em vez de contar para eles alguma luta de Avelino e sua vida de boxeador, inventasse uns namoricos de meu irmão com uma ou outra dançarina, e aí todos os seus amigos se aproximavam para olhar a foto que meu pai lhes mostrava com certo descaso, dizendo, Pois é, agora ele está com esta aqui, a de laço preto. Que belo par de pernas tem a menina, hein?, E em cima, então, que fartura!, O que faz a cantoria, não?, diziam todos, enquanto eu tirava a carta meio amassada do bolso de meu pai e, quase hipnotizado, lia o que meu irmão contava sobre Avelino, sobre o boxeador Kid Padilla, quatro linhas de letra rebuscada que diziam mais ou menos, E também conheci um boxeador que é daí e se chama Avelino Padilla, apesar de ter adotado o nome de Kid Padilla, ele diz que é peso-pena e que morava atrás do Cayri na rua Las Viviendas e que passa muita fome, sua mãe queria que ele fosse motorista mas ele não. E meu irmão não dizia mais nada sobre Kid Padilla nessa carta.

Eu só tinha visto lutadores de boxe no cinema. Na vida real existiam engraxates, padeiros, pedreiros, vendeiros como o Cuellicorto, operários da fundição, escriturários de gravata preta como o pai de Diego Manuel, balconistas, alfaiates, professores e guardas, mas não existiam lutadores de boxe, os lutadores de boxe eram como os gângsteres, os exploradores ou os policiais do FBI, gente que saltava do carro em movimento e levava um revólver no sovaco, gente como Alan Ladd ou Glenn Ford, que morava num arranha-céu e assim que chegava em casa virava um copo de uísque ou se jogava pela janela quando descobria alguém escondido atrás da porta com um porrete ou uma metralhadora. Se bem que, para dizer a verdade, nunca imaginei Kid Padilla com a cara de Alan Ladd ou de Glenn Ford, nem então, nem mais tarde, quando meu irmão mandou mais cartas falando dele e de sua penúria. Não sei por quê, sempre imaginei Kid Padilla com a cara do Juan, o garçom de Los 21. Não foi o nome de Kid Padilla o que atraiu esse rosto, e sim a história do peso-pena, aquela leveza que combinava tão bem com os pômulos angulosos e as bochechas sumidas do garçom, que eu sempre imaginava vestindo um calção, dobrando a cintura e dando socos no ar entre frigideiras, peixes e fogões depois que todos iam embora do bar, ele ali com o avental enrolado no pescoço como se fosse uma toalha e deixando pelo chão coberto de serragem o rastro ziguezagueante de suas botinas de lutador de boxe, que eu imaginava muito parecidas com as botas escuras e ortopédicas do meu amigo Tatín.

Cheguei a sonhar algumas vezes com Juan/Kid Padilla. Era um sonho viscoso e cheio de névoa, como se nele eu estivesse sempre pisando em peixe cru e respirando a fumaça que uma loira platinada soltava pelas narinas com muita força e abundância, mas não era um sonho de medo. O medo só aparecia no sonho quando, no meio do treinamento, eu entrevia que as botas escuras de boxeador começavam a deixar na serragem umas letras que eu não conseguia ler, e entre a bruma do sonho eu adivinhava umas ferragens que, presas nas botas, subiam pelas pernas esqueléticas da pessoa que lutava, que já não era Padilla nem o Juan de Los 21, e sim Tatín, um Tatín pavoroso, cujo rosto eu nunca via, só o começo da perna, que era um esqueleto, um osso coberto só por uma pele amarela e doente, o prenúncio de um resfôlego sufocado, um ronco que era o ronco que o tio Victoriano teve antes de morrer, como meu tio Gutiérrez sempre contava em suas visitas: O tio Victoriano, coitado, foi só eu entrar na casa dele que já deu o ronco da morte, foi eu entrar e ele morrer. Meu tio Gutiérrez era o mensageiro da morte.

A voz de Tatín ia ficando cada dia mais sombria, era uma voz de caverna, que já não saía de sua boca e sim mais de dentro, do fundo das tripas, dos pântanos onde a gente carrega a tristeza. Tatín não se parecia mais com o Tatín, e quando ele menos se pareceu consigo mesmo foi um dia meio nublado em que sua tia parou o carro perto do degrau onde estávamos sentados Pepito, o Guille, o Mocos e eu, e vimos o Tatín sair pela porta de trás da perua anã. Não olhou para nós. Tatín não olhava nada, tinha os olhos embaçados e mancava mais do que nunca. Deixou que sua tia fumante o abraçasse e todos vimos como, ao rodear os ombros de seu sobrinho, o braço daquela mulher se convertia num manto que o protegia da intempérie, de todas as calamidades e medos que corriam soltos pelo futuro e pelos sonhos. E o Guille, o Mocos e eu, e também Pepito com sua falsa indiferença, sentimos inveja de Tatín, das ferragens de Tatín e da tristeza de Tatín. Por um momento desejamos que cortassem nossas pernas se com isso alguém se aproximasse de nós para cobrir-nos com aquele manto de ternura e, como ao Tatín, nos levasse agasalhados pela rua afora, pela vida afora, até o calor de nosso lar.

Só quando a porta da casa dele se fechou e os dois vultos desapareceram atrás dela é que nossa miragem se dissipou e sentimos o horror daquela imagem. Nesse instante chegou Barea, que estava indo comprar pão quando cruzou com Tatín e sua tia e que meio sufocado quis nos contar o que tinha acabado de ver e os sussurros que aquela mulher que nunca falava murmurava perto da orelha de Tatín. Mas não havia nada para contar, só de ver Tatín saindo do automóvel, o Guille, Pepito, o Mocos e eu já soubemos que aquele era o ponto final de tantas viagens, tantas idas ao médico e de tantas e tão iludidas radiografias. Aquela tarde, em vez de ir ao médico, Tatín fora ouvir uma sentença, ouvir um juiz vestido de médico dar uma martelada na mesa e com sua voz, toda martelos, toda golpes, condená-lo à prisão de suas ferragens, a permanecer para sempre naquela sala vazia, onde não havia sequer cadeira elétrica, dos condenados ao nada.

Nunca chegamos a saber se aquelas idas ao médico não teriam sido apenas uma série de exames de rotina, uma remota chance de melhora à qual uma das tias de Tatín ou o próprio Tatín se aferrou sem muita razão, fazendo-a crescer com a cegueira do desejo até convertê-la numa frágil e elevada andaimaria de onde agora nosso amigo despencava. Ele estava chorando, disse Barea, fitando a porta por onde Tatín e sua tia acabavam de desaparecer, Estava chorando quase sem chorar, com um ronco de motor no peito. O Mocos riu, e Barea voltou a dizer que era um barulho estranho, como o choro de sua mãe quando seu pai foi embora para a Alemanha, como choro de gente grande.

Barea desapareceu com sua sacola vazia rumo à padaria, e Pepito desapareceu depois de bulir com um cigarro que não chegou a acender. As nuvens começaram a desaparecer no céu e o Mocos voltou a rir e o Guille e eu olhamos para ele muito sérios vendo como dava risada com o barulho de seu nariz ranhento, aí o Guille o chamou de porco e eu me levantei do degrau para que ele não espirrasse meleca em mim e para que parasse de rir, mas nossa cara de nojo só fez aumentar as risadas do Mocos, que apontava para nós e, vindo em minha direção, ameaçou me abraçar, e foi bem nessa hora que o Guille lhe deu um chute, forte, nos tendões que ficam atrás do joelho e que no Mocos, sempre de calção, pareciam querer saltar fora da pele e escapar do corpo.

O Mocos torceu a cara de dor, deu meia-volta e levantou a mão fechada como se fosse bater no Guille, mas logo em seguida voltou a rir. E enquanto ele dizia, Se você encostar em mim de novo vai levar uma surra, olhei atrás de seus joelhos, para os tendões, para a mancha preta que o sapato do Guille tinha deixado ali, e tive vontade de também chutar a perna dele, mas o Mocos já estava de novo virado para mim e me dizia, E você, hein? Que é que há? A luz da esquina da rua Lanuza começava a piscar, enchendo as sombras de espasmos amarelados. Porco, disse Guille. Vem cá, falou o Mocos, correndo atrás dele e ameaçando esfregar o nariz em sua roupa e na sua cara. Pararam já quase na esquina e o Mocos foi se aproximando lentamente do Guille, com as mãos para o alto, imitando um monstro saindo do pântano, só que dali a pouco percebi que seu jeito de andar lembrava muito mais o de Tatín que o de qualquer monstro. O Guille, que estava encostado no muro olhando aquela manqueira exagerada, deixou que ele se aproximasse, enquanto eu ia chegando por trás, sentindo que o escuro do dia também entrava em meu peito e que todo o meu corpo e minha alma se enchiam de sombras.

Houve um movimento rápido, mais uma risada do Mocos e um grito do Guille, sobre cuja malha tinha caído parte da mucosidade do outro, que girou o corpo numa gargalhada e iniciou uma fuga que durou poucos metros, só até bater contra mim. Enquanto eu sentia seu corpo e seus ossos e seu cheiro lutando comigo, tentando se safar, o Mocos, entre engasgos e risadas, gritava, Me solta, me solta. Ouviu-se um golpe surdo, um chute, e a cara de susto do Mocos, e um redobrado esforço de se soltar, o barulho de sua malha se rasgando, a cara do Guille e outro chute mais forte, o grito do Mocos, Seus veados, e minha escuridão, que era igual ao negror daqueles olhos, os olhos do Mocos, que brilhavam com uma luz miúda e branca em seu coração. Foi ao ver essa luz que eu lhe dei o primeiro soco, que foi o primeiro soco verdadeiro de minha vida, meu primeiro furor de destruição, o primeiro desejo de apagar a luz daqueles olhos e varrê-la do mundo. E então se seguiu outro chute do Guille, e as contorções do Mocos tentando fugir, desprender-se da malha que eu segurava com uma das mãos enquanto com a outra voltava a bater, na orelha, na nuca, no ombro, no peito do Mocos, que, dando pernadas, avançava aos tropeções em direção ao muro e, encolhendo-se, tentava esconder-se sobre si mesmo.

E ali, contra o muro, giravam abraçados, gemendo, sufocados, o Mocos com as costas nuas, a malha enrolada no pescoço e as costelas e os nós da espinha aparecendo sob sua pele como se seu corpo fosse um plástico cheio de pedras e papéis amassados. Caíram no chão com um baque surdo, a cabeça do Mocos contra a terra e o Guille em cima dele, arrastando-se um sobre o outro como um animal disforme, e eu, vendo que o Mocos firmava suas pernas no chão e tentava derrubar o Guille, dei-lhe um chute atrás dos joelhos, nos tendões que o Guille tinha chutado primeiro, e só ouvi um gemido abafado embaixo do corpo do Guille, um ronco que parecia vir das profundezas da terra.

Então notei que estava quase sem ar, sufocado, não como quando corria ou jogava bola, mas como quando dona Carmen me chamava até sua mesa para me pôr de castigo ou me bater com a palmatória, e quase sem voz falei, Chega, Guille, e falei bem baixo para que ele não me ouvisse e não parasse de se arrastar em cima do Mocos, dando-lhe socos e torcendo seus braços. Chega, Guille, falei para mim mesmo, enquanto via os dedos escuros e nodosos do Mocos aparecendo sob os corpos e hesitava em pisá-los, em esmagá-los contra o chão. Mas o Guille já estava ajoelhado em cima do Mocos e com os punhos fechados batia em suas costas como se fosse um bumbo, cada vez com menos freqüência, cada vez com mais força. Até que o Guille também recuperou o fôlego e a razão e, olhando muito fixo para o Mocos, para aquele nó de membros encolhidos que agora mal se mexiam, levantou-se com muita lentidão, esfregando as mãos na roupa como se quisesse apagar não a sujeira do chão mas qualquer rastro do Mocos. Ainda passando a mão no peito e na outra manga, o Guille ergueu os olhos, fitou meu rosto e a rua deserta como se não me conhecesse nem soubesse em que lugar do mundo estava, e depois tornou a olhar para o Mocos, que, desenterrando a cara do bolo de roupas que o cobriam, com os olhos embaçados e foscos, murmurou, Seus veados. Eu me abaixei pensando que o ajudaria a levantar, mas quando senti de novo seu cheiro, o cheiro do leite em pó de sua casa, o cheiro do armário imenso, das bacias e das paredes de sua casa, quando senti seu hálito dizendo, Me larga, seu filho da puta, a maré negra de minhas veias tornou a invadir-me e no meio de suas ondas eu já estava batendo de novo na cara do Mocos, em suas lágrimas, batendo não no Mocos mas em minha escuridão, batendo em meu medo, meu medo da vida, do futuro, de Tatín e dos médicos de Tatín, batendo naquela testemunha de nossa covardia, o Mocos, batendo em sua memória, em seus olhos, até que o Guille, começando a correr, disse, Vamos embora que vem vindo alguém. E só então parei de bater no Mocos, só então me levantei e sem ouvir os insultos do

Mocos, sua voz embargada pelo choro e pela raiva, afastei-me dele e dei uns passos na direção da esquina, sentindo que as batidas de meu coração saltavam do meu peito e retumbavam fora do meu corpo, no escuro dos canteiros e dos arbustos, no latejo das estrelas e nos farrapos sujos de nuvens que iam envolvendo uma lua fosca.

A lua tinha o mesmo resfôlego do Mocos, o mesmo cheiro de sua respiração e de suas roupas. O ar inteiro, a noite estava com o cheiro dele, o cheiro de sua casa, o cheiro daquela mãe que ninguém nunca tinha visto, o cheiro de seu cabelo e de suas lágrimas. A lâmpada da esquina tinha parado de piscar, e sua luz era feita da mesma essência doente e amarela do halo da lua. Fugi de seu brilho certo de que aquela luminosidade, aquele gás espesso que pairava a seu redor estava carregado de veneno. Fugi andando, sem correr nem olhar para trás, fugi em silêncio, acompanhado apenas pelo compasso severo de minha respiração, por vozes e passos e gritos que só se ouviam dentro de minha cabeça.

Com esse eco, com esse tropel silencioso, cheguei em casa e, ao cruzar a porta, pensei que eu não era mais eu, que a pessoa que poucas horas atrás tinha saído por essa mesma porta agora havia desaparecido pelos labirintos do mundo. Nem Tatín era Tatín, nem eu era eu, e nunca mais o seria. Embora tivesse o mesmo nome que antes, embora não tivesse procurado um novo nome, Del Río, Kimberly, Rubí ou Kid Solé, eu não era eu, mesmo que minha mãe me reconhecesse e que meu pai, como se eu fosse eu, acariciasse meu cabelo e dissesse que tinha chegado mais uma carta de meu irmão, onde ele falava de seu amigo, aquele lutador de boxe de que eu tanto gostava. Pensei no Mocos caído ao pé do muro da rua Lanuza, encolhido nas sombras. Pensei nele como se tudo aquilo nunca tivesse acontecido e fosse a imagem nebulosa de um sonho. E enquanto ouvia a voz de meu pai, pensei que ele nunca mais voltaria a falar assim comigo nem a acariciar minha cabeça se adivinhasse, se soubesse o que eu tinha acabado de fazer. Eu me senti como Caim, como o homem que baixa a alavanca da câmara de gás e depois vai para casa jantar com a família ou fazer um escalda-pés e tomar um xarope porque está com tosse e dor de garganta. Foi então que comecei a aprender que todos somos Caim, que todos levamos uma queixada de asno presa na cintura e que a qualquer momento podemos usá-la contra quem quer que seja, não quando queremos, mas quando ela, a queixada, quer.

E ali, vendo minha mãe pondo a mesa, vendo a tapeçaria do leão, os enfeites da cristaleira, as fotos e os móveis, senti vergonha de tudo aquilo, do cheiro de limpeza que logo mais me acolheria na cama, da luz branca que nos iluminava e do lustre que sustentava a luz. O Mocos caminhando pelas sombras da rua Lanuza, com a malha rasgada, indo para uma casa que não era casa, para uma cama com cobertores remendados, para uma casa sem mãe nem cristaleira nem irmãos nem pai nem luz. E eu deixava meu pai ler a carta de meu irmão, sem ouvir que Kid Padilla comia batatas cruas e lutava com Óscar Troncoso, absorto na imagem de meu amigo Mocos, na solidão da rua Lanuza, da rua Pelayo, de todas as ruas que o Mocos teria de percorrer sozinho até chegar à solidão de sua casa. E então eu soube que o castigo de Caim, o verdadeiro castigo, não foi Deus deixá-lo sem colheitas e com aquela terra estorricada que Conchi Canca desenhava nas ilustrações da História Sagrada, não, o verdadeiro castigo, o que nenhuma chuva nem fogo jamais poderia apagar, era o remorso. Essa era a verdadeira maldição, o veneno que ao longo dos anos, ao longo da eternidade, iria ressuscitando dia após dia, reverdecido e sempre disposto a destilar sua essência peçonhenta.

Eu, sem ser eu e envenenado, essa noite me deitei sendo outro mas com o mesmo nome de sempre, ao contrário de meu irmão, que, apesar de se chamar de outro modo, era o mesmo de sempre e escrevia cartas com a mesma letra e as mesmas palavras de sempre. Por minha memória e minha mente os sapatos do Mocos caminhavam rumo a lugar nenhum. E eu tentava, em vão, pensar na carta que meu pai tinha lido para mim, em Kid Padilla e nos pés e sapatos de Kid Padilla, que eu não sabia como eram, mas que em meu entressonho eram marrom-claros, sapatos de boxeador pobre que, noite após noite, levados por seu dono e na companhia dos sapatos pretos de Alberto Tesán, iam ao cabaré de dom Mauricio Céspedes, o cabaré tão distante de minha casa onde meu irmão cantava todas as noites, enquanto o Guille e eu dormíamos e o Mocos não parava de andar com seus sapatos por todos os descampados e ruas desertas do mundo.

Os sapatos de Padilla eram como as calças de Padilla, como as camisas de Padilla e o paletó de Padilla. Eram destroços. Eram melhores que as meias de Padilla, que eram um grande buraco com alguns fiapos ligando um arquipélago de crateras que em tempos remotos foram meia, mas toda a roupa de Padilla era um amontoado de destroços, roupa desmoronada como as demolições de La Trinidad por onde zanzava o Mocos, roupas com ervas e arbustos perdidos despontando entre o entulho da lã e os escombros do tecido remanescente. Era roupa velha, roupa gasta que Avelino não conseguia renovar com sua mísera féria de faxineiro do ginásio Mateu nem com os ridículos ganhos proporcionados pela venda de avelãs e soda nas noites de luta. Nem a magra ração de lingüiça que sua mãe lhe mandava em caixas de papelão permitia que Kid Padilla poupasse o bastante para se desfazer daquelas roupas que seriam jogadas no lixo assim que seu dono conseguisse triunfar na arena e pudesse comprar casacos forrados de seda, ternos com golas enormes. Apesar de tudo, a roupa de Kid Padilla se deixava usar docilmente e todas as noites acompanhava seu dono em busca de um padrinho capaz de propiciar seu abandono definitivo, em busca de dom Mauricio Céspedes, a quem, afinal, depois de várias noites em que mal ultrapassou as cercanias da entrada, Avelino foi apresentado por meu irmão:

— Dom Mauricio, este aqui é Avelino Padilla, um boxeador peso-pena que está querendo falar de umas coisas de boxe com o senhor.

— Ou seja, do patrocínio — explicou Avelino.

Mas essa noite Avelino não conseguiu falar de nada que tivesse a ver com o boxe nem com o patrocínio de lutas. Ou antes, pelo visto e pelo que eu vim a saber muitos anos mais tarde, ele falou, sim. Falou com dom Mauricio do grande negócio que dom Mateu tinha com seus certames, do ótimo investimento que representava um boxeador com classe, de sua luta com Óscar Troncoso, dos quilos de batatas cruas e da torta de atum que teve de comer, de sodas e avelãs, dos ônibus da viação Oliveros, do Sandalias e das sessões de sombra. Avelino falou de tudo isso com dom Mauricio Céspedes, mas o problema é que às vezes Avelino falava para as costas de dom Mauricio, às vezes para seu pescoço ou então para seu perfil, e só por breves momentos conseguiu expor suas aflições e seus projetos para a cara, frontal mas sem nenhuma expressão, do dono do cabaré, que não parava de espiar por cima do ombro e da cabeça de Kid Padilla, vigiando os movimentos de seus empregados e principalmente da dançarina Soledad Rubí, que, terminado seu número, com uma maquiagem que realçava sua palidez, posava ao pé do palco para o fotógrafo Rovira.

— Cadê o Porpeta?! — dom Mauricio increpou Avelino em tom de insulto. — Onde ele se meteu?!

— O Porpeta... Ou seja... Boxeador quem sabe... Peso pesado?

— Onde o Porpeta se meteu? — Dom Mauricio Céspedes virava a cabeça. — Vá procurar o Porpeta!

E lá se foi Avelino — Kid — Padilla, por entre a fumaceira do cabaré, perguntando para uns e outros pelo Porpeta, se tinham visto o Porpeta e quem era esse tal de Porpeta que ele estava procurando, até que achou o fotógrafo no banheiro e o levou, com a braguilha meio aberta e cara de susto, à presença de dom Mauricio. Nas noites seguintes, enquanto seu amigo

Tesán, hipnotizado pelas dançarinas, escrevia ao pé do palco poemas em pedaços de guardanapos, em contas manchadas de bebida ou em tíquetes do vestiário, Avelino Padilla teve a chance de voltar a expor suas aspirações pugilísticas a dom Mauricio Céspedes, que nunca negou nada ao famélico boxeador. Claro, rapaz, claro, respondia dom Mauricio aos pedidos de Avelino enquanto dava tapinhas em suas costas e olhava de modo inquisidor para um canto do salão, Claro, rapaz, claro. Claro?, perguntava Padilla, iludido, Então, quando vai ser? Quando vai ser o quê? Minha luta, para que data podemos marcar? Que luta? Vamos, Padilla, vá dizer para Anselmo, o gerente, que feche o caixa e depois me leve a conta até o camarim.

Dom Mauricio vivia indo aos camarins, rondando Soledad Rubí e impedindo com sua presença as aproximações de Rovira, já bem controladas pela eterna escolta do Porpeta, que o empresário determinara com o duplo objetivo de o novo fotógrafo aprender as técnicas de seu antecessor e ao mesmo tempo inibir qualquer contato mais íntimo deste com a dançarina, que cada dia parecia mais dançarina, cada noite mais pálida, embora sem nunca perder, sob aquelas camadas de sofisticação, seu ar de camponesa inocente nem a limpidez daquele olhar por onde, apesar da maquiagem, das luzes e da fumaça insana da madrugada, parecia que passavam bandos de pássaros e onde se refletiam as luzes do amanhecer e as transparências esverdeadas de um rio bordeado de junco e mato cheiroso. Dom Mauricio Céspedes queria mergulhar os pés nas águas desse rio, meter-se nele nu e bem lentamente, como Pepito dizia que os homens se metiam entre as pernas das mulheres. Às vezes, dom Mauricio já se via com os dedos quase tocando a transparência das águas, dono daquelas paragens silvestres, ao passo que em outras ocasiões a atitude da dançarina fazia que se sentisse para sempre desterrado de lá.

Certas noites Soledad se negava a abrir a porta de seu camarim e nem sequer respondia aos chamados de dom Mauricio, nem às batidas e súplicas que ele lançava através da madeira e do verniz da porta, Sol, Sol, Soledad, minha filha, eu sei que você está aí, deixe-me ver você, abra só um instantinho, só para lhe dizer boa-noite, Sonsoles, sou eu, Mauricio, Sol, Soledad. E ali ficava dom Mauricio, parado diante da porta, como um cachorro junto ao túmulo do dono, como Luisito Sanjuán em frente à vitrine da Casa Maldonado olhando seu canivete, como eu olhava as cartas de meu irmão Ramón que se chamava Carlos. Sol, vamos, menina, abra para mim. E dom Mauricio já não se importava de ser visto ali diante da porta, nem sequer se importava com que a Bella Manolita o visse, que o olhasse com olhos transbordantes de breu e lhe dissesse, Seu frouxo, você não tem vergonha?, ela vai acabar com você e eu vou é achar graça, já estou achando muita graça de ver você desse jeito, sem o menor colhão, e ela aí dentro rindo da sua cara, que do meu camarim dá para ouvir as risadas dela, e é dos seus chifres que ela ri, seu frouxo.

Mas o dono do cabaré não se importava com a Bella Manolita, com os olhos da Bella Manolita nem com todo o breu e os ímãs que a Bella Manolita carregava dentro dos olhos, ele continuava ali, como se nada, Só me diga uma coisa, Soledad, você está sozinha?, diga que sim, e eu vou embora, quem está aí com você?, se você estiver sozinha, bata uma vez na porta, e eu vou embora. E dom Mauricio prendia a respiração e ficava esperando, tendo de se afastar alguns milímetros da porta porque seu coração batia surdo contra a madeira, provocando barulhos e sussurros que o confundiam, Vamos, Sol, responda, menina, e dom Mauricio voltava a prender o fôlego, até que, exasperado e sem ar, enxugando o pescoço e a testa, atravessava o corredor penumbroso e, ao chegar ao salão principal, gritava, Padilla! Rápido, Padilla! E Padilla, que a essa altura tinha assumido seu novo papel de recadeiro com ordenado variável conforme o humor de dom Mauricio Céspedes, já estava postado na frente do empresário para ouvir a ladainha das noites de clausura, que era como os empregados chamavam essas cenas de súplicas através da porta do camarim:

— Vá procurar o Rovira, Padilla! Procure por ele, mas não diga que eu...

— Está no bar, com o Trompeta e Almudena Fernández, e sem tirar fotos — interrompia Avelino, já bem traquejado e enjoado de seu ofício. — Ou seja...

E então dom Mauricio não sabia mais que rumo tomar nem que palavras ou estratégias inventar para chegar à paisagem frondosa que se insinuava nos olhos da dançarina Soledad Rubí, que em outras ocasiões o recebia no camarim com um sorriso que parecia inventado para essa ocasião, um sorriso novo que pela primeira vez cruzava, iluminava, o rosto da dançarina, como o sol límpido que surge no horizonte nos dias que se seguem ao temporal e que, no caso de dom Mauricio, tinha o efeito de debilitá-lo, de desnorteá-lo dentro do mesmo labirinto no qual Rovira vagava morto, só que Rovira não batia em nenhuma porta nem suplicava nada, mas trancava-se sozinho em seu laboratório e passava dias ali enfurnado, sem nunca querer sair. É que estou com muito trabalho, concordava de modo excepcional em explicar a meu irmão quando este o chamava para passear pelas Ramblas ou para ir ao cinema. Espiava pela porta entreaberta, com o topete completamente abatido: Estou com muito trabalho, Carlos, dizia olhando para o chão, olhando com minúcia a emenda das lajotas, a marcha de uma minúscula formiga pela geometria do piso, antes de levantar o pé e esmagá-la com um estalo que ninguém ouvia.

Mas a verdade é que Rovira quase não tirava fotos, e as horas que passava ali trancado entre lâmpadas encarnadas e sombras banhadas de sangue, de veludo vermelho, eram dedicadas principalmente ao cultivo de seu desespero e a fazer aquelas fotomontagens que em outros tempos foram sua diversão e tanto fizeram meu irmão rir, quando este ainda se chamava Ramón, mas que agora tinham um ar insano, quase sinistro. Pelo que meu irmão me contou muitos anos depois, numa tarde de inverno, enquanto nós dois, sentados em volta da mesa, ouvíamos a chuva bater nas janelas de casa, a casa que ficava perto da Granja Suárez e que já não era aquela da rua Antonio Jiménez Ruiz, pois então, pelo que meu irmão me contou essa tarde, naquela época desesperada Rovira dedicava-se apenas a construir monstros, como se sua câmera fotográfica também tivesse enlouquecido e em sua angústia só estampasse negativos disparatados. Entre as fotomontagens que meu irmão viu havia uma em que a cabeça do garçom Álvarez estava enxertada no corpo de Gregory Peck, como se o garçom e o artista fossem siameses. Havia dançarinas com quatro pernas e três peitos, um retrato do Trompeta tocando como se fosse um equilibrista, andando numa corda bamba estendida entre dois arranha-céus rachados e a ponto de desabar, e uma foto de Lilí carregando uma bandeja com a cabeça cortada e ensangüentada de Cosme Cosme. E o que causava mais horror e espanto naquilo tudo era o fato de não se ver nenhum truque nem emenda e as fotos parecerem tiradas diretamente de um pesadelo ou de algum mundo que respirava escondido entre as pregas e dobras do mundo real.

Talvez todas aquelas visões circulassem pelo quarto de sombras e penumbras vermelhas quando o fotógrafo Rovira ficava a sós com seus demônios, e talvez o mesmo acontecesse com Soledad Rubí em suas noites de clausura. Talvez fosse assim, e talvez de um modo secreto aqueles dois seres comunicassem essas coisas um ao outro sem necessidade de palavras enquanto estavam debruçados no balcão e rodeados de gente. E talvez fosse esse entendimento subterrâneo o que às vezes levava Soledad Rubí a acompanhar o fotógrafo e meu irmão pela madrugada afora até os barracos do Somorrostro, o que acabou provocando a fúria de dom Mauricio Céspedes e o fez tomar uma decisão que depois pareceria uma idéia repentina, mas que na verdade ele foi acalentando durante muito tempo, ruminando em silêncio desde o exato instante em que meu irmão lhe apresentou Padilla e lhe falou de sua experiência no mundo do boxe.

— Padilla, hoje vou lhe pedir um serviço realmente importante, um serviço importante para você e para mim, porque se der certo, se você fizer como eu pedir, vou tratar de arranjar a tal luta que você tanto quer — dom Mauricio enxugava o suor —, sua luta de boxe, sabe? O fotógrafo, não o Porpeta, o outro, o que não trabalha para mim mas que não sai do cabaré, Rovira, está me fazendo perder dinheiro e atrapalhando o trabalho do outro fotógrafo, que no fim estou pagando para nada, porque as pessoas viram a cara quando vêem que ele vai tirar uma foto, e além disso, como você deve ter reparado — dom Mauricio Céspedes olhava para um lado e para o outro, deixando os olhos brancos como dois ovos cozidos que a qualquer momento fossem rolar pelo rosto, e Avelino Padilla assentia —, como você deve ter reparado, ele não deixa Soledad Rubí em paz, já reparou, não? — Avelino fazia uma expressão de dúvida, um gesto aflito, como se quisesse dizer algo que o dono do cabaré não lhe deixava dizer —, no cabaré não se fala de outra coisa e por isso eu mandei o Rovira embora, mas ele me bateu — dom Mauricio apontava para o lábio, enxugava a testa e também o pescoço —, mas continua vindo aqui, e isso — dom Mauricio encarou Padilha, sem pestanejar e com o pêndulo das órbitas por fim cravado nas pupilas do boxeador —, isso tem que acabar. Vá procurar um colega do boxe, um desses bem fortes, não um peso-pena como você diz que é, um que seja maior, e, você sabe — olhada de esguelha, fungada —, uma noite dessas vocês esperam por ele, o fotógrafo, uma noite que ele saia sozinho, que não esteja saindo com Soledad, com Soledad Rubí, a minha dançarina, e arrebentem com ele, uma surra, para que fique sabendo que nunca mais deve pôr os pés aqui dentro e que toda vez que vier vai receber o mesmo, uma sova de boxeador num beco fedendo a mijo — dom Mauricio limpou a boca com o lenço como se a menção ao mijo tivesse amargado sua saliva e seus lábios —, costelas quebradas e coisas assim, dinheiro vai ter para os dois, para seu amigo e para você, isso além da luta que você quer e que eu vou tratar de montar, Padilla. Se quiser, pode pensar no assunto, mas quero sua resposta ainda hoje, antes de ir embora me diga se você aceita, e se você não aceitar, nem me apareça de volta, eu já não agüento mais tanto parasita, quero gente que faça o trabalho que peço — é que eu tenho muita estima pelo Ramón, ou seja, Carlos, que é amigo dele, do fotógrafo, atreveu-se a dizer Avelino —, não quero saber, você pode pensar no assunto, é sim ou não, e depois me dê sua resposta, antes de ir embora. É sim ou não, você já sabe o que eu quero.

Palavra a mais, palavra a menos, é isso que certa noite dom Mauricio Céspedes deve ter dito a Avelino, Kid, Padilla, enquanto meu irmão, Carlos del Río, cantava no palco uma canção melodiosa e em volta dele rodopiavam em seus biquínis de prata aquelas dançarinas que ao cair mortas no palco faziam o mesmo estalo, o mesmo som alegre e ao mesmo tempo sinistro que meu amigo Tatín arrancava do chão quando, nos Campos 21 ou diante do colégio dos surdos-mudos, tentava defender as bolas que com tanta sanha varavam nosso gol. Avelino Padilla passou a noite inteira livre de recados, não foi chamado nem uma só vez por dom Mauricio, de quem, naquela madrugada, só teve notícias pelos olhares cruzados à distância, intenso e penetrante o do empresário dom Mauricio, frágil e fugidio o de Avelino.

Findo o segundo número de meu irmão, Kid Padilla observou como ele, meu irmão, e Rovira recebiam Soledad Rubí em uma mesa, estando a dançarina já sem plumas nem pedrarias, com um vestido preto e decotado. Avelino pediu uma bebida ao barman Camacho, Um conhaque, ou seja lá o que for, sirva o que você quiser, você é que entende do assunto, o que as pessoas costumam beber quando não querem pensar nem lembrar que estão vivas. Bebeu o conhaque com pressa, como se estivesse numa estação e acabassem de chamá-lo pelos alto-falantes. Bebeu outro conhaque, mais devagar, já sem ligar para trens nem alto-falantes, e foi misturar-se às pessoas das mesas, passou sob os canhões de luz, sua silhueta iluminada pelo facho que, no palco, realçava os números de mágica do chinês Chin Lu e as pernas e o ventre nu de Sonia Setúbal, a *partner* do chinês. De sua cabeça, da cabeça de Padilla, agachando-se rápido na beira do palco, o chinês Bonilla tirou uma pomba com pintas pretas, Padilla cheirou o vento e o perfume que Sonia espalhava com o movimento de sua capa pedindo palmas, o boxeador viu a revoada da pomba e fez o sinal-da-cruz, como se o Espírito Santo tivesse acabado de sair de seu corpo, deixando-o só, entregue à sua sorte.

Foi sentar-se à mesa que Alberto Tesán ocupava desde sua primeira visita ao cabaré, que a partir de então não passara uma única noite sem a presença do poeta, o qual tinha feito muita amizade com o Trompeta, embora os dois mal conversassem, só trocando sinais e sorrisos, rindo de Porpeta, de dom Mauricio ou de um freguês cuja mão tremia e que derramava a bebida ao olhar as dançarinas. E enquanto o Trompeta fumava e, com os pés numa cadeira, olhava para o chinês Bonilla, e Tesán escrevia um de seus poemas em papeizinhos e guardanapos, uns poemas novos sem tetos desabando, Avelino pediu um conhaque para o garçom Álvarez e o bebeu lentamente, olhando para o Trompeta e olhando para Alberto Tesán, que não olhavam para ele. Avelino levantou-se em meio aos aplausos dedicados ao último número de Chin Lu, o serramento de Sonia Setúbal enfiada numa caixa e com uma bacia embaixo para recolher o sangue — aquele caldo vermelho e fedorento que a cada duas ou três semanas o chinês fabricava na pensão Ríos-España — que escorria da caixa entre os alaridos de Sonia, embora em seguida, concluído o serramento e reunidas as duas metades da caixa, Sonia Setúbal saísse inteira e sorridente, mais linda do que antes de ser cortada ao meio.

E quando Padilla já ia chegando à mesa onde estavam meu irmão, Rovira, um freguês e Soledad Rubí, os quatro se levantaram em meio a risadas e, apressado, Avelino, Kid Padilla, cortou o caminho de meu irmão para lhe dizer, Ramón, ou seja, Carlos, eu tenho muita estima por você e por seus amigos aqui também, você é de Las Viviendas e conhece, ou seja, o Fichi e o Fortes, e tenho muita estima por você, mas eu preciso viver, Carlos, Ramón, virar boxeador e tirar minha mãe, ou seja, da miséria, coitada, e tem que ser já, não tem remédio. Tudo bem, Padilla, Avelino, eu também tenho muita estima por você, e ia ter mesmo que não conhecesse o Fichi nem o Fortes, mas olhe que a bebida não é boa para quem luta boxe, fique sossegado que as coisas acabam se acertando, foi isso que meu irmão lhe disse antes de sair do cabaré, antes de seguir com Rovira, com o desconhecido e com Soledad Rubí, risonha como um ninho de pássaros na primavera, em direção às escadas e deixar Padilla ali em pé, plantado sob o olhar que, de longe, de uma mesa envolta em fumaça, dom Mauricio Céspedes lhe dirigia.

A partir desse instante, ou quem sabe a partir do instante em que o dono do cabaré acabara de falar com ele, Avelino já sabia que uma ou duas horas mais tarde procuraria dom Mauricio Céspedes para, olhando-o nos olhos, agora ele severo e o empresário com a inquietação do inesperado, dizer-lhe que sim, Sim, dom Mauricio, eu vou fazer. E assim, sabendo qual era o seu destino, já sabendo que cada um é um labirinto para si mesmo, foi até o bar e disse ao barman Camacho, Camacho, me sirva outro conhaque, me sirva outra dose que eu vou beber mesmo que seja mentira que o conhaque apaga as idéias da cabeça e a gente esquece que está vivo e que está preso no mundo, me sirva outra dose e deixe a garrafa aí, que eu quero ver o que acontece quando já não se sabe o que está acontecendo. Talvez Avelino, Kid Padilla, peso-pena, uma luta-uma derrota, também se sentisse como um dos homens que apertam o botão da cadeira elétrica, como o homem que baixa a alavanca da câmara de gás, como Caim.

Eu quis ser Abel, eu quis ser o morto, o homem com a cabeça raspada e os pulsos amarrados na cadeira elétrica quando de manhã, no colégio de dona Carmen, levantei a vista do caderno e vi Mocos entrando na sala de aula. Estava usando uma malha nova, uma malha que eu nunca tinha visto e que contrastava com seu calção de sempre e o fazia parecer ainda mais velho e surrado. O Mocos estava mais bem penteado que em qualquer outra manhã de sua vida, e da briga da noite anterior só se notava um arranhão na testa e uma mancha roxa escurecendo seu olho direito e que, vista de perto, enquanto ele entregava para dona Carmen um bilhete justificando sua ausência nas duas primeiras horas da manhã, lembrava a entrada de um túnel, com as pálpebras inchadas e cheias de cores, como um pedaço de paisagem ao cair da noite. Uma paisagem ou uma noite com um incêndio ou um raio encarnado dividindo o céu, cruzando o branco do olho do Mocos, uma veia manchada de sangue que eu mal cheguei a ver de esguelha, fingindo estar compenetrado em minha lição, mas sem conseguir escrever, temendo erguer a vista e topar com o olhar ensangüentado do meu amigo. E nem mesmo quando Luisito Sanjuán, notando os machucados do Mocos, começou a me cutucar com o cotovelo e a apontar disfarçadamente para o ferido, nem então parei de fitar minha folha, a brancura do papel, tão parecida à luz que os condenados à cadeira elétrica viam dentro da cabeça no instante da descarga, à luz que Abel viu ao receber o último golpe de seu irmão, à luz da bomba atômica, à luz de Deus.

E essa vertigem luminosa ainda continuava circulando dentro de mim quando o Mocos se afastou da mesa de dona Carmen e, perseguido por uma ameaça da professora, pela ordem de recuperar o tempo perdido e começar logo a fazer a lição de caligrafia e as contas do dia, foi sentar à sua carteira. Até a hora de ir ao banheiro e nos enfileirarmos no pátio, eu mal tirei a vista de meu caderno, mas todas as vezes que o fiz foi para automaticamente olhar para o Mocos, que, como se minha vista agitasse sabe-se lá que misteriosa sineta, logo me devolvia o olhar caolho e um sorriso que eu ainda não sabia se significava uma promessa de vingança ou um gesto de reconciliação que, já sem sombra de dúvida, foi se mostrar em toda sua plenitude quando nos encontramos no banheiro e o Mocos, segurando a porta para que eu entrasse por onde ele saía, voltou a sorrir enquanto eu, para não ver seu olho, olhava sua malha, que parecia uma bandeira, com uma faixa branca e outra vermelha atravessando um fundo azul, e ele me disse, É nova. Aí sim olhei para a cara dele, vi o arranhão na testa e o olho ensangüentado, com uma lágrima vermelha boiando ao lado da íris, a pálpebra raspada e a pele em volta verde e roxa. Foi minha mãe que comprou para mim, acrescentou sem perder a limpidez do sorriso, e eu, sem desviar os olhos, sem sorrir, soltei a porta e deixei que se fechasse com a sensação de que na noite anterior devia ter batido mais nele, pensando que talvez o Guille e eu devêssemos ter batido no Mocos até ensangüentar seus dois olhos ou até provocar uma desgraça vaga e remota.

Ali, olhando a sujeira cinzenta dos tijolos, a fenda escura por onde desaparecia minha urina, eu me senti livre de todos os pensamentos e temores que desde a noite anterior não paravam de rondar-me. Pelo buraco sumiram Abel, Caim e toda sua família de réus e condenados. Agora eu só pensava na lição que tinha para fazer e em chegar até a hora da saída sem apanhar de dona Carmen. Nem sequer prestei atenção em Luisito Sanjuán nem no que ele me dizia enquanto subíamos as escadas, que o Mocos acabava de contar para ele que tinha brigado comigo no dia anterior e que eu junto com um outro que chamavam de Guille tínhamos rasgado a roupa dele, mas que sua mãe, quando o viu de manhã ainda deitado na cama, não ralhou nem nada, só passou a mão por sua testa e lhe falou, sem perguntar, Antoñito, que aconteceu, meu filho, e aí lavou seu olho ensangüentado, penteou seu cabelo bem devagar e, depois de pedir para uma vizinha que sabia ler que escrevesse um bilhete para a professora, foi com ele até a rua Mármoles e na confecção Domínguez comprou a malha que o Mocos escolheu.

Eu senti um alívio, o alívio que deviam sentir os assassinos em série, que lavam a lembrança de uma vítima no sangue da seguinte, o alívio de Deus depois de criar o mundo e se esquecer dele, ou de Conchi Canca ao acabar de pintar os Evangelhos na lousa, o mesmo que teria sentido meu irmão depois de matar uma pessoa que não o tivesse deixado assistir a um filme de Ginger Rogers ou Hedy Lamarr, o mesmo alívio do Pitraco depois de os médicos tirarem as vegetações, a selva de seu nariz, ou de Luisito Sanjuán todo domingo depois de comer os doces de La Jijona. E era esse alívio, o alívio que eu sentia, que Avelino Padilla queria sentir. Aspirava ao alívio da desmemória, do esquecimento. Mas para atingir esse estado de beatitude, essa espécie de santidade maligna, Kid Padilla tinha de fazer o que prometera a dom Mauricio, embora na verdade não soubesse muito bem como fazê-lo nem de que modo dar início a tão penoso trabalho.

No ginásio Mateu, enquanto os vapores do conhaque ingerido na noite anterior ressuscitavam azedados no estômago e na boca, Avelino ficou observando os boxeadores que todos os dias iam treinar lá, só que dessa vez Avelino os olhava com outros olhos. Já não prestava atenção em seu jogo de cintura nem no modo de soltarem o punho num gancho quase impossível, e sim na fúria com que esmurravam o saco de areia ou um rival, na sanha e na cara com que batiam. E assim, escolhendo um e outro para no fim descartar todos, Padilla passou a tarde inteira, e só quando o ginásio ficou vazio e ele se viu em frente aos chuveiros e às latrinas, carregando o balde e as tralhas da limpeza, decidiu ir falar com o Austríaco:

— Austríaco, estou precisando, ou seja, de alguém para fazer um serviço. Um serviço num beco, de noite. Um peso pesado ou meio-pesado.

— Para roubar?

— Não, não. Ou seja, não.

Seguiu-se um silêncio, Avelino ficou estudando o bico de seus sapatos até que levantou os olhos meio aguados pela lembrança do álcool:

— Para bater num sujeito. Para dar uma surra nele.

— E o dinheiro?

— É bastante.

O Austríaco balançou a cabeça e continuou olhando para Avelino com cuidado:

— Isto aqui não é uma agência de capangas, Padilla, nem um clube da delinqüência.

— Eu sei.

— Isto é um centro esportivo, e dom Mateu um cavalheiro, como você mesmo viu.

— Eu sei. Eu falei, ou seja, pensando que era capaz de você conhecer, de saber de alguém. Como tem tantos anos nisso.

— Por isso mesmo, Padilla. Se você está encrencado, talvez dom Mateu possa lhe emprestar algum, adiantar um vale.

— Eu não quero vale nenhum, Austríaco. Eu quero é lutar.

— Sei, num beco.

— Lutar boxe para valer, Austríaco.

Então seguiu-se outro silêncio, só que agora Avelino não fitava seus sapatos, mas os olhos do Austríaco, que estava bulindo com a língua dentro da boca, formando volumes numa bochecha e na outra, como se uma bola rolasse pela escada amarela de seus dentes.

— Você vai achar o que está procurando naquele lugar aonde você vai. O bilhar Tesán.

— O bilhar?

— É só você perguntar.

— Mas lá, ou seja, só tem putas. E gente jogando bilhar.

— E um sujeito chamado Machuca, que é da polícia. De bigodinho.

— Como assim, da polícia?

— Machuca. Explora umas meninas do bilhar. Você só precisa ter certeza que o dinheiro seja bastante, e que ele não mate o infeliz que você quer pegar.

Quando Avelino Padilla, já sem aspirações no mundo do boxe, entrou numa companhia itinerante de luta livre para ir de feira em feira, resolveu passar no cabaré para se despedir de meu irmão, e foi então que ele contou em detalhes sua conversa com o Austríaco e disse que já a partir daquela tarde começou a perguntar no bilhar Tesán, até que o gerente apontou com o queixo para um sujeito alto, de bochechas coradas e bigodinho preto que, apesar de andar à paisana, se via de longe que tinha o corpo e os gestos talhados para a farda. Machuca não tirava dinheiro de nenhuma das prostitutas do bilhar Tesán, como o Austríaco tinha dito. Era apenas um freguês, mas um freguês especial, que não pagava pelo serviço que elas lhe faziam no banheiro e que em mais de uma ocasião tinha espancado a moça com quem acabava de se aliviar. Ele já partiu o lábio da Consuelo, e uma vez esborrachou a cara da Bocas contra a imundície dos azulejos e a deixou com a cabeça enfiada na privada, com o nariz quebrado e sangrando, sussurraram para Padilla quando Machuca deixou o bilhar depois de falar com ele. É um escroto. Hoje ele passou por aqui só para nos deixar nervosas, para nos fazer uma visitinha e ver se continuávamos com a xota bem arrombada, foi o que ele disse. Vive falando umas coisas que só mesmo na cabeça de um degenerado, e depois vai embora dando essa risada de porco que ele tem, disse meu irmão que as meninas do bilhar Tesán disseram a Padilla.

O policial tinha um cheiro estranho, o cheiro das casas que ficam fechadas por muito tempo, que a gente não sabe se é da transpiração das paredes, da umidade ou da sujeira que os ratos vão deixando. E esse cheiro saía da boca de Machuca, como se dentro dele tudo fosse um porão. Enquanto Avelino o sondava, enquanto lhe dizia que estava sendo molestado, que uma pessoa vivia perturbando seu chefe e que estava querendo dar uma lição nessa pessoa, Machuca o olhava com a boca entreaberta, não se sabe se a ponto de soltar uma gargalhada ou um insulto. Seus olhos eram de uma cor esverdeada, com íris que pareciam boiar na água ou ser elas mesmas uma água com fundo de lodo remexido. Machuca nem deixou Kid Padilla acabar de falar. Com uma voz meio quebrada, perguntou a Avelino quem era o chefe dele, e como o aspirante a boxeador começasse a dizer que seu chefe não queria que seu nome fosse revelado e que isso nem vinha ao caso, pois era ele mesmo o responsável pelo assunto, Machuca, com muita calma, disse em voz baixa, Acho bom você dizer logo quem é, se não vamos ter que ir até o banheiro e ali eu vou quebrar seus dois joelhos e depois vou mandar você para o xadrez, por tentativa de suborno e mais o que me der na idéia. Sua voz saía cheia do fedor dos pulmões, do cheiro rançoso dos porões, e embora Avelino tenha se sentido aprisionado, trancado num antro tão escuro como o lugar de onde vinham aquele bafo e aquela voz, ainda tentou escapar. Acho que não vamos chegar a um acordo, disse com a calma que lhe foi possível, acariciando a beirada de uma mesa de bilhar com a ponta do dedo, ao mesmo tempo que fazia menção de virar as costas. Que é isso, nós já chegamos a um acordo, disse o fedor, a voz. É simples: o nome, ou então o banheiro e o xadrez. Na noite que Padilla passou pelo cabaré para se despedir, disse a meu irmão que nunca se esqueceria da cara de Reyes, uma das mulheres do banheiro, do medo nos olhos dela quando o viu falando com o policial, e que era a imagem do medo que ele mesmo sentia por dentro, o rosto de sua resignação e de sua covardia.

Machuca e Padilla entraram no cabaré quando as dançarinas já haviam encerrado seu trabalho e Rovira e meu irmão Ramón, que agora se chamava Carlos del Río e estava com as antigas exuberâncias de seu topete razoavelmente aplacadas, tinham voltado para a pensão, sozinhos e cansados depois de várias noites dormindo pouco. O policial Machuca parecia ter rodas ou flanelas nos pés que lhe permitiam deslizar por toda parte sem passos nem esforço, olhando tudo com muito vagar, sempre com aquele reflexo de brejo sujo insinuando-se na íris. Assim que pousou seus olhos de pântano em dom Mauricio Céspedes, o policial soube que se tratava do chefe do peso-pena Padilla, embora em vez de se aproximar dele tenha se limitado a sorrir, como o namorado que avista a amada ao longe e lhe fala com os olhos de suas cumplicidades e de seus segredos, só que neste caso dom Mauricio nada sabia daquele personagem que, encostado no balcão, fazia um gesto com o queixo ordenando a Padilla que fosse falar com o dono do cabaré. E dali, do bar, saboreando a bebida transparente que o garçom Álvarez acabava de lhe servir, o policial Machuca observou distraído como Avelino ia informando dom Mauricio acerca de sua pessoa, e pôde ver os gestos de raiva reprimida, mal disfarçada, do empresário, as olhadas de esguelha para Machuca e para o sorriso de Machuca, o policial como uma esfinge, com seu bigodinho fino e os lábios vermelhos brilhantes de rum, distraído em olhar a agitação dos fregueses e o burburinho dos músicos e das dançarinas, até que dom Mauricio, dando as costas para Avelino e para o eco de suas desculpas, se dirigiu ao bar agitando seu famoso lenço branco sobre a testa suarenta.

Os anos deixam em nós uma música lenta e um gemido de violoncelo entranhado nos ossos. Nos meus, em meus ossos, tenho a sensação de ouvir a orquestra melancólica daquele cabaré onde meu irmão foi trabalhar como artista, a voz de suas canções e o gemido do tablado, o repique de tanta lantejoula, o clarão de um tiro e o turbilhão do público com seu rumor destemperado de gritos e correrias. Ressoam em meus ossos mais do que em minha memória os ruídos do tempo, a voz do chinês Bonilla e a revoada de suas pombas cinzentas, o som alegre que as dançarinas mortas faziam ao tombar exangues e lânguidas no tablado rangente. Os solos do Trompeta em seu quarto da pensão Ríos-España, a risada antiga de dona Angelines e a lenta fervura dos líquidos do fotógrafo Rovira iluminando corpos fantásticos e monstros cotidianos com sua luz vermelha, tudo se alia em mim, dentro de mim, na memória dos meus ossos, onde esses ecos imaginados — extraídos da letra e do relato de meu irmão — vêm fundir-se com a voz de outros sons que na verdade estremeceram o tambor de meus ouvidos mas que de modo algum têm mais intensidade ou verossimilhança do que aqueles ruídos que ainda hoje continuam retumbando no mais fundo de meus ossos. Ali se aninham, como eu lhes digo, embaralhados, a voz pastosa de Tatín e o rangido de suas ferragens, o tumulto do cabaré e as vozes de alarme que se seguiram ao tiro de Cosme Cosme, o gotejar lento, apenas um tique-taque de relógio, das pílulas coloridas de Fátima Combados ao cair de sua boca sobre o palco, as risadas das meninas da Granja Suárez na nuvem de fumaça de seus cigarros, a melodia minguante e desafinada dos instrumentos quando a orquestra interrompeu sua música, o entrechoque dos gizes coloridos dentro da caixa e seu arranhão harmônico na lousa quando Conchi Canca traçava seus desenhos do Evangelho, o estremecimento de cristais que naquela noite saía da garganta do policial Machuca ao falar com o suarento e cada vez menos agressivo Mauricio Céspedes Quesada de Olveira. Ouço a voz de Machuca mas não chego a distinguir suas palavras, só vejo sua imagem, aquela que, desde o primeiro dia em que ouvi falar do policial, sempre associei com a do primo Paco, o Guarda, um primo de minha mãe que tinha morado um tempo na esquina da rua Antonio Jiménez Ruiz e que, como Machuca na descrição de meu irmão, também era alto e calvo prematuro, de bigodinho e com as bochechas coradas de sangue.

Assim como eu, naquela noite Avelino Kid Padilla não pôde ouvir a conversa entre o dono do cabaré e o policial putanheiro do bilhar Tesán. Da mesa isolada que ficava no caminho para o banheiro, a mesa que era de meu irmão Carlos del Río e de Rovira, Avelino via que Machuca mexia bem devagar seus lábios melados de álcool, e via que a cada palavra dom Mauricio olhava para um lado e para o outro por cima do ombro, esperando ninguém sabe que surpresa, ao mesmo tempo que fazia gestos afirmativos ou ficava pensativo enquanto o outro fazia um sinal ao garçom Álvarez para que lhe servisse outra dose. Machuca despediu-se de dom Mauricio com uma careta que embora fosse um sorriso só podia causar repulsa e temor, um sorriso que permaneceu no rosto do policial enquanto avançava pelo cabaré com seus pés deslizantes e também na saída enquanto trocava umas palavras com Almudena Fernández, Lolita Berruezo ou alguma das dançarinas que ainda estavam por ali com seus minúsculos shorts e suas camisas com estampas da Jamaica ou de Havana.

Avelino não soube o que dom Mauricio e o policial conversaram, pois assim que Machuca deixou o cabaré seguido pela última ovação da noite, a que se despedia da orquestra com aquelas palmas arrastadas e decepcionadas por não ter ocorrido a imolação de uma nova dançarina que continuasse a série de mortes iniciada com a de Lilí e Fátima Combados, como eu ia dizendo, assim que o policial saiu do cabaré, dom Mauricio atravessou o salão sorrindo para os últimos fregueses da noite e desapareceu pelo corredor que levava a seu escritório e também aos camarins. Avelino não soube, então, o que aqueles dois homens tinham conversado, mas Kid Padilla soube, sim, que passados alguns dias, algumas noites, cinco, talvez seis, o fotógrafo Rovira deixou de ir ao cabaré e que sua ausência coincidiu com uma tristeza repentina de meu irmão, que essa noite, a primeira em que Rovira não apareceu na sala de espetáculos, depois de falar com a orquestra, cantaria sozinho, sem dançarinas.

O palco ficou escuro, só com um canhão iluminando meu irmão em seu círculo de luz. Ouviram-se seus passos no tablado, e antes de a música começar ele se aproximou do microfone e, com uma voz muito contida, dedicou a canção que ia cantar para seu amigo, Para meu amigo, disse meu irmão Carlos del Río, para o melhor fotógrafo que este cabaré e qualquer cabaré do Paralelo já teve e jamais terá, o fotógrafo Félix Rovira. Assim que o eco de sua voz acabou de estremecer o silêncio do salão, a orquestra atacou bem suave os primeiros compassos de "Perfidia", e meu irmão, como naquela noite em que ainda se chamava Ramón e com sua voz embalou o sono de Barcelona, começou a dizer, com a voz envolta em veludo, agasalhada, quente, sua voz, *Mujer, si quieres tú con Dios hablar, pregúntale si yo alguna vez te he dejado de adorar.* Meu irmão cantava sem abrir os braços como costumava fazer, só mexendo os lábios e a garganta, sozinho no centro do palco e rodeado daquela penumbra onde se ocultavam Almudena Fernández, Inmaculada Galván, a Mulata de Fuego e as demais dançarinas — também Soledad Rubí — que ficaram sem dançar, nas margens do palco, ocultas entre as cortinas e com os olhos iluminados — também os de Soledad Rubí — pela mesma emoção que se contagiava, como uma epidemia doce e fulminante, entre o público e os empregados do cabaré, tanto que até o fotógrafo Porpeta não sabia se avançava na ponta dos pés até o pé do palco para fotografar meu irmão ou se espatifava a máquina contra o chão para nunca mais aparecer naquele cabaré que então, quando meu irmão ainda estava na metade da música, já era todo aplausos, com o público esquecido das dançarinas e sem querer que ninguém morresse nem que ninguém atirasse em ninguém. E, apesar dos aplausos, a voz de meu irmão continuava cantando, elevando-se acima das palmas, *El mar, espejo de mi corazón, las veces que ha visto llorar la perfidia de tu amor.*

Quando eu vi Tatín, maltrapilho e olhando de lado para Castillo e Quini, também me deu vontade de cantar alguma coisa para ele, mesmo não tendo topete nem voz nem nenhum paletó de seda. Ele estava sumido desde aquele dia em que tinha descido da perua para desaparecer chorando nos braços da tia, a do cotovelo. E essa tarde, quando ele apareceu na esquina, todo mundo ficou sem saber se o chamava ou fazia de conta que não o via e o deixava seguir em frente, até que o Guille, levantando a mão, erguendo-a aos trancos, como um robô, disse, Ei, Tatín, e Tatín parou e nos cumprimentou de longe, levantando o queixo, Ei. E enquanto eu acompanhava sua caminhada desde a esquina, embora ele estivesse andando como sempre, deslocando as cadeiras e esticando o pescoço a cada passo, tive a impressão de que mancava mais do que nunca e que nunca acabava de chegar até nós. Acontece que agora eu o via com os olhos de Quini, imaginava como Quini, que estava sentada bem na minha frente, estava vendo Tatín andar.

Ei, disse Tatín ao chegar. Ei, Oh, Ah, Hum, respondemos mais ou menos, Aqui, foi a longa resposta do Guille. Tá, devolveu Tatín enquanto se sentava a meu lado. E então todos ficamos sem saber do que estávamos falando, o silêncio ia e voltava de uns para os outros como um bumerangue desnorteado, e todos tentávamos respirar sem fazer barulho e mexendo-nos o mínimo possível. Enquanto eu olhava o cabelo emaranhado de Tatín, sua malha velha e verde, de um verde que era como o da grama quando começa a secar, enquanto eu olhava suas ferragens, com o cromado todo cheio de arranhões e pontos de ferrugem, ele, Tatín, olhava muito fixo e meio que bufando para as mãos dadas de Castillo e Quini, que já não ousavam se soltar, paralisados por esse olhar que por um momento foi das mãos para os rostos e de passagem observou as protuberâncias da malha verde, de grama viçosa e escura, de Quini, para logo voltar a examinar longamente os dedos entrelaçados, as dobras e rugas da pele, as bordas rosadas das unhas, até que Castillo murmurou alguma coisa, uma mistura de Ah, Ei e Hum, e se levantou, sem soltar a mão de Quini, que também se levantou, só que ela não precisou dizer nada, nem Ah, Ei ou Hum, e ficou olhando para nós todos com seus olhos incendiados de marrom enquanto Castillo se despedia com um novo murmúrio e então os olhos de Tatín seguiram atrás deles, atrás de suas mãos soldadas, atrás dos passos e da cabeleira doce e acaju de Quini.

Eu, vendo o Tatín, não sei se então ou agora que o recordo com sua malha velha, com seus olhos, que essa tarde também tinham um reflexo de grama cansada, tive vontade de cantar-lhe alguma coisa, de dizer-lhe alguma coisa em voz alta enquanto o via levantar-se do degrau e, depois de fazer Hum, Ei, ou Ah, começar a andar com seus passos já incuráveis rumo à sua casa, no fim da rua Antonio Jiménez Ruiz, aquela rua que então me parecia tão comprida e entre cujas fachadas, passando o armazém de secos e molhados, insinuavam-se os canteiros, as folhas das nespereiras, os galhos das madressilvas e os talos pelados dos gerânios. Se eu fosse meu irmão, essa tarde

Tatín teria voltado para casa com a música de suas ferragens acompanhada por uma canção que eu sentia afogar-se no fundo de mim, morrendo antes de nascer. Essa era a diferença entre um artista e alguém que, como eu, não o era. Por isso meu irmão foi embora para Barcelona, por isso fez uma viagem de mais de mil quilômetros e em sua cabeça nasceu aquele topete virulento que transformou sua aparência durante alguns meses. Por isso mudou de nome, porque para ele, assim como para Kid Padilla e para tantas outras pessoas, a rua Antonio Jiménez Ruiz, sem música, sem dançarinas nem madrugadas de fumaça, risadas e lágrimas, só com o triste armazém do Cuellicorto, com o tapume da fundição e o ronco triste de seus caminhões tristes — o Avia do Cuellicorto, o Leyland de meu pai e o Motocarro do Pamplonica —, tinha ficado pequena para eles. Aquela rua tão comprida tinha ficado pequena para eles, ou foi o que pensaram, pois com o passar do tempo, com o passar dos dias e dos anos, eles acabariam percebendo que a rua, com seus canteiros e a melancolia de seus caminhões, era o centro do mundo, o coração quente de uma memória à qual gostariam de voltar a qualquer custo, como eu agora, aqui sozinho e contando esta história para vocês no meio da madrugada, desejaria voltar àquela rua e àquele tempo passado. Mas as pétalas da flor já caíram e agora é tarde, é tarde para qualquer volta, pois aquela rua não existe mais — pouco importa que exista uma rua com o mesmo nome situada no mesmo lugar dessa outra rua onde eu vivi e da qual estou falando. Ninguém pode voltar ao nada, e só me restam portanto as manhas da escritura e da memória, só me resta contar-lhes as lembranças daquele tempo e o que meu irmão me contou e eu interpretei em suas cartas, em suas palavras e em seus silêncios também.

Não foi Padilla quem contou ao meu irmão o que o policial Machuca e dom Mauricio Céspedes conversaram no bar do cabaré, e sim o contrário, meu irmão é que contou isso a Padilla. Foi no fim daquela noite, a última em que os dois se viram, quando a mãe de Avelino Padilla já estava morta e ele já ia levantando para deixar o cabaré pela última vez e entrar num caminhão pintado de mil cores que o levaria numa viagem interminável por vilas e cidades para fazer exibições e falsos combates de luta livre. Até essa noite, Padilla nada sabia da conversa entre Machuca e o dono do cabaré, sabia apenas o que todos sabiam, que de repente o fotógrafo Rovira tinha deixado de ir à sala de espetáculos e que, mesmo não tendo acontecido nenhuma briga nem surra, o responsável por essa ausência era o policial Machuca. Mas meu irmão não quis que Avelino partisse para sempre sem levar na bagagem os detalhes daquela culpa, daquele remorso do qual, segundo o próprio Padilla, ele jamais conseguiria se curar. Você não sabe o quanto eu me arrependo, Carlos, Ramón, ou seja, Carlos, pois além da estima que eu tinha por você, ou seja, que tenho, estava a estima que eu tinha pelo fotógrafo, que era verdadeira. Portanto, quando Avelino Padilla, Kid Padilla, uma luta-uma derrota, depois de conversar com meu irmão sobre os dias e as noites que tinha passado ali, sobre Las Viviendas e La Pellejera, sobre sua mãe e a luta livre, terminou sua bebida e deu uma última olhada no cabaré, meu irmão lhe disse:

— Quer dizer que você não sabe o que na verdade aconteceu entre Machuca e Rovira, não é, Avelino?

— Ou seja, não. Mas calculo que deve ter sido algo bem graúdo para que o fotógrafo, Rovira, tenha parado de vir aqui, com o fraco que ele tinha por Soledad Rubí, ou seja, que bastava ver o jeito como ele olhava para ela, como se fosse rezar para ela, e ela, ou seja, parecia mesmo uma deusa. Eu sabia, tinha certeza absoluta que uma surra não ia adiantar nada, mesmo que o fotógrafo apanhasse de um peso pesado, mesmo que apanhasse de dois ou até de três, ou seja, ia dar na mesma, o fotógrafo ia continuar vindo aqui do mesmo jeito. Ou quem sabe até com mais gana, veja bem.

E meu irmão, depois de ficar um momento em silêncio, fitando os olhos pequenos e cansados de Padilla, disse que foi assim, que o policial Machuca, depois das primeiras palavras de dom Mauricio, de seu primeiro ímpeto de raiva, falou com muita amizade e confiança com o dono do cabaré, garantindo que poderia resolver seu problema. E então dom Mauricio acabou dizendo que tinha mesmo uma pessoa que não o deixava em paz, e que tinha uma dançarina a quem essa pessoa, esse homem, não dava um só minuto de sossego, perturbando a moça, e perturbando ele próprio, e os fregueses, sempre por ali o pegajoso do fotógrafo, e que era nesse aí mesmo que ele queria dar uma lição, no fotógrafo Rovira, para que nunca mais aparecesse no cabaré nem nos lugares freqüentados pela dançarina, Soledad Rubí. E meu irmão disse a Avelino que o policial ficou pensativo e com o bigode meio torto num sorriso, saboreando o rum, a genebra ou seja lá o que estivesse bebendo, e depois de resmungar algo sobre as dançarinas e as putas, pediu mais informações para dom Mauricio sobre quem era aquele tal de Rovira, e desde quando trabalhava como fotógrafo, onde morava e quem era sua mulher, e onde ficava a tal pensão, a pensão Ríos-España, e Machuca também disse, foi o garçom Álvarez que ouviu, Não se preocupe, senhor Mauricio, não se preocupe porque daqui a três dias esse passarinho vai bater asas para sempre, e nem o senhor nem a dançarina Rubí vão saber mais dele: um fantasma, menos que uma sombra vai ser o fotógrafo.

A história deve ter soado na memória de Machuca. É provável que tenha acontecido antes de sua transferência para Barcelona, mas algo soou em sua memória. Talvez, na ronda da radiopatrulha ou no plantão da delegacia, um colega tenha comentado o caso com outro ou até contado algo para ele, Machuca não sabia, mas o fato é que em sua memória soou a história de Lina, a dançarina que, depois do incêndio e de toda aquela desgraça, abandonou o cabaré e se amigou ou casou com um fotógrafo de artistas. O policial só teve de ir aos arquivos, que, assim como seus brônquios e seu hálito, cheiravam a porão e bolor, e lá pedir ao velho Solana o dossiê daquele caso antigo e ver que o nome e os sobrenomes da dona da pensão

Ríos-España, Angelines Cortés Esplá, batiam com os da dançarina cuja vida se cruzara com a de Alberto Santos Cambrí, 36 anos, casado, domiciliado na parte alta da cidade e com um escritório na rua Córcega, número 562, advogado e proprietário de uma casa de espetáculos que mais tarde seria comprada e reaberta por dom Mauricio Céspedes.

O policial Machuca já estava com todo o trabalho feito. Teve certeza disso assim que viu a foto da tal Angelines e leu o dossiê que contava a história da dançarina, a mesma que meu irmão estava contando para Avelino na noite de sua despedida. Era o tempo em que todos conheciam dona Angelines por Lina, a dançarina com corpo de escultura e suor de calda de açúcar — ela tem suor de calda de açúcar, que é o cheiro das tigresas quando estão no cio e transtornam a selva inteira e lhe tiram o sono, dizia-se então no cabaré —, a dançarina com suor de calda de açúcar que uma noite se atrasou no camarim, quem sabe enxugando aquele suor do qual ainda assim deve ter sobrado algum rastro perdido no corpo, nas dobras das axilas, no musgo negro da nuca, umas gotas ínfimas cujo aroma Alberto Santos, na solidão da madrugada, enquanto conferia as contas do negócio que acabara de herdar, deve ter sentido da mesa que ocupava junto ao palco, antes mesmo de ver que na porta dos camarins aparecia a dançarina de cabelos negros e pele resplandecente, que se aproximou do dono do cabaré com um sorriso nos lábios, estranhando vê-lo ali e que Anselmo, o gerente, já tivesse ido embora. Eu lhe disse que ia ficar revisando os livros, ou foi algo parecido que Alberto Santos, com seus olhos inocentes e verde-claros, quase amarelados, deve ter dito a Lina, e ela deve ter reparado em seu próprio decote, em seus próprios seios, ao ver como o olhar furtivo de Alberto se detinha, fugaz, quase temeroso, nessa parte de seu corpo para imediatamente voltar a seu sorriso e fazer um gesto de resignação diante de todos aqueles números e livros abertos que se amontoavam sobre a mesa.

Isso que estou contando para vocês, e mais algumas coisas que eu disse antes, são fruto de minha imaginação, invenções minhas que se afastam muito pouco daquilo que na verdade aconteceu, pois, sabendo como os fatos se sucederam depois dessa noite, o normal é que ela, Lina, tenha ficado olhando para Alberto Santos, meio séria, meio sorridente, e, obedecendo não se sabe a que desejo ou remoto chamado, em vez de ir embora tenha resolvido dirigir-se ao bar e servir-se uma bebida ao mesmo tempo que perguntava, O senhor quer alguma coisa, dom Alberto?, e este respondesse com a voz suave que dizem que ele tinha, Não, obrigado, talvez só que você não me chame de senhor, se não se importar, e ela, Não, claro que não, enquanto o líquido, digamos que era anis, escorria lento e em ondas pastosas dentro do cálice. Eu só falei assim por respeito, porque o senhor é o dono. O respeito vai ser o mesmo, disse Alberto Santos, inseguro, quase sem tirar os olhos da mesa, sem entender muito bem que contas estava fazendo enquanto ela se aproximava de novo, vagarosamente, deixando no ar aquela calda de açúcar, o aroma de seu suor ou o que quer que fosse, e se sentava de lado na beirada da mesa, com uma perna junto aos números e cadernos com riscos vermelhos. É um negócio que eu não entendo muito bem, o do cabaré, quer dizer, que não chego a entender por completo, sorriu Alberto olhando para cima, para os olhos de Lina, ao mesmo tempo que largava o lápis sobre a mesa. Dizem que o senhor é inteligente, e isso não tem complicação, é só adicionar e subtrair. Eu só espero que não me tire muitas horas de sono, disse Alberto Santos em tom de desculpa, e como Lina já não respondesse a seu sorriso e o olhasse muito fixo, vendo através dele, de seus olhos, não se sabe que estranhas paisagens ou encantamentos, acrescentou, É uma vida diferente, a da noite. E Alberto Santos já disse isso sem sorrir, vendo Lina beber lentamente, sem desviar os olhos dos seus, o batom carmim dos lábios como uma ferida aberta recebendo as ondas suaves do anis, até que a dançarina afastou o cálice dos lábios e o levou com cuidado à boca de Alberto Santos, ele pousou os lábios na mancha de batom deixada pelos lábios de Lina e ela lhe deu de beber como a uma criança doente, como a um animal ferido, ao mesmo tempo que afundava os dedos da outra mão nos cabelos de Alberto e recebia nos peitos, no decote entreaberto, seu olhar, não importando que uma gota de anis se derramasse por um canto da boca do homem nem que a mão dele subisse lenta como um réptil pela cintura da dançarina.

Alberto Santos já não mais olhava aqueles olhos castanhos, líquidos, quase negros, que o trespassam, que o asfixiam, e com a ponta dos dedos acaricia a blusa, a renda do sutiã de Lina, afasta os lábios do cálice — escorre o anis por seu queixo — e afunda o rosto num cheiro em que mergulha por inteiro como num poço de água morna. Alberto Santos Cambrí sente como os sabores pastosos do batom e do anis se misturam em sua língua com o gosto de canela dos peitos de Lina, a cor de creme que se insinua por entre as rendas brancas, a pele branca, o suor de calda de açúcar e sal, os olhos negros da dançarina que não deixam de olhar para ele, nublando-se de leve com um pestanejo, resistindo à embriaguez do sono enquanto na mão direita ainda segura o cálice onde o anis se agita e derrama.

Abraçando-se, dançando sem ritmo nem música à beira do palco, é de se imaginar que Lina e Alberto tenham tombado sobre ele com um barulho semelhante — o som cristalino das lantejoulas substituído pelo do cálice de anis ao se quebrar na mão da dançarina — ao que anos mais tarde Lilí e Fátima Combados fariam com suas quedas. Em meio aos rangidos do tablado teriam reptado um sobre o outro, o sangue e o anis derramados, reptado como as jibóias que devoram e engolem um cordeiro de uma só abocanhada, só que ali os dois eram jibóias e se engoliam, tentavam engolir-se, um ao outro, Alberto Santos abrindo roupas e botões, lambendo o corpo da dançarina, querendo beber numa fonte subterrânea, intuindo mananciais, correntes que excitavam uma sede que tocava as raias da loucura, e ela, agora sim sorridente, com a vista oscilando entre as pinturas do teto e os bastidores, cada vez mais sorridente, como se naquele horizonte escuro de cortinas, trilhos e cordames assistisse à chegada de um secreto amanhecer, um raio branco que a cegou e a levou da vida por um instante, por uns segundos que podem ter sido uma hora, uma eternidade, e que a devolveram ao mundo quando Alberto já estava a seu lado e com uma expressão de ternura nos olhos — não se sabe se amarelos, não se sabe se verdes — contemplava a mão de Lina, o cálice quebrado que ela ainda segurava e o sangue que escorria pelo braço. Antonio Santos levou seus lábios à ferida, e ao mesmo tempo que na boca sentia o sabor do sangue misturado com a doçura do anis e sobre o tablado caíam, vermelhas e aziagas, umas gotas de sangue, Lina abria a boca num sorriso já definitivo.

Deve ter sido assim, foi assim que Anselmo, o gerente, encontrou no dia seguinte uns cacos de vidro e umas gotas de sangue seco no palco. Assim, ou de um modo bem parecido, iniciou-se a relação entre a dançarina morena e o jovem Alberto Santos, que a partir dessa noite esteve sempre roubando as próprias horas de sono e de vida para estar ao lado de Lina. Muito tempo se passou sem ninguém no cabaré desconfiar dessa relação. Só Anselmo, o gerente, ao ver na noite seguinte a mão enfaixada da dançarina, teve uma intuição do que estava acontecendo, o que lhe foi confirmado pelos olhos de Alberto Santos, pela expressão que aflorou em seu rosto quando a dançarina apareceu no palco, pelo modo como se falavam e como o advogado passava os dedos pelo curativo de Lina numa carícia.

Alberto Santos aprendeu o que era o cabaré, aprendeu o que era ter duas vidas e ser duas pessoas ao mesmo tempo. Só que Alberto Santos não trocou de nome como os artistas, e se ria, amava ou chorava como se fosse outra pessoa, sempre o fazia em segredo, sempre fugindo de quem era na realidade, sempre fugindo de sua mulher, inventando horários, inventando gente, compromissos e documentos a conferir, clientes que não existiam e dificuldades para justificar as horas que passava no cabaré ou no apartamento que tinha alugado a poucos quarteirões do cabaré e onde se encontrava com dona Angelines, que então era uma dançarina alegre e morena que nas noites determinadas por seu amante, assim que terminava seu número, ia reunir-se com ele naquela casa sem mobília à qual Lina chegava ainda com a maquiagem da apresentação, com um casaco longo e preto sob o qual ainda usava um biquíni prateado, uma pedraria de brilhos pobres ou um maiô que Alberto Santos tirava em meio a carícias e arroubos amorosos que entre aquelas paredes nuas soavam como um sussurro distante, como se as próprias paredes ofegassem.

Aquele apartamento, como a polícia veria mais tarde, tinha apenas uma cama, uma cadeira e um espelho onde se refletia a silhueta nua dos amantes, fragmentos de seus corpos, costas, cotovelos, peitos ou olhares arrebatados, um espelho que devolvia a cara de Lina retocando a maquiagem ou o rosto cansado de Alberto Santos ajustando o nó da gravata antes de tomar o rumo de sua casa. Montado numa motocicleta azul-clara, o advogado de olhos serenos atravessava os gélidos amanheceres de Barcelona, deixando para trás uma corrente de fulgores rosados, fumarolas de um azul desmaiado e reflexos amarelados que se encadeavam docemente no primeiro céu do dia.

Ia embriagado de cores, com o sabor de Lina nos lábios, seguia por ruas desertas e calçadas recém-lavadas até que uma manhã, ao dobrar uma esquina, viu uma nuvem negra subindo lenta sobre os telhados de uns velhos casarões, um mau presságio que acabou lhe amargando a boca quando no topo da ladeira avistou um brilho encarnado e nas calçadas, normalmente desertas àquela hora, viu gente correndo, mulheres afobadas e homens com o pijama aparecendo sob o casaco, todos a caminho de sua rua e daquela densa nuvem negra. A primeira coisa que Alberto Santos viu foi o caminhão vermelho dos bombeiros atravessado no meio da rua e um repuxo festivo jogando água para o alto, para umas línguas de fogo cor de laranja que brotavam das janelas de sua casa e que, com uma avidez frenética que só pôde recordar-lhe seu próprio desejo devorando o corpo de Lina, lambiam a fachada do edifício. Ninguém, nem o próprio Alberto Santos, soube se a motocicleta derrapou na água que escorria pela calçada ou se foi ele mesmo que se jogou e, tropeçando, mudo e sem ar, correu desembestado até o cordão de bombeiros e de policiais, até a beira daquele zumbido surdo que o fogo arrancava de dentro de sua casa.

Meu irmão disse a Avelino Padilla que esse tal de Alberto Santos, antigo dono do cabaré, teve de ser dominado pela polícia, e parecia um louco do jeito que agitava os braços, as pernas e o corpo todo, sem dizer nada, apontando para a casa com os braços estendidos e chorando sem voz até que foi identificado por uns vizinhos, e um bombeiro, ou quem sabe um policial, olhando-o desconfiado, disse-lhe que sua mulher e seu filho, se é que se importava com eles, tinham sido levados ao hospital fazia uma hora, talvez mais. E que tinham saído dali com vida, era o que achava, disse-lhe o bombeiro ou policial, vendo que Alberto Santos lhe perguntava isso com os olhos, mudo como um mudo Alberto Santos.

A mulher de Alberto Santos estava viva, sim, embora preferisse não estar, embora preferisse o repouso e a ignorância dos mortos. O silêncio de seu filho, que Alberto Santos teve de ver abandonado no canto de uma sala vazia, não mais que um pacote enrolado num trapo sujo, uma trouxa coberta de fuligem que, como os papelões esparsos, como o jornal velho sobre a bancada ao lado, alguém tinha esquecido na sala mortuária onde Alberto Santos permaneceu não se sabe quanto tempo, também ele esquecido do mundo dos vivos, até que o pai de sua mulher e um médico que tinha somente uma orelha o resgataram daquele lugar, enquanto ele, já tendo recuperado a voz, mas outra voz, nova e mais jovem, a voz de um menino doente, murmurava, Eu já ia indo, já estava mesmo indo embora, não podia mais ficar aqui, neste lugar, com tanto barulho, com todos esses gritos.

Na época comentou-se no cabaré que Alberto Santos foi devorado pela própria consciência. Devorou-o às dentadas, como as hienas comem suas presas ainda agonizantes. Ele perambulava por toda parte, dormindo nos camarins do cabaré, olhando-se no espelho do apartamento vazio, abraçando-se a Lina, incapaz de encarar a própria mulher, que tinha o rosto desfigurado pelas chamas. Foi interrogado pela polícia, assim como Lina, que tinha sido vista rondando a casa de Alberto Santos, zanzando pelas redondezas. Só para ver onde ele morava, para ver sua mulher e a criança, confessou Lina, enquanto a polícia investigava a incerta origem do incêndio. Os policiais iam ao cabaré para vê-la dançar, esquadrinhando seu corpo e calculando os prazeres que tinham afastado Alberto Santos da família naquela noite em que sua presença poderia ter evitado a morte do filho. Enquanto você dava para ele, um desses dançarinos que vivem aí rebolando tacava fogo na casa do fedelho, Que é que o Albertito estava fazendo com você enquanto preparavam o churrasquinho lá na casa dele, hein?, Só por curiosidade, Lina, conte aqui nós para quando estava marcado seu casamento com o viúvo, Mostre aí o material que você oferecia para dom Alberto, vamos lá, Lina, sua puta.

Dona Angelines, que então os policiais chamavam de puta e com quem eles sempre falavam de muito perto, quase tocando os lábios em seu pescoço, ficou três dias em prisão preventiva. Quando a soltaram, na manhã do quarto dia, Lina atravessou a cidade a pé, deixando que o ar frio do inverno limpasse sua pele e sua mente. Foi caminhando até o apartamento vazio onde tantas noites se refugiara com Alberto Santos e, assim que abriu a porta, soube que ele estava ali, adivinhou sua presença. Chamou por ele enquanto seguia pelo corredor e sentiu um bafejo, um hálito dizendo seu nome, olhou para trás e só viu paredes nuas, portas encostadas. Já não voltou a chamar por Alberto nem a ouvir nenhuma respiração. Deu mais alguns passos. Parou e espiou o quarto do espelho e da cama. Primeiro dona Angelines viu as letras arranhadas na parede: SOU EU, a cadeira tombada, e depois o sexo e o ventre e o corpo nu de Alberto Santos enforcado num lençol.

Foi aí, disse meu irmão a Avelino Padilla na noite de sua despedida, foi aí que dona Angelines abandonou o cabaré. Ela nunca mais dançou nem voltou a descer por essas escadas, e se ela conseguiu deixar para trás a história de Alberto Santos, do fogo e da polícia, foi graças a um fotógrafo recém-chegado de Casablanca.

— Rovira — afirmou Avelino Padilla sacudindo a cabeça, enquanto meu irmão, que já havia muito tempo não se chamava Ramón, terminava sua história.

Rovira, repetiu meu irmão. Daí você já pode imaginar o que aconteceu com o policial Machuca, já pode imaginar o que o policial Machuca falou para dom Mauricio e também que uma noite, quando Rovira e eu já estávamos quase chegando na pensão, o policial surgiu na nossa frente, saindo bem devagar de um portão escuro e fazendo psiu para que parássemos. Você nunca mais apareça no cabaré do senhor Mauricio Céspedes, Machuca disse para Rovira depois de mandar que eu me afastasse. Você nunca mais apareça por lá para dar o rabo para o senhor Mauricio, e nunca mais na sua vida de merda chegue perto dessa dançarina que chamam de Soledad Rubí, e se você ficar com saudades pode bater uma punheta, mas bem longe do cabaré e dessa pistoleira cu-doce. Eu, meu irmão dizia a Padilla, ouvia o cochicho dos dois e vi como Rovira encarava aquele tipo que dizia que era uma autoridade, um policial, mas aí vi que o homem estava dando risada, como se tudo fosse brincadeira, e que Félix o olhava muito fixo.

— Eu — disse Machuca a Rovira — não sei se vou conseguir desengavetar o caso, se alguma testemunha da época vai me contar alguma coisa sobre sua mulher e aquele incêndio, alguma coisa que na época a pessoa esqueceu, você sabe, alguma coisa que alguém lembrasse de tanto eu perguntar. Eu tenho muita paciência para perguntar, sabe, fotógrafo? Não sei se vou conseguir pôr na cadeia sua mulher ou se ela só vai ficar alguns meses visitando a delegacia para nos contar umas coisinhas, eu sou ignorante e não sei adivinhar o futuro, talvez eu pergunte para esse chinês mágico que vocês têm no cabaré. Mas o que eu sei, sim, fotógrafo, é que sua mulher, a Lina, não vai se livrar de ver a minha cara, e que vou levá-la para ver a casa que pegou fogo, ou em que botaram fogo, e o apartamento onde seu amante se enforcou, para me explicar onde estavam escritas as letras e tudo o mais. Sua mulher e eu vamos rever todo o álbum da família, com as fotos do garoto torresminho, e também vamos fazer uma visita à mãe do garoto em pessoa, que ouvi dizer que só tem metade do rosto, para conversar sobre os velhos tempos.

Rovira cuspiu na cara de Machuca, agarrou-o pelo pescoço enquanto o outro enfiava a mão no bolso do paletó e fazia um barulho metálico que paralisou o fotógrafo e, como se o policial já tivesse sacado a arma, também me fez parar no meio da corrida, disse meu irmão a Padilla.

— Eu vou perdoar essa, Rovira. Olhe como eu sou, hein? Vou perdoar essa — disse o policial Machuca ao fotógrafo, deixando que a saliva deste escorresse bem devagar por uma bochecha e passasse rente a seus lábios. — E nem vou lá falar com sua mulher. Olhe como eu sou. Mas você, para me pagar esse favor, nunca mais me apareça no cabaré do senhor Mauricio, nem procure a dançarina Rubí em lugar nenhum. E se quiser bater um retrato, enfie a máquina no cu e aperte o botão. Mas acho bom usar o flash, Rovira, porque vai estar escuro demais.

— Tudo culpa minha, não é, Carlos? — disse Padilla ao meu irmão, olhando com muita atenção os desenhos da madeira e as miudezas sobre a mesa.

E depois de suspirar, erguendo a vista, acrescentou:

— Por causa da ambição do boxe. Cada um com a sua, ou seja, com sua ambição, que é feito uma cegueira que dá na gente. O tal de Santos com o suor ou o que fosse, ou seja, de dona Lina, dom Mauricio com a Rubí, e o fotógrafo também. Todo mundo na mesma, não é, Carlos? Só que uns, como eu, fomos mais sujos do que outros. Mas eu tinha muita estima pelo fotógrafo, só por ser seu amigo já teria estima por ele, Carlos, ou seja, Ramón.

E então Avelino, Kid Padilla, uma luta-uma derrota, levantou-se e deu um abraço em meu irmão, abraçaram-se em silêncio, só com o barulho das roupas e das palmadas que Avelino deu nas costas do meu irmão. Sem olhar para trás, levando sua sacola quase vazia e com uma alça partida, Padilla foi até a escada e saiu do cabaré. Depois disso meu irmão nunca mais soube dele, portanto não posso contar-lhes mais nada sobre Avelino, talvez só que anos mais tarde, quando meu irmão já havia deixado Barcelona e era cantor do Teatro Chino, estando de passagem numa feira de Zamora ou dali perto, uns lutadores lhe disseram que tinham conhecido, sim, um tal de Padilla que dizia ter sido lutador de boxe e que tinha trabalhado com eles numa companhia de luta livre, mas esse Padilla de quem eles estavam falando era meio manco, com um braço todo torto, tanto que por um tempo ficou fazendo os números cômicos do espetáculo. Acabou casando ou se amigando com uma bilheteira de cinema, não se lembravam se de Plasencia ou de Talavera, e lá ficou, trabalhando de lanterninha, se não se enganavam.

Meu irmão, quando já não cantava mais no cabaré nem no Teatro Chino nem em lugar nenhum e tinha voltado a se chamar Ramón, uma tarde em que o vento quente do verão balançava as cortinas de casa, me disse que tinha certeza, ou quase, de que aquele Padilla manco de quem os lutadores lhe falaram era o Padilla, Avelino Padilla, que, farto de vagar pelo mundo e com o braço troncho por causa de alguma briga ou um acidente, acabou encontrando o calor da bilheteira e do cinema e ali se refugiou, não querendo mais se lembrar de seu empenho em ser lutador de boxe nem de seus anos de fome, talvez só recordando as cartas que sua mãe lhe escrevia ou os conselhos que lhe dava num tempo remoto, para que um dia chegasse a ser um próspero motorista, ou pelo menos cobrador, da viação Oliveros.

Eram suposições de meu irmão, certezas do coração, mas, como eu já disse, notícias de verdade Ramón nunca voltou a ter e não posso acrescentar mais nada, a não ser que um dia resolva inventar o que aconteceu com o braço de Padilla e como os caminhos da vida o levaram até aquele cinema de Talavera de la Reina. De quem eu soube, sim, foi de meu amigo Tatín, que, poucos dias depois daquela tarde em que voltou sozinho para casa e eu tive vontade de cantar para ele, apareceu completamente transformado. Estava bem vestido e penteado, mas com o olhar sem lavar, com toda a sujeira que antes levava na roupa e no corpo agora acumulada atrás dos óculos, como se os olhos fossem o tapete para debaixo do qual tivesse varrido todo o lixo e toda a ferrugem de sua vida. Tatín voltou aparelhado para viver com a paralisia infantil, agora para sempre, e logo o Guille, Barea, Diego Manuel, o Mocos e eu reparamos que estava de ferragens novas, com o cromo tinindo e umas correias de couro cor de baunilha, ainda com cheiro de fábrica ou oficina de ortopedia. As botas, com seu aspecto de blindado marrom, também eram novas, e na altura do tornozelo tinham uma estrela vermelha de cinco pontas, metálica e brilhante, que rompeu a dissimulação geral e até fez que o Guille se ajoelhasse para acariciá-la com a ponta dos dedos:

— Ó só essa estrela!

— E aqui tem outra! E outra aqui, ó! — apontou o Mocos, já quase com inveja da pólio, para os joelhos de Tatín, onde o correame do nosso goleiro ostentava dois emblemas vermelhos de cinco pontas, um em cada perna.

Orgulhoso, com o olhar por um instante límpido e reluzente, Tatín explicou que as estrelas tinham sido feitas especialmente para ele, eram um presente do ortopedista. E suspendendo a malha muito devagar nos mostrou uma quinta estrela, maior do que as outras, coroando o cinto a modo de fivela com um reflexo alaranjado, como se tivessem colocado o coração de Tatín em cima de seu umbigo, um coração em chamas, ardendo como as granjas dos colonos no meio da noite, como os estábulos onde morrem queimados os cavalos, com a diferença de que à estrela de Tatín, ao coração de Tatín, ninguém acudia jogando baldes de água. Tatín ardia em silêncio, e seus olhos estavam carregados da fumaça escura e venenosa que brotava de seu incêndio interior.

Tatín voltou a ser nosso goleiro, agora estrelado, uma águia vermelha de vôo rasante e um tanto estrepitoso que essa mesma tarde começou a castigar suas ferragens reluzentes na nossa rua, a rua Antonio Jiménez Ruiz, e que nos dias seguintes persistiu em seu empenho nos Campos 21 e em frente ao colégio dos surdos-mudos. Embora os jogadores da Granja Suárez não tenham ligado a mínima para a indumentária de Tatín e só um deles, o Cani, tenha reparado nas estrelinhas que nosso goleiro levava presas a seu esqueleto metálico, Dá uma olhada no coxo, está de estrelas, disse para um companheiro que tinha acabado de marcar um gol e que nem se virou para ver do que o outro estava falando, então, embora antes também fosse assim, logo começaram a brincar e a cochichar com ele, a puxar suas orelhas e a dar-lhe tapas nas costas como viviam fazendo entre si. E Tatín respondia pondo o pé para que tropeçassem, jogando pedras ou rindo alto.

É que Tatín, desde que tinha aparecido com as ferragens novas e o olhar encardido, assim que púnhamos os pés no campinho dos surdos-mudos, ia direto se juntar com os marmanjos de Suárez e ficava lá com eles, conversando com o Cani, o Sánchez ou o Escoba e com as meninas que escoltavam o time, até que chegava a nossa vez de jogar. E enquanto ficávamos sentados à parte, aqueles garotinhos que sempre andavam com a turma da Granja Suárez mexiam nas estrelas das pernas de Tatín, e as meninas, fumando ou fazendo tranças umas nas outras, mostravam-se interessadas pela paralisia do nosso amigo, beliscavam e apalpavam suas pernas esquálidas e, com o maior descaramento, perguntavam-lhe se a pólio não doía, desde quando tinha a doença, se não tomava nenhum remédio e se tirava as ferragens para dormir. E todos davam risada sem que soubéssemos do quê, até que chegava a hora da partida e Tatín se despedia de suas amizades e se juntava a nós como um jogador emprestado, como se estivesse fazendo um favor, tanto que às vezes, quando o Cani, o Migue ou o Sánchez marcavam um gol, Tatín ria junto com eles, quase tão contente como os jogadores da Granja Suárez. Ou até mais, porque eles, os da Granja Suárez, metiam tantos gols na gente que já nem ligavam e não se abraçavam nem nada, só corriam para o meio do campo para continuar o jogo e ver quem marcaria outro gol. E as meninas torciam para o Tatín do mesmo jeito que para o Sánchez, o Cani, o Escoba ou o Arias, gritando, Vai, Tatín, pula, pula, sempre rindo e sempre cochichando entre elas quando afinal Tatín se jogava no chão e fazia aquele barulho metálico que era o mesmo barulho que a mais de mil quilômetros do campinho dos surdos-mudos as dançarinas faziam ao morrer no palco do cabaré de dom Mauricio Céspedes, um barulho de lantejoulas e estrelas, de carne e ossos, de vidro, pedras e pudins esmagados.

No fim da partida, as meninas da Granja Suárez davam água para o Tatín, e era tanta a amizade do nosso goleiro com elas que às vezes, ao nos ver a seu lado, ao lado de Tatín, elas nos deixavam beber de suas garrafas, enquanto nosso ex-amigo fumava com suas amigas. Assim como Pepito, que fazia anos arrastava a seu redor uma nuvem de Bisontes, Menceys, Goyas, Celtas, Chesterfields e não sei quantas marcas mais, agora Tatín também estava fumando, como Castillo, como Quini, todos envoltos numa fumaça malcheirosa, todos contando trocadinhos e peregrinando até bairros distantes onde os vendedores não conheciam seus pais, disfarçando o bafo com dropes de hortelã ou, como Barea, mascando o mato que crescia junto da sarjeta, pegado aos muros e encharcado de mijo de gato, para que sua mãe não sentisse o bafo de cigarro e não começasse com a lengalenga e a gritaria, dizendo que enquanto seu pai deixava a vida na Alemanha, em Frankfurt, Munique, Wilhelmshaven ou algum lugar desses, enquanto enterrava a vida na neve, na fábrica, era assim que seu filho lhe pagava. Se Barea não comia direito, se não fazia a lição, se chegava atrasado ou machucado, a mãe dele sempre vinha com a história da Alemanha, do frio e da fábrica, e também do modo de falar dos alemães, que não dava para entender nada do que diziam, e que seu pai, coitado, como se não bastasse o frio e a fábrica, vivia feito um surdo-mudo na Alemanha.

Mas, apesar de tudo, Barea fumava até ficar meio enjoado, e o Guille a mesma coisa, só que ele tossia, e também Diego Manuel, e o Nono. Só o Mocos e eu tínhamos ficado fora do clube da nicotina, se bem que acabamos tragando quase tanta fumaça quanto Barea, pois o ar embaixo do toldo do Avia era uma espécie de algodão compacto dentro do qual sufocávamos todas as tardes, todos sentados em volta de Pepito. Eu já estou mal dos brônquios, dizia Pepito, tossindo orgulhoso.

— Eu também — tossia Barea.

Pepito então se aproximava e aplicava o ouvido contra o peito do novo fumante enquanto lhe ordenava:

— Pode tossir. — E depois de escutar com atenção, Pepito negava: — Não é a mesma coisa, no meu peito o barulho vem lá do fundo e parece que tem um negócio quebrado. São os brônquios. Com você não, seu barulho é só da tosse.

E então todos começavam a auscultar o peito um do outro no escuro do caminhão Avia que já não tinha cheiro de macarrão, nem de grão-de-bico, nem de nada que não fosse fumaça. O mesmo cheiro que pegava em nós, em nossos cabelos, nossa roupa e nossa pele. Ainda bem que eu não saio na rua com a minha malha nova, disse-me o Mocos em tom cúmplice quando íamos descendo do caminhão. Minha mãe falou que a nova é só para ir à escola, à escola e ao cinema quando vou com ela. É, ainda bem, devolvi, espiando sua malha velha com o rabo do olho, vendo o cerzido como uma cicatriz mal curada ali onde eu, o Caim da lã, tinha rasgado sua roupa. Uma cicatriz com as bordas enrugadas e a pele murcha, igual àquela que aos poucos fora se formando dentro de mim desde a noite em que o Guille e eu o espancamos na rua Lanuza, uma cicatriz cambiante que às vezes sumia para depois retesar a pele da minha alma com todo o rigor, como essa tarde ao descer do Avia e ver sua malha rasgada, sua malha mal costurada e cheirando a miséria, a remédio velho e a carvão molhado, o Mocos com seu catarro, com seus moncos, ele que na verdade era quem sofria dos brônquios, sempre resfriado, sempre com tosse. Eram sua garganta e seus brônquios, ou fosse lá o que fosse, os que chiavam e tinham um eco fundo de caverna, e parecia que dentro do corpo, em vez de uma selva, o Mocos tivesse um labirinto de minas e galerias por onde corriam vagonetes com as rodas tortas, sempre rangendo, não como os brônquios de Pepito, que, ao descer do caminhão do Cuellicorto, já estava ensinando o Guille a fazer anéis de fumaça, o mestre da névoa, Pepito.

Bateram uma punheta para o Tatín, e foi Pepito quem me contou. Foi a primeira vez, naquela tarde de chuva, que vi uma sombra de inquietação, uma ponta de insegurança nos olhos de Pepito e em seu jeito de falar. Bateram uma punheta para o Tatín, disse assim que viu meu rosto aparecer sob o toldo do Avia, que estava encharcado e com um cheiro estranho.

— Nas pernas? Os médicos? — perguntei ao mesmo tempo que pulava para dentro e, entre a penumbra e a névoa, entrevia o vulto de Barea sentado ao lado de Pepito.

— Não. No pau, uma punheta. Foi a Valéria, da Granja Suárez. Domingo à noite.

Quase morri com o tombo que levei ao entrar no caminhão. Caí como Tatín caía no gol, como as dançarinas sobre o tablado do cabaré, mas sem barulho de pedras nem ferragens, só com o estalo dos meus ossos e o rangido do assoalho.

— Cuidado — disse Pepito lá do fundo. — Parece que carregaram azeite.

— É banha — esclareceu Barea.

— Banha — repetiu Barea, enquanto eu, ao tentar me levantar, escorregava de novo.

— A banha escorrega mais do que o azeite — sentenciou Barea diante do meu segundo tombo.

E quando eu, engatinhando, consegui ultrapassar a zona lambuzada de azeite ou de banha e Pepito comprovou que eu já me encontrava em terreno seguro, ele me contou que de tarde Tatín aparecera sem vontade de jogar bola. Foi sentar ao lado dele, de Pepito, e enquanto Diego Manuel e o Guille batiam pênaltis para o Nono defender, Tatín não parava de olhar de um lado para o outro da rua, embaçando tudo com seu olhar, o tempo todo meio que rindo. Primeiro perguntou baixinho se Pepito já tinha ouvido falar da Valeria, da Granja Suárez, e antes que Pepito pudesse responder, ele mesmo disse, Não, você não conhece, nem pode conhecer porque nunca vai lá nos surdos-mudos, ela tem a boca, os lábios, que nem uma ventosa. E já em voz alta, virando para a escada e para a rua Diego de Vergara, meio que gritou para os três que estavam batendo bola se eles não conheciam a Valeria da Granja Suárez, uma morena de cabelo bem comprido, sempre de tiara vermelha e com um garoto que era seu irmão e vivia fazendo buracos na beirada do campinho. Sem querer saber se os outros se lembravam de quem era a Valeria ou se a confundiam com a Nati, a Piqueras ou a Benita, Tatín disse para Pepito e para todo mundo que logo mais iria contar o que a Valeria tinha feito para ele no domingo, perto do charco dos surdos-mudos.

Tatín esperou que Castillo chegasse para contar os detalhes, disse Pepito sem parar de fumar no Avia do Cuellicorto, com Barea a seu lado abraçando a sacola de pão, calado e envolto em fumaça e cheiro de banha, ou o que quer que fosse. Com seus olhos de bicho, Tatín ficou esperando que Castillo parasse de fazer embaixadas e sentasse ao lado de Pepito, esperou que todos ficassem quietos e só então começou a contar a história da punheta. Esperou inclusive que fosse o próprio Pepito quem perguntasse a Castillo se ele conhecia a Valeria, do campinho dos surdos-mudos, esperou que Castillo pensasse e dissesse para si mesmo, A Valeria, uma de cabelo comprido e de tiara? Essa mesma, disse Tatín. Aquela do garoto dos buracos, esclareceu Castillo. Isso, abria-se o sorriso de Tatín, a Valeria, domingo eu fiquei lá nos surdos-mudos com ela. Eu, o Cani e o Sánchez ficamos lá com ela, que não parava de mexer nas estrelas das minhas pernas, vendo se as pontas espetavam, se soltavam das ferragens, querendo saber do Sánchez quanto custava uma estrela dessas e onde podia comprar uma igual, se ele também não gostaria de ter uma, e o Sánchez perguntou para que ia querer uma estrela assim se não tinha ferragens nas pernas, e ela, a Valeria, ficou alisando meus joelhos, minhas coxas, perguntando se as ferragens não me davam frio, e o Sánchez e o Cani apagaram os cigarros numa pedra e disseram que estavam indo para a Granja, se ela ia ficar, e a Valeria não falou nem sim nem não, só virou a cabeça assim para o lado e encolheu o ombro, e o Sánchez e o Cani foram embora dando risada no escuro da noite, o Cani quicando a bola, e da outra ponta do campinho ainda se ouviam as vozes, tanto que no início eu pensei que eles não tinham ido embora e estavam espiando a gente lá do aterro, porque os vidros brilhavam com o clarão da lua como se alguém estivesse correndo pelo entulho. E depois, contou Tatín, a Valeria e ele começaram a caminhar por uma calçada que passava entre os escombros e o matagal e sentaram para fumar na beira do charco, a brasa do cigarro avermelhando o luar na cara da Valeria, um barulho líquido de rãs deslizando na água preta do charco, entre os sumidouros que os troncos, os móveis desconjuntados e as vigas formavam na superfície. A Valéria encarou Tatín com um sorriso e com sombras no rosto e perguntou se ele não lhe dava aquela estrela, a estrela do cinto, a estrela maior, e Tatín perguntou se ela gostava, e a Valeria falou que sim e que se lhe desse a estrela, ela podia bater uma punheta para ele, falou assim mesmo. E aí Tatín olhou para o chão, e para a lua, e para a cara da Valeria, e respondeu quase sem voz, Tudo bem. Jura?, disse a Valeria. Tudo bem, voltou a murmurar Tatín, já sentindo a mão da Valeria na barriga, e nessa hora ele pensou que ela fosse pegar a estrela, mas a Valeria não pegou nada, só desabotoou sua calça e baixou de um puxão, e Tatín quase puxou de volta, como se estivesse no médico e fossem examinar suas cadeiras e sua coluna vertebral. Mas a Valeria não ia examinar nada, a Valeria pôs a mão gelada em sua barriga nua, sorrindo, e foi descendo a mão bem devagarinho, mexendo os dedos, tocando o Tatín, que começou a respirar meio sufocado, com o luar entrando por seus olhos envenenados, e a Valeria, mexendo a mão cada vez menos devagar, sem deixar de sorrir, Você gosta?, e Tatín sem responder, olhando a mão, olhando os dedos, olhando o braço e a malha, os peitos estremecidos da Valeria, Você gosta?, e Tatín apertando a malha, os peitos da Valeria, e a Valeria evitando seu beijo, evitando sua boca, meio rindo, mexendo a mão mais rápido, voltando a perguntar, agora sem rir, Você gosta, não é, seu nojento?, as ferragens de Tatín tremendo, a mão da Valeria que pára e ela se agacha, ajoelhada na sua frente e enfiando o pau do Tatín na boca, chupando sem deixar de olhar a cara e os olhos de Tatín, que sentia cãibras, uma eletricidade, miniaturas de cadeiras elétricas subindo pela virilha e descendo por trás dos rins para se perder dentro da boca da Valeria, nos lábios escuros da Valeria que parecia falar sem poder falar, a baba da língua, e foi como se a lua de repente se derretesse e suas gotas brancas espirrassem na cara da Valeria, em seus olhos e lábios, derramando-se no ventre de Tatín e saltando sobre sua perna até o vazio do charco, as gotas caindo como estrelas na água preta, estrelas cadentes pingando sobre as vigas e os móveis meio afundados na água, que se estremecia e ondulava na parte mais funda do charco.

A chuva castigava o toldo do Avia, e todo o caminhão estava úmido, com aquele cheiro rançoso, e a banha ou o que quer que fosse melando minhas mãos e a minha roupa com seu tato pegajoso. Pepito falava e Barea olhava pensativo para o escuro do toldo, abraçando a sacola e o pão que havia dentro da sacola. Essa tarde todos tinham ficado em silêncio quando Tatín lhes contou o que a Valeria tinha feito para ele na beira do charco, cada qual desviando a vista dos olhos encharcados de Tatín e de suas partes, todos em silêncio até que Pepito virou para o Tatín e disse que aquilo que a Valeria tinha feito com ele era muito perigoso, que se alguém assopra por aí dá uma embolia no cérebro e você morre na hora. E, com seu meio sorriso, Tatín disse que ia voltar a fazer aquilo, mesmo que tivesse que dar todas as estrelas para a Valeria, mesmo que tivesse que dar para ela a ferragem inteira e depois fosse obrigado a se arrastar por aí. Não é verdade?, Tatín perguntou para Castillo, que na hora não soube o que dizer, nem se Tatín estava mesmo falando com ele, Não é verdade que é gostoso demais? A Quini com certeza faz para você, não é, Castillo?, pelo menos a punheta, que isso qualquer uma faz. Lá no eletricista, vai me dizer que a Quini não faz nada? Você nem alisa os peitinhos dela por baixo da roupa, Castillo?

As espinhas de Castillo ficaram mais brancas ainda, e bem vermelhas por baixo, como vulcões a ponto de cuspir pedras e lava. Ele se levantou do degrau, batendo muito as calças, que não tinham sujeira nenhuma.

— Que é que ela faz para você, Castillo?

— Dobra essa língua e enfia no seu cu. E as estrelas também.

— Tudo bem. Mas, só aqui entre nós, o que a Quini faz para você lá no eletricista?

— Você abusa porque é coxo.

— Eu já falei da Valeria, agora é sua vez.

Castillo tinha virado as costas e já ia andando para a esquina da rua Diego de Vergara, ainda batendo na roupa:

— Coxo e veado.

Pepito me contou, no meio da chuva, da fumaça e do fedor, que eles, o Nono, Diego Manuel, o Guille e ele, já não sabiam com quem Tatín estava falando, se com eles, com Castillo ou consigo mesmo:

— A Quini deve ser ótima nisso. Com aquela boca. — Tatín ficou em silêncio, vendo que Castillo já estava longe e não podia mais ouvi-lo, e voltou a falar cada vez mais baixo. — Com aquela boca, e sem parar de olhar para você.

Tatín olhou para todos com seu sorriso torto. E foi nessa hora que começou a chover e da rua começou a brotar aquele cheiro de terra. Enquanto os outros recolhiam as camisetas e a bola e se preparavam para entrar no caminhão do Cuellicorto, Tatín continuou ali sentado, olhando para eles com seu sorriso e seus dentes, com umas gotas de água escorrendo devagar pelo vidro dos óculos. E quando Pepito lhe perguntou se ele não ia entrar no Avia, Tatín fez que não com a cabeça. Levantou-se num tranco, quase deslocando as cadeiras, e Pepito, já montado no gradil traseiro do caminhão, viu-o desaparecer em direção à rua Mármoles ou La Pellejera, com o cabelo brilhando como um campo alagado.

Assim que Pepito se instalou no caminhão, apareceu Barea, que só tinha passado para dar uma espiadinha e ver quem estava ali, mas quando ouviu Pepito falar da punheta de Tatín, entrou meio patinando com sua sacola de pão e ficou ali sentado até que Diego Manuel, o Guille e o Nono foram embora, sem se importar, Barea, com seu pai, nem com a Alemanha, nem com o sermão que ia ouvir da mãe quando chegasse em casa, escutando repetidas vezes os detalhes do encontro entre o Tatín e a Valeria, repassando em silêncio a história de Pepito e ouvindo-o falar do perigo que é alguém assoprar no buraco por onde a gente mija. Eu fiquei tão calado quanto Barea, pensando que um dia, talvez bem próximo, eu também teria que ir lá para que me batessem uma punheta e baixassem minhas calças no escuro da noite como tinham feito com Tatín, e a mesma coisa o Mocos, Barea, o Guille, todo mundo iria, cada um por si, cada um na solidão de uma noite diferente, como quando as pessoas morrem, sempre sozinhas, pouco importa se do seu lado também morre um amigo ou um vizinho ou uma cidade inteira morre ao mesmo tempo com uma bomba atômica. A morte leva cada um por um caminho diferente e escuro, cada qual por um corredor interminável e vazio.

Era desse jeito que todos acabaríamos indo até o meio dos escombros ou a beira de um charco para que nos batessem uma punheta, caminhando como os presos que vão sentar na cadeira elétrica, apenas com o guarda que vai apertar as correias e um padre que só sabe piorar as coisas, falando o tempo todo da morte e dos mortos. Era desse jeito que eu também acabaria indo uma noite, com a Valeria ou com outra que nem a Valeria andando do meu lado, disposto a deixar que chupassem o que tivessem que chupar e assoprassem por onde não podiam assoprar, e era capaz de o ar entrar no meu corpo e eu morrer de uma embolia, de um raio branco que entra na cabeça da gente e nunca mais se apaga, que a morte é isso, um raio que deixa os olhos e a cabeça totalmente em branco, para sempre.

Luisito Sanjuán fazia sua lição de caligrafia com metade da língua para fora e os olhos quase fechando de sono, sonhando com o canivete de cabo vermelho da Casa Maldonado, ou então com os bolos de La Jijona que no domingo seguinte ele ia escolher na vitrine da doceira, a salvo de punhetas e terrenos baldios. Conchi Canca nunca ia bater uma punheta para ninguém, e muito menos chupar o que quer que fosse, Conchi Canca desenhava os Evangelhos, desenhava o inferno colorido onde dava vontade de passear, com seus rochedos e seus rios de lava vermelha, tão diferente do inferno de verdade, aquele que aparecia na Bíblia do pai de Diego Manuel, onde as pessoas se contorciam pelo chão, sendo devoradas por uns monstros cobertos de escamas no branco e preto das gravuras, e onde se é obrigado a viver por toda a eternidade com uma espada atravessada no peito, com um vizinho sem cabeça e crianças com as pernas cortadas em fatias. Nem mesmo o Pitraco, por mais que tivesse sido operado das vegetações, parecia preocupado com a história das punhetas, ele só pensava em voar para a Almi e lá bater para as máquinas de escrever, recorrendo o carro e batendo nas teclas cada vez mais rápido. Ninguém parecia saber de nada, estava cada um no seu mundo, uns na Almi, outros desenhando Evangelhos e outros, como o Guille e o Nono, batendo bola e aprendendo a chutar de rosca. Só Barea parecia já se ver sentado na beira do charco com a Valeria ou alguma amiga da Valeria ajoelhada na sua frente. Mas como Barea nunca dizia nada, só sabia falar da Alemanha, cheguei a pensar que talvez a história de Tatín fosse mentira, que não passasse de uma invenção para provocar Castillo e envenenar seu sangue.

Mas nada era mentira. Na semana seguinte, quando fomos até o campinho dos surdos-mudos, lá estava ela, a Valeria, com a estrela de Tatín pendurada do pescoço. Ficou o tempo todo dando risada, a Valeria, berrando quando Tatín tomava um gol ou levava uma bolada na cara ou no meio do peito. Assobiava, batia palmas, cochichava com as amigas, e quando Tatín olhava para ela, inclinava a cabeça e passava a ponta do dedo bem devagarinho pela borda da estrela cor de fogo. Assim que o jogo acabou, Valeria veio para o nosso lado, atravessando o campinho com um garrafão de água e aquele garoto que vivia fazendo buracos e tropicando atrás dela. Depois do Tatín, a própria Valéria bebeu, e como eu estava bem do seu lado, olhando sua boca e seus lábios escuros por onde escorria uma gota de água, ela me passou o garrafão dizendo que eu também podia beber. Quando já ia bebendo do mesmo lugar onde ela tinha acabado de pôr os lábios, tive a impressão de que no fim era como se eu também fosse chupar as partes do Tatín, mas empinei o garrafão e bebi, bebi vendo com o rabo do olho que a Valeria colava o corpo no corpo de Tatín, que grudava seus lábios nos lábios dele e chupava sua boca como eu estava chupando do garrafão. E quando ela se afastou de Tatín, rindo com sua voz rouca, eu ainda estava bebendo, me afogando, não sei se com a água, com a saliva da Valeria ou com a de Tatín, me afogando e pensando que todo mundo vive chupando a boca e as partes de todo mundo, chupando os copos, o gargalo das garrafas que passam de boca em boca, sempre chupando coisas que os outros já chuparam, todos libando das mesmas flores, como Tatín dizia que os padres falavam toda vez que resolviam explicar a reprodução, que em vez de trepar só sabiam contar histórias de abelhas e de flores, dos miasmas e do pólen que os bichos levavam de um lado para o outro.

Eu ficava o tempo todo olhando bocas, e onde podia olhar melhor e com mais calma era nas fotografias que meu irmão, Carlos del Río, tinha mandado de Barcelona. Agora não olhava só a palidez dos corpos nem a suavidade de Casa Mandarín dos peitos das dançarinas, mas também examinava seus lábios. E reparei que havia lábios muito diferentes, lábios cremosos por onde seria gostoso passar os dedos, os lábios, a língua, e lábios escuros de batom que nas fotos saíam pretos e que não se sabia se estavam manchados de sangue ou se eram a entrada de um túnel, lábios pálidos que não pareciam lábios, lábios curvos como águias que voavam ameaçadoras pelo céu do rosto e lábios grossos como um animal dormindo ao sol, lábios retos como o horizonte e o cais e lábios brilhantes como a luz dos cabarés no meio da noite. E eu ficava o tempo todo imaginando o que aqueles lábios teriam chupado na vida, os líquidos, a saliva de outros lábios, a baba branca de homem que neles se derramara, centenas, milhares ou milhões de crianças em miniatura, crianças microscópicas que tinham caído sobre aqueles lábios nos quais eu gastava minha vista, olhando também as fotos desfocadas que meu irmão mandava nessa época e que já não eram fotos onde a gente achava que de uma hora para o outra ia sentir a pele das dançarinas e seu hálito embaçando aquele véu de vidro que parecia cobrir o papel. Eu preferia olhar os lábios das dançarinas nas fotos antigas, porque as que iam chegando nessa época eram umas fotos desajeitadas onde as pessoas saíam com a cara no escuro e meio escondida, os lábios borrados e tudo cheio de trevas, como se houvesse fogo no cabaré e ninguém tivesse percebido. Essas eram as fotos do Porpeta. Rovira nunca mais tirou fotos, nem do meu irmão nem de ninguém.

Rovira nunca mais foi ao cabaré desde aquela noite em que o policial Machuca surgiu na frente dele para lhe falar dos velhos amores de sua mulher com Alberto Santos Cambrí, do incêndio de sua casa e do enforcamento do antigo dono do cabaré. A partir de então, Rovira se refugiou no laboratório da pensão, resgatando fotografias antigas para misturá-las com outras recentes, fabricando seus monstros e vendo toda a memória do cabaré desfilar diante de seus olhos sob a luz vermelha. Dançarinas de cujo nome ele mal se lembrava, fregueses com a cara mudada pelo tempo e pela vida, músicos que acabaram trocando de profissão, Lilí, Fátima Combados e outros defuntos que ali reviviam, estremecidos sob os líquidos do fotógrafo Rovira, uns personagens nadando sobre os outros, amontoados como se estivessem no fundo de um inferno líquido e cheiroso.

E assim, misturados uns aos outros, a cabeça de Almudena Fernández com o corpo de um velho faquir, a figura de dom Mauricio Céspedes rindo entre as chamas de um incêndio, corpos de anões com pernas de dançarinas iam povoando as pastas do fotógrafo Rovira, que, à distância, era vigiado por dona Angelines, ignorante da causa de seu afastamento do cabaré, mas consciente da dor cruenta em que vivia mergulhado aquele náufrago no qual Rovira se transformara. Dom Mauricio me mandou embora, foi a única explicação que o fotógrafo deu à sua mulher aquela noite, ao se deitar, ainda sentindo o bafo do policial Machuca travando-lhe a boca. Não quer que eu tire mais fotos no cabaré, nem que volte a aparecer por lá. Você pode fotografar em outro lugar, onde você quiser, respondeu dona Angelines, apoiando um cotovelo no colchão e fitando a nuca e o perfil de Rovira. Não, nunca mais vou tirar fotos, disse

Rovira de olhos fechados. Logo mais vou arrumar um outro emprego, qualquer coisa que não seja de fotógrafo.

Mas o único emprego que Félix Rovira arrumou foi o de fantasma. O fotógrafo se converteu no fantasma da pensão Ríos-España, uma presença que a toda hora se fazia ouvir com ruídos minúsculos, indo de um lado para o outro atrás da porta de seu quarto escuro, mexendo com líquidos, papéis e bacias, uma alma penada dos laboratórios Kodak que apesar dos pesares não alterava o ritmo da pensão, que na realidade era o ritmo de dona Angelines, entregue, por sobre sua dor, aos cuidados daquela clientela de notívagos cuja vanguarda ainda era encabeçada pelo chinês Bonilla, todo santo dia disposto a tomar seu aperitivo de café com madalenas e sempre bocejando pelos corredores com seu roupão de dragões e seu bigode retorcido pelo sono. Dona Angelines continuava cronometrando a fervura dos ovos moles do garçom Álvarez e recolhendo com muito carinho seu postal do Gregory Peck, esquecido, dia sim, dia não, entre a roupa de cama, continuava conversando de danças, sapatos, pernas e meias com Almudena Fernández, escutando as poesias do amolador que continuava sem amolar nada, dona Angelines continuava a não fazer a cama do Trompeta, só trocando seus lençóis amarrotados por outros que ela mesma embolava para que o Trompeta achasse que era a cama de um músico e não a de um escriturário, que era o maior medo do Trompeta, parecer-se com um escriturário, parecer-se consigo mesmo quando trabalhava num banco em Albacete e tocava trompete às escondidas.

E enquanto no salão todos, exceto o garçom Álvarez, que, como vocês devem se lembrar, sempre ficava calado e parecia um surdo-mudo por causa da história da marcha à ré, então, enquanto todos e cada um dos presentes contavam os acontecimentos da noite anterior e como tinha sido seu número, se a Bella Manolita tinha escorregado na hora de deixar o palco ou se aquele freguês de óculos fundo-de-garrafa tinha entrado bêbado nos camarins aos gritos de "Viva a Espanha!" ao topar com Mari Carmen Molina nua em pêlo, enquanto o Trompeta batucava em facas e copos, meu irmão continuava na cozinha cantando baixinho para dona Angelines, que controlava o fogo das batatas ou preparava a massa dos croquetes, até que, em cima da hora, quando os pratos já começavam a chegar às mesas, Rovira saía de seu laboratório, sem topete e com olheiras, cansado de fazer monstros como o doutor Frankenstein, sempre costurando pedaços de diferentes pessoas em busca de sabe-se lá que mistérios, e logo meu irmão parava de cantar e o zunzum do salão se apagava na presença fantasmagórica do fotógrafo, que todo mundo começou a tratar como se fosse um doente e a perguntar-lhe como estava, como se aquela tristeza que ele carregava estivesse comendo seus pulmões ou secando seu sangue.

Só meu irmão ousava falar com ele do cabaré e de como tudo lá estava diferente, muito pior, que sem ele, sem Rovira, era como se tivesse mudado por dentro, como se o cenário brilhasse menos e até a música soasse de outro jeito, como se tivessem roubado algum instrumento. Meu irmão chegou até a confessar a Rovira que seu empresário, o empresário Carmona, o aconselhara a aceitar fazer uma turnê com o Teatro Chino e a deixar o cabaré por uma temporada. Se bem que na verdade meu irmão, Carlos del Río, nessa época ainda não tinha a menor intenção de deixar Barcelona e só dizia isso para consolar seu amigo Rovira, que escutava tudo sem escutar, com os olhos fixos na sopa que estava tomando, como se olhasse o fundo de um horizonte marinho e não um prato de caldo com pedaços de cenoura e alho-poró boiando naquela marisma turva e quente.

— E ela? — vez por outra Rovira perguntava a meu irmão.

— Ela continua lá e pergunta de você. Pergunta por que você não aparece.

— E o que você diz?

— Eu não digo nada — respondia meu irmão.

Rovira tomava sua sopa franzindo o rosto, e meu irmão continuava contando coisas do cabaré, embora na verdade não lhe contasse o que estava acontecendo por lá. Meu irmão tomava sua sopa e não lhe contava que agora todas as noites o policial Machuca fazia a ronda na sala de espetáculos, circulando entre as mesas, pelos camarins e por toda parte — menos atrás do balcão, pois Anselmo, o gerente, lhe barrou a entrada, e o policial sorriu, beliscou suas bochechas flácidas e teve de dar meia-volta sem entrar — como se o dono do cabaré fosse ele, e que o policial começou a se engraçar com Lolita Berruezo, aquela que tinha meio dente a menos mas rebolado de sobra, e muita vontade de rir. Outra coisa que meu irmão não contava a seu amigo Rovira era o tanto que Avelino Padilla vinha vagabundeando por Barcelona desde a noite em que Machuca os abordara, já sem levar recados de dom Mauricio, esquecido por dom Mateu, limpando o ginásio e sem ânimo para fazer sombras nem para esmurrar o saco de areia, matando o tempo nos bancos penumbrosos do bilhar Tesán na companhia das moças que acompanhavam os fregueses ao banheiro e que de vez em quando, para aliviar sua mágoa, faziam um servicinho de graça para ele, assim como Anselmo, o gerente, lhe dava de beber no cabaré, onde Avelino já quase não falava com seu amigo Alberto Tesán, que agora lia seus versos para as dançarinas, para o Trompeta e para um freguês caolho que diziam ser poeta de profissão, com poesias que apareciam no jornal e até no rádio.

Tomavam a sopa, comiam seus filés à milanesa e seus croquetes, e meu irmão perguntava para o fotógrafo Rovira se ele se lembrava daquele mágico, Rafael Pérez Estrada, que fazia aparecer e desaparecer anjos no palco e escondia nas mangas do paletó bandos de pombas que ninguém sabia como cabiam ali, e lhe contava que outra noite o tal mágico tinha passado pelo cabaré para cumprimentar os amigos e assistir ao número de Chin Lu, porque os dois tinham muita admiração um pelo outro, mas Carlos del Río, meu irmão, não contava a seu amigo que dom Mauricio Céspedes tinha resolvido trocar o guarda-roupa dos dançarinos e até dos músicos, que não raro oferecia champanhe de graça para todos os fregueses e que o público vivia um período de frenesi e alegre nervosismo, todos na expectativa, como se de algum modo soubessem que ia acontecer uma nova tragédia sobre o palco.

E se meu irmão não contava a seu amigo Félix Rovira nada disso que estou contando para vocês, estava mais longe ainda de contar-lhe que dom Mauricio Céspedes tinha promovido Soledad Rubí a segunda dançarina do espetáculo e vivia enchendo seu camarim de flores, e uma noite, ao voltar de sua apresentação, a dançarina encontrou um colar de pedraria branca pendurado numa das lâmpadas que rodeavam o espelho de seu camarim. Soledad Rubí olhou-o por um tempo com atenção, mas depois de observar aqueles brilhos que nasciam no coração dos cristais e que resplandeciam como gotas de sol, sentou-se em sua cadeira e começou a untar o rosto de creme e a tirar a maquiagem com muita pachorra, até que, hesitante e com um sorriso iludido, dom Mauricio Céspedes entrou no camarim. Através do espelho, Soledad Rubí viu como o sorriso do empresário desmanchava e sua cara se fechava ao ver o colar pendurado num canto do vidro, requentado pelas lâmpadas, desprezado.

— Você não viu o colar, Soledad?

Mas Soledad Rubí não respondia, continuava lambuzando o rosto de creme, e ninguém podia dizer ao certo se aquele brilho em seus olhos, tão intenso quanto o do próprio colar, era fruto do orgulho, da timidez ou do medo.

— É um colar de diamantes. Para você. — O rosto de dom Mauricio expressava profunda tristeza. — Para você, Soledad. Você não viu?

A maquiagem azul das pálpebras já era apenas um borrão turquesa, um pastelado multicor que a dançarina arrastava com um algodão até as têmporas, até a raiz de seus cabelos cor de trigo. Vi, sim, disse num sussurro, com os olhos semicerrados.

— E você não gostou?

Sob a nuvem densa das pálpebras, os olhos da dançarina Soledad Rubí se abriram com a cor e a profundidade das águas que os remansos e mananciais têm durante o temporal, cheios de verdor e do reflexo amarelado dos juncos. E como se sua voz fosse na verdade um vento longínquo, um sussurro de ar agitado, a dançarina disse que não queria colares nem flores nem presentes, só queria dançar, dançar no cabaré. Dom Mauricio Céspedes teve de implorar, dar longas explicações e enxugar a testa com um lenço de seda, e só depois de muita súplica e de o empresário se ajoelhar diante dela foi que Soledad aceitou o colar. E nessa pose, ela em sua poltrona, já quase sem maquiagem, só com o batom esmaecido sobre os lábios, com uma boca que não parecia boca, e ele de joelhos e beijando a ponta de seus dedos, a superfície laqueada de suas unhas, assim os dois foram vistos através da porta entreaberta pela Bella Manolita, aquela cujo verdadeiro nome era Amalia Moreno e que durante anos tinha sido amante de dom Mauricio Céspedes.

Cada dia havia mais breu nos olhos da Bella Manolita. Tudo era tragado por aqueles olhos que agora eram dois poços de tinta preta onde se afogavam espectadores, garçons, músicos, dançarinos, e em cujo fundo teriam ido parar todos os marinheiros de Ulisses e o próprio Ulisses, por mais que seus companheiros o tivessem amarrado no mastro grande. Velas, troncos, navios inteiros eram tragados por aquele abismo pantanoso que a Bella Manolita carregava nos olhos e cujo fundo agora ninguém ousava espiar, olhando-a todos de lado ou apontando a vista para o meio das sobrancelhas ou a ponta do nariz da veterana dançarina. Só dona Adela de Céspedes, em suas raras visitas ao cabaré, fitava seus olhos sem se alterar, enquanto ela, a Bella Manolita, lhe falava da tal Soledad Rubí, aquela dançarina que não era dançarina e com quem era preciso ter muito cuidado porque só queria enredar os homens e aproveitar toda chance para grudar em dom Mauricio e rodeá-lo como uma serpente cheia de veneno. Dona Adela se arrepiava sob suas peles de raposa e chinchila, murmurando, Puxa vida, Amalia, quando você resolve, sabe mesmo ser desagradável, hein?, e, balançando a cabeça, levava a taça de champanhe aos lábios melados de batom.

— Parece até que seu hálito fede quando você fala desse jeito — provocava dona Adela para ver se a outra a deixava saborear o champanhe e a música em paz.

— Eu só falo porque ele é seu marido.

— Muito obrigada, Amalia. Mas você podia ter pensado nisso quando ia para a cama com ele e não me deixava nem o bagaço.

A Bella Manolita remexia-se num refluxo negro, ela que agora vivia indo à pensão Ríos-España, entrando no quarto de Almudena Fernández, falando dos mortos e do passado, e aproveitando a menor oportunidade para entrar no laboratório de Rovira, com o pretexto de ver suas experiências, incitá-lo a voltar para o cabaré, dizendo que ela não conseguia entender o porquê daquele sumiço depois de tantos anos, como todos lá gostavam dele, que ninguém tirava as fotos como ele e que nenhum artista queria ser retratado pelo Porpeta, pois saíam sempre tortos e entre sombras, como se estivessem numa espelunca. Se era por causa de problemas com dom Mauricio, todos no cabaré tinham algum, e todos iam ajudá-lo nessa luta. A Bella Manolita ficava em silêncio , esquadrinhando com seus olhos a impassibilidade de Rovira, baixando a voz para sondá-lo e dizer que aquela menina, Sonsoles, sempre perguntava por ele, acrescentando que se tinha acontecido alguma coisa com a dançarina, haveriam de dar um jeito, e que ela, Amalia, estava disposta a ajudá-lo no que precisasse, mesmo que fosse só por interesse próprio, pois Rovira sabia muito bem como ela gostava de dom Mauricio e tudo o que tinha suportado para que agora uma meninota fedendo a galinheiro viesse arruinar sua vida.

O fotógrafo Rovira ouvia essa cantilena debruçado sobre suas pastas pretas, sem dizer nada, só que não, que nunca mais iria ao cabaré de dom Mauricio e que ia trabalhar com outra coisa, não com fotografia. Isso era o que ele dizia. Mas na verdade Rovira nunca deixou de ir ao cabaré. Muitas tardes, assim que Anselmo, o gerente, abria o local, os sapatos de Rovira apareciam nas escadas, descendo muito devagar, e ao fim delas, com uma palavra ou um simples gesto, o fotógrafo cumprimentava Anselmo e entrava no salão, olhando as luzes apagadas, o palco e as cortinas de veludo vermelho, um musgo sangrento que se elevava até o teto. O fotógrafo Rovira perambulava como uma sombra pelos corredores que levavam aos camarins, acariciando as paredes, cheirando as roupas penduradas nas barras que atravessavam os pequenos quartos de parede a parede, e, finda sua ronda, sentava-se a uma mesa com seu topete de aventureiro um tanto murcho, bebia uma dose de genebra que Anselmo, o gerente, lhe servia e, depois de bebê-la, fitando o palco em sombras e silêncio, com outro gesto ou uma simples palavra despedia-se de Anselmo para ir embora antes que alguém chegasse.

Foi numa dessas visitas furtivas que Rovira viu a foto de Soledad Rubí, num cartaz onde a dançarina aparecia com o nome impresso e a cabeça coroada por um casquete de pedras azuis, como se seu cabelo, curto e brilhante, tivesse cristalizado num mar de ondas congeladas de onde brotavam todas as gamas e tons do azul. O rosto da dançarina, com o fulgor amarelado de seus olhos rodeado por uma maquiagem azul sobre a qual se destacavam flocos cristalinos da mesma cor, parecia saído de uma lenda ou de um sonho, e quando Rovira estendeu os dedos para acariciar a foto, teve a certeza de que sua mão ia mergulhar na água, que aquele rosto flutuava num líquido que o separava do mundo e das leis do tempo. Anselmo, o gerente, contou a meu irmão que uma lágrima, somente uma, brotou do olho direito de Rovira e que, com o rosto iluminado como se realmente estivesse à beira de uma piscina cheia de luz no escuro da noite, perguntou-lhe quem tinha feito aquela fotografia, se dom Mauricio tinha demitido o Porpeta.

Foi o dia em que Rovira e Anselmo, o gerente, trocaram mais palavras desde que o primeiro se encontrara com o policial Machuca e dera início a suas visitas furtivas ao cabaré. Só que Rovira não parecia ouvir nada, fitava a foto da dançarina Rubí, passava seus olhos pelos olhos da foto, pelos lábios e pelo dente branco que se insinuava atrás da doce barreira de batom, pelo pescoço branco e liso com o fino colar de diamantes derramando-se pelas clavículas como uma cascata de água gelada. Bem devagar, olhava a base arredondada dos peitos, recolhidos sob duas conchas de pedras azuis que formavam uma cadeia de espirais e harmoniosos desenhos por entre os quais se adivinhava a maciez da pele, de um tom creme, quase rosado. E assim, enquanto a lágrima se evaporava sobre a face de Rovira e este olhava o cartaz da segunda dançarina do cabaré, Anselmo, o gerente, dizia que dom Mauricio tinha procurado um fotógrafo especial para fazer aquele cartaz, com o qual queria apresentar um espetáculo novo, e que por fim achou um fotógrafo esportivo acostumado a tirar fotos em movimento e que uma noite ficou circulando pelo cabaré, misturando-se ao público e à orquestra para bater as fotos com muita desenvoltura e rapidez, não como o Porpeta, que cada dia demorava mais para apertar o disparador de sua câmera. Em face da insistência de dom Mauricio, que lhe ofereceu trabalho no cabaré com um salário melhor do que ele recebia para tirar fotos de jogadores de futebol, o fotógrafo esportivo, que Anselmo achava que se chamava Ochoa, ou algo assim, respondeu para dom Mauricio que nem sonhando ele ficaria ali, que no futebol não costumava ver homens de olhos pintados nem com aquelas calças tão justas, dando passinhos para a frente e para trás. E além disso estavam as dançarinas, que não se sabia quem eram, com toda aquela maquiagem e os nomes trocados. E olhando para Soledad Rubí, que nesse instante ia passando perto deles, o fotógrafo esportivo disse que não queria viver torturado e que tinha certeza de que arruinaria a própria vida se ficasse trabalhando ali. Foi então que ele bateu essa foto do cartaz, muito rapidamente, justo quando Soledad Rubí passava ao seu lado um sorriso estava a ponto de aflorar em seus lábios, como uma onda no instante de quebrar e espraiar-se na areia, na praia serena que eram os lábios e o rosto de Soledad Rubí. E uma vez batida a foto, Ochoa, ou como quer que se chamasse, ficou com a câmera junto ao rosto, olhando pelo visor, vendo como Soledad Rubí, deslumbrada pelo flash e sem interromper sua marcha rumo aos camarins, agora lhe sorria abertamente. Afastou a máquina do rosto muito devagar e, balançando a cabeça, recusou a bebida que dom Mauricio lhe oferecia, enquanto murmurava que sua espinha dorsal virara um gelo, de medo.

Anselmo, o gerente, contou a Rovira que o tal Ochoa nunca mais voltou ao cabaré, e quando dom Mauricio Céspedes foi até a casa dele para buscar as fotos tiradas naquela noite e lá voltou a insistir e a fazer novas propostas para que o fotógrafo trabalhasse no cabaré, este agarrou dom Mauricio pelo braço e o pôs para fora, batendo a porta na cara dele. E quando o empresário já tinha descido um andar pelas escadas, o fotógrafo tornou a abrir a porta e, pela balaustrada, jogou um envelope com os negativos das fotos e todas as cópias e provas que tinha feito, como se tudo o que tivesse algo a ver com o cabaré e as dançarinas estivesse cheio de micróbios, a mesma coisa que eu comecei a sentir em relação ao campinho dos surdos-mudos e às meninas da Granja Suárez, que só de vê-las já me via andando pelo meio dos escombros no escuro da noite, como se me levassem pelo aterro até uma cadeira elétrica que estivesse ali perdida, toda enferrujada, assim como no ferro-velho de La Pellejera estava a cadeira elétrica de Tatín.

A cadeira elétrica era um carro depenado que ficava no topo de uma montanha de ferros retorcidos, um Renault 8 cor-de-rosa dentro do qual Tatín passava as tardes batendo punheta. Ao pé daquele maciço de bacias amassadas, carcaças de máquinas de lavar e chapas amarelas de ferrugem, ouvia-se a chocalhada da lataria e das ferragens, um tremor metálico que descia rumoroso e vibrante daquele carro que todos chamávamos de cadeira elétrica por causa dos espasmos que sacudiam seus ocupantes. Às vezes viajavam até quatro pessoas na cadeira elétrica, cada um trancado em sua masturbação e em seus pensamentos, cada um absorto na vertigem e no desvanecimento de suas partes.

Na cadeira elétrica, todos viajávamos com Quini. Pouco importava que gostássemos mais de sua prima Esperancita, que tinha o cabelo mais claro, os olhos mais doces e um cheiro mais gostoso, na hora em que o sacolejo começava no carro cor-de-rosa de La Pellejera, todos invocavam a lembrança de Quini, e sua imagem ia sendo forjada na mente de cada um, e às vezes o próprio Tatín, sempre sentado ao volante da cadeira elétrica, como se realmente nos conduzisse naquele carro sabe-se lá por que caminhos da imaginação e da vida, ia indicando o percurso mental que ele mesmo seguia pelo corpo de Quini, e assim, com a voz meio tremida, perguntava, Os peitos, vocês estão vendo os peitinhos que ela tem?, agora estou alisando os peitos e a barriga, para baixo, e chego na calcinha, vou tirar a calcinha dela, já estou tirando e já começam a aparecer os pentelhinhos. E todos, entre sufocamentos, protestos e risadas, tirávamos a calcinha de Quini, e voltávamos a olhar os peitos dela, e a acariciá-los com a ponta dos dedos e da língua, mas do que eu mais gostava em Quini não era das protuberâncias de sua malha, nem de sua boca ou seu jeito de andar, tão lento e com tanto balanço, nem de seu gesto de jogar o cabelo para trás com as mãos, igualzinho ao que a Brigitte Bardot fazia nos filmes, o que mais me atraía e perturbava nela era o abismo de seus olhos, um poço escuro onde se concentravam sua boca, seu rebolado e toda sua pessoa e que eu vi em toda sua profundidade quando, ao sair de um dos inúmeros castigos de dona Carmen, já de noite, virei a esquina da rua Cataluña e, por acaso, topei com ela e com Castillo, bem na hora em que estavam saindo da moita da casa do eletricista. Os olhos de Quini, avivados pelo encontro que acabara de ter, fitaram os meus com uma luz que eu nunca tinha visto em ninguém, um brilho que não era igual àquele que o choro emprestava aos olhos das minhas tias quando elas recordavam a morte do tio Victoriano ou o que o álcool provocava nos olhos de alguns homens de Los 21. Aquele resplendor escuro, no instante em que seus olhos pousaram nos meus, só tinha comparação com o do rescaldo das fogueiras, com o ar quente tremulando em volta. E no fundo daqueles olhos, além de ver os lábios e todo o corpo de Quini, também ouvi o sussurro que vinha das profundezas do charco dos surdos-mudos, e o silvo que a pele das cobras provocava ao deslizarem pela escuridão de suas águas, e o canto dos grilos e o rumor dos escombros e o gemido da lua que Tatín dizia ter ouvido enquanto a Valeria se ajoelhava diante dele para sugar sua vida com aqueles lábios escuros e quentes.

Aos poucos, enquanto íamos tateando a vida com seus sucos e sementes, Tatín foi perdendo as estrelas de suas pernas, que num vôo noturno e mágico iam aninhar-se no peito da Valeria ou de suas amigas. E embora o abandono nunca mais tenha tomado conta de Tatín e ele sempre aparecesse bem penteado e com a roupa limpa e arrumada, a tormenta jamais desapareceria de seu olhar. Ele não voltou a subir no Avia do Cuellicorto, que permaneceu vazio para sempre, estacionado em silêncio diante da minha casa, como um animal velho em cujas entranhas, em meio a uma fumaceira espessa, continuava ruminando o solitário Pepito, rei destronado pelas aventuras de Tatín, símbolos, Pepito e o Avia, de um tempo passado que de repente fora substituído pelo espaço aberto de La Pellejera e seu ferro-velho, aquela selva metálica convertida no refúgio de Tatín, um Tarzã paralítico e de coração arrancado, que a toda hora vagava por ali, caminhando como um robô, masturbando-se ou simplesmente sentado ao volante da cadeira elétrica, com a vista perdida num horizonte de sucata e hortas abandonadas.

Em tudo aquilo eu via o tempo final, ou talvez fosse o primeiro, de uma época. Sentia que tudo estava à beira do rompimento, com o elástico da vida atingindo uma tensão que a duras penas conseguia suportar. Comecei a pensar que talvez o melhor a fazer fosse fugir, também eu trocar de nome, ser outro eu sem deixar de ser eu, como tinham feito meu irmão, o chinês Bonilla, o Trompeta e toda aquela gente que passava as noites no cabaré com o nome trocado e a vida mudada, fugidos de si mesmos como eu queria fugir daqueles maus presságios que vislumbrava na cor das nuvens, no ronco do caminhão Leyland de meu pai ou nas sombras que, alongadas e mais disformes do que nunca, acompanhavam meus amigos pela rua.

Queria escapar de mim e dos acontecimentos que o destino me reservava, embora no fim, como vocês podem ver, tenha feito exatamente o contrário, e longe de empreender a fuga, de apagar minha memória ou vestir um disfarce, o que fiz com esta história foi internar-me em mim mesmo e recuperar um tempo que já me parece remoto. Penso, e meu pensamento é um dedo que percorre o perfil das pessoas e dos objetos do passado. Penso, e ao pensar ouço a risada de minha irmã Mari Carmen, que então se chamava Olga, talvez também desejosa de uma deserção parcial, de uma fuga daquele tempo que só à distância mostrou a amenidade de sua natureza. Pelo labirinto das letras e da memória, continuo indo a Los 21, sempre acompanhando meu pai, sempre ouvindo-o contar as aventuras de meu irmão em Barcelona enquanto Doblas, seu ajudante, assentia severo, e em meio ao cheiro de fritura o Toto perguntava se não tinha havido mais nenhuma morte no cabaré, e o comandante Villegas se preparava para narrar como conhecera na guerra um soldado que foi fuzilado três vezes, sempre em agosto, duas vezes num bando e a terceira no outro, e nunca morreu, nem depois de receber o tiro de misericórdia e ser meio enterrado numa vala de onde saiu vinte horas mais tarde, com a boca cheia de terra, um enjôo muito grande e a cabeça lambrecada de sangue seco, preocupado com os novos buracos que tinha no peito e com a esfoladura e o chamusco que o tiro de misericórdia tinha deixado em sua têmpora direita, embora já estivesse acostumado com o trâmite da ressurreição. Aquele homem já estava um tanto cansado de toda a cerimônia do fuzilamento, que para ele era de uma monotonia sem tamanho, por mais que cada oficial e cada pelotão se esforçasse por introduzir alguma novidade nos prolegômenos da descarga de artilharia, adornando-a com insultos, pedradas ou olhares de pânico, como o de um dos recrutas do último pelotão, que molhou as calças e tremia de tal jeito que o plurifuzilado esteve a ponto de animá-lo, dizendo que também não era o caso de fazer tanto drama.

As histórias do comandante Villegas eram cada vez mais longas e enfeitadas com mais verborréia e mais detalhes. E isso porque meu pai falava cada vez menos e lhe deixava mais brechas, contagiado pelas cartas de meu irmão, que agora chegavam chochas e sem substância, como se, com o sacolejo do trem noturno, as letras tivessem caído do papel, tanto que, às vezes, meu pai, vendo as cartas e os postais de Carlos del Río, meu irmão, com tantos espaços em branco onde antes se apinhava sua letra rebuscada, olhava no fundo do envelope para ver, imagino, se as letras e as palavras que faltavam não estavam ali dentro.

Esse Carlitos anda muito miserável, dizia meu pai, desiludido, falando para si mesmo enquanto corria os olhos por alguma das fotos que meu irmão mandava na época e que não iam mais para a cristaleira, porque eram as fotos do Porpeta e minha mãe só via defeitos nelas, que a boca do meu irmão estava esquisita, o nariz comprido demais ou que ele tinha saído de olhos fechados, se bem que, por outro lado, parecia que aquelas esquálidas reportagens tinham vindo confirmar sua teoria de que tudo nas dançarinas era efeito da maquiagem e das luzes, e quando alguém as fotografava desprevenidas e sem tanta preparação, elas saíam como eram na verdade: dentuças, cambaias ou meio vesgas. E embora em Los 21 essas fotos ainda circulassem de mão em mão e cada um dedicasse mais tempo do que o necessário ao estudo das sombras que envolviam as dançarinas, todos os amigos de meu pai e a freguesia em geral não paravam de lamentar a demissão do fotógrafo Rovira nem de maldizer aquele tal de Porpeta que tinha acabado com o colírio para os olhos que eram aquelas mulheres, que tão bem combinavam com as histórias que meu pai contava e eles com tanto gosto ouviam.

Mas também no cabaré os tempos estavam mudando. Foi por essa época que meu irmão conheceu Alida Valli, que era um monstro da tela e uma noite apareceu na sala de espetáculos de dom Mauricio Céspedes e, ao ver meu irmão sobre o palco, parou de falar e ficou olhando para ele muito séria, esquecendo-se das palavras que tinha na boca e até de respirar. E só quando meu irmão acabou de cantar e deixou o palco sob uma salva de palmas, Alida Valli recuperou o fôlego e, inclinando-se levemente sobre o dono do cabaré, perguntou-lhe, Quem é ele? A senhora gostou do jeito de ele cantar?, Ah, ele estava cantando?, devolveu La Valli, como era chamada pelos entendidos, La Valli, ao mesmo tempo que se levantava e perguntava como chegar aos camarins.

Passados os primeiros dias de euforia, nos quais meu irmão vivia cantando pelos corredores da pensão, apesar do meio-luto que reinava ali, contando para dona Angelines como Alida Valli tinha aparecido na porta do camarim e olhado para ele através do espelho, encostada no batente como só os monstros da tela sabem se encostar, e como a toda hora ela lhe dizia, Ragazzo, e, Il mio piccolo Carlo, e, Bambino, enquanto bebia champanhe ou tirava os sapatos em qualquer lugar, chutando-os para o alto para andar descalça por toda parte, pois, segundo La Valli, o que ela mais adorava no mundo, depois de seu Piccolo Carlo, era andar com os pés descalços. Pois então, como eu ia dizendo, passados esses primeiros dias em que meu irmão Carlo festejava seu relacionamento com La Valli à base de cânticos, ele começou a ser invadido por uma maré melancólica cuja primeira onda irrompeu de repente, quando os dois estavam bebendo champanhe à luz de velas e meu irmão viu La Valli mexer entre os dentes com a ponta do dedo, um gesto mínimo, visto muito de relance, mas que ao meu irmão lembrou o jeito de minha tia Manolica cutucar a dentadura, e foi como se o monstro Valli de uma hora para outra tivesse deixado de ser um monstro.

Essa semente maligna se enraizou no cérebro de meu irmão, e com o passar dos dias La Valli, a monstruosidade de La Valli, foi decaindo e a atriz começou a se transformar numa mulher que ria demais, sempre com os pés sujos de tanto andar descalça, o tempo todo com aquele bendito bordão de Ragazzo, Carlo mio e Bambino, tanto que meu irmão teve vontade de lhe dizer que seu nome era Ramón e que não era nenhum ragazzo. E se ele a beijava na boca era mais para que La Valli ficasse um instante sem dar risada nem lhe dizer bambino e aquelas coisas que vivia dizendo. Meu irmão até perdeu a vontade de ir ao cinema, e quando estava no palco olhava aflito para o público, pensando que qualquer dia o acaso e as rodagens dos filmes poderiam levar Ginger Rogers ou Hedy Lamarr ao cabaré e então, como se não bastasse a passagem do tempo e a deterioração física, descobrisse que elas também não eram monstros e, além de terem seus cacoetes e de encharcarem tudo com champanhe, também tinham as manias da tia Manolica ou da mãe do Fortes, que contava todos os passos que dava a cada dia para depois somá-los com todos os que tinha dado na vida desde que começara a contá-los, sessenta anos atrás, sempre mexendo os lábios em silêncio com a cisma de seus pés.

Ao vê-lo desalentado e sem o consolo de seu amigo Rovira, o Trompeta tentou animá-lo dizendo que ele devia levar em conta que La Valli era um monstro, mas um monstro italiano, que era quase como não ser monstro, exceto La Loren, que essa era igual aos monstros americanos de Hollywood, que é de onde vinham os verdadeiros monstros da tela. O resto é imitação, Carlos, não se iluda. Mas meu irmão já estava desiludido, e embora tenha sentido muito alívio e até uma ponta de ternura quando La Valli terminou as rodagens na Costa Brava e, já no aeroporto, pela última vez a ouviu dizer, Ciao, Carlo mio, bambino, aquela melancolia ficou dentro dele, levantando uma estranha fervura em sua alma, que ia se tornando mais compacta e espessa, como os ovos que dona Angelines preparava, relógio em punho, para o garçom Álvarez. Mais um infeliz, suspirava a dona da pensão Ríos-España abanando a cabeça com os olhos fixos na água borbulhante, Isto já está parecendo um orfanato, mais do que uma pensão, Carlos, e meu irmão concordava em silêncio, já sem vontade de cantar e escrevendo aquelas cartas com tão poucas letras onde não contava nada sobre o que estava se passando em sua cabeça e seu coração. Só comentava a troca de guarda-roupa que dom Mauricio tinha providenciado, que o cabaré andava mais animado do que nunca e que ele estava sendo muito aplaudido. E nunca contou por escrito que um dia depois de ter perdido a fala diante do cartaz de Soledad Rubí, com a cicatriz de uma única lágrima evaporando no rosto enquanto Anselmo, o gerente, falava do fotógrafo esportivo Ochoa, Rovira voltou ao cabaré com sua câmera para tirar aquela que na verdade seria sua última foto, e que não foi mais do que a fotografia de uma fotografia.

Só muitos anos mais tarde meu irmão me contou que o fotógrafo Rovira, depois de preparar sua máquina e carregá-la com um filme que não chegava a ter um palmo de comprimento, saiu da pensão com seu topete e seu ar aventureiro ressuscitados. O chinês Bonilla o viu ao cruzar com ele no corredor, o Trompeta o viu quando passou diante da porta entreaberta de seu quarto, Almudena Fernández viu seu vulto passar através do vidro esmerilhado do banheiro, e quem o viu sair foi meu irmão, que estava no bar em frente junto com Carmona, seu empresário, que também o viu. Mas ninguém soube aonde ele ia, nem mesmo dona Angelines Cortés Esplá, sua mulher, que sempre adivinhava quase tudo e que, da sacada do salão, também viu o fotógrafo Rovira seguindo pela rua com a câmera a tiracolo, mas com o passo arrastado e sem o ímpeto com que, tempos atrás, quando os gerânios da sacada estavam floridos, abria caminho por entre o burburinho de gente e vendedores de bugigangas que então, como agora, burburinhava nas calçadas.

Desceu as escadas com passos rápidos e silenciosos, quando Anselmo, o gerente, ainda não tinha trocado de roupa nem acabado de acender as luzes. Não houve acenos nem palavras entre o fotógrafo e o gerente, só o entrecruzamento de um olhar, triste o de Anselmo, impassível o de Félix Rovira, que atravessou o cabaré com a segurança e a determinação das quais dona Angelines dera por falta momentos antes. Despregou com muito cuidado o cartaz de Soledad Rubí da coluna onde estava e o colocou numa estante no meio da penumbra do palco. Recuou alguns passos e, já nos bastidores, entre o cordame disperso pelo chão, acendeu todas as luzes. Sob a pele de Soledad Rubí adivinhava-se o fluxo do sangue e o calor de sua pulsação, como se a fotografia respirasse e seu hálito perfumasse o ar.

Com os passos e o ímpeto amortecidos, Rovira se postou diante do retrato, e diante dele se ajoelhou. Como se fosse persignar-se, o fotógrafo levou a mão ao rosto, só que nela, na mão, estava a câmera fotográfica. Olhou pelo visor prendendo a respiração e ali, no meio do palco, depois de um ajuste muito preciso das rodas e do diafragma, Félix Rovira bateu a última fotografia de sua vida. E como se tivesse acabado de receber o sacramento da comunhão em sua língua e em sua alma, levantou-se, já todo lentidão e recolhimento, e foi apagar as luzes do palco. Sem querer olhar a foto de Soledad Rubí, apanhou o cartaz da dançarina por trás e tornou a pregá-lo na coluna onde o encontrara ao chegar. Do bar, Anselmo, o gerente, viu-o subir as escadas, levando no interior da câmera, no mais escuro de seu coração, aquela imagem de Soledad Rubí, não mais do que uma mancha de luz tatuada num pedaço de celulóide, que significaria o fim de uma época no cabaré e na vida de tanta gente que ali chegara fugindo de si mesma, da selva, das feras e dos barulhos que todos levavam em seu íntimo.

Rovira viveu trancado em seu quarto com aquele pedaço de celulóide e seus líquidos reveladores e fixadores, com suas emulsões de prata, sua luz vermelha e suas pastas pretas de monstros e segredos. Já nem sequer saía à noite com Poveda, o amolador que nunca amolava nada e cuja subsistência era um milagre que ninguém conseguia explicar, sempre desocupado, o amolador, vagando nas horas noturnas com sua bicicleta aparelhada de ferramentas inúteis e uma pedra de amolar que ele jamais usava. Nos últimos tempos, Rovira tinha percorrido ao lado dele as ruas mais distantes e os jardins da alta Barcelona para olhar as estrelas e a cidade iluminada, o breu resplandecente do mar e o serpentear cintilante de avenidas e ruas, mas desde essa tarde em que Rovira bateu aquela que seria sua última foto, o marido de dona Angelines mal saía de seu laboratório. Cheirava a formol, ou fosse lá o que fosse, de seus líquidos, e sua pele ia ficando amarela, como se ele inteiro fosse uma fotografia antiga cuja cor o tempo mata e converte em sépia.

Mas, apesar dos pesares, um sorriso sempre aflorava em sua boca e ondulava seu bigode quando, no corredor, topava com meu irmão ou este conseguia entrar no laboratório. Mas Rovira não lhe mostrava mais suas fotomontagens nem os monstros que guardava nas pastas pretas, e se ouvia as notícias que meu irmão lhe trazia do cabaré, sempre o fazia fitando o chão com a testa enrugada sem querer escutar o que seu amigo lhe dizia. No máximo, mostrava algum interesse por La Valli, E La Valli, Carlos, ela tem escrito para você?, embora estivesse cansado de saber que fazia mais de um mês que La Valli não lhe escrevia e que meu irmão não queria mesmo que ela lhe escrevesse. E Rovira olhava para meu irmão como os mortos olhariam os vivos que choram por eles, se seus olhos funcionassem e pudessem enxergar. Aqui estou bem, Carlos, aqui é onde posso estar melhor, sou um fantasma que vaga pelo mundo e pelo tempo, e também pelos sonhos, só que eu tenho corpo, e este meu corpo tem que estar em algum lugar, mas assim que fecho a porta tudo desaparece e esqueço meu corpo e minha vida para estar só onde quero estar, andando dentro das fotografias, que é como andar dentro de outra vida, dentro de um filme, é como todos gostaríamos de viver, não é, Carlos?, como vivem as pessoas nos filmes, já sem sonhos, angústias ou medos além dos que aparecem na tela, sem esses vermes que nos roem por dentro como se já estivéssemos mortos e de que nunca ninguém fala. E meu irmão saía sem responder, com a alma impregnada da melancolia das lembranças e do cheiro dos líquidos.

No último dia em que a Bella Manolita apareceu na pensão Ríos-España em busca de consolo ou sabe-se lá o quê, meu irmão não tinha falado com seu amigo Rovira e reinava o sossego na pensão. Almudena Fernández começando a se maquiar com calma, os olhos postos no espelho e uma canção perdida nos lábios; dona Angelines lidando na cozinha; o amolador Poveda dormindo e o garçom Álvarez jogando baralho com o chinês Bonilla, enquanto meu irmão e o Trompeta conversavam sobre música e o cabaré. A Bella Manolita, que, dia sim, dia não, faltava ao cabaré só para atrapalhar o espetáculo de dom Mauricio, primeiro passou pelo quarto de Almudena Fernández e se deitou na cama que durante tantos anos pertencera à defunta Lilí, olhando em silêncio como a outra cobria a cara de pó com um pincel grosso e macio, e só de quando em quando fazia algum comentário sobre dom Mauricio, sobre o calor que fazia nesse quarto, sobre um creme que tirava a maquiagem e deixava a pele como a de uma menina, Como quando éramos meninas, você se lembra de ter sido menina, Almudena?, eu acho que sempre fui como agora, ou sei lá, às vezes sinto que tenho dezoito anos e não me reconheço quando me olho no espelho. Mas Almudena Fernández continuava seu trabalho sem responder, delineando os olhos de preto e preparando-os para receber o último toque de maquiagem no cabaré, e só fazia um barulho com a boca, um barulho, Hum, que tanto podia significar sim como não, embora na verdade quisesse dizer que não estava nem um pouco interessada nas filosofias da Bella Manolita ou de quem quer que fosse.

E a Bella Manolita deixou Almudena Fernández ali retocando o cabelo e a maquiagem, e com seus olhos retintos passou diante da porta do Trompeta e cumprimentou meu irmão, mexendo os dedos de uma das mãos como se arranhasse uma harpa, só que quase sem erguer a mão e sem parar, assim como não parou no salão e nem sequer olhou para o chinês Bonilla nem para o garçom Álvarez, e mal interrompeu seus passos junto à entrada da cozinha, só para dizer o nome da dona da pensão, Lina — a Bella Manolita era a única pessoa que continuava chamando dona Angelines por seu nome artístico —, Lina, o cabaré e a vida já não são o que eram. Dona Angelines respondeu com um sorriso e continuou amassando um grude de farinha, tingido de preto pelo olhar da Bella Manolita, que deixou a porta da cozinha e avançou pelo corredor, apertando o passo, levada por um impulso desconhecido até o laboratório de Rovira, que estava com a porta aberta e iluminado de luzes vermelhas.

Não havia ninguém no quarto, mas, já dentro dele, a Bella Manolita ouviu o sussurro de vozes distantes, roçar de roupas e eco de passos, fluxo de respirações e de risadas sufocadas, ruídos de antigos habitantes da pensão que no escuro se amontoavam e adquiriam vida, ou talvez fosse o burburinho da rua e do mundo infiltrando-se através das paredes ou de alguma fresta. Às apalpadelas, acostumando-se à penumbra vermelha e com o pulso acelerado, a Bella Manolita circulou pelo quarto, esquivando os barbantes com fotos penduradas que iam de uma parede à outra, a cabeça do garçom Álvarez coroando o corpo de um peixe, uma dançarina minúscula e várias moscas saindo da boca de dom Mauricio Céspedes, o solista Arturo Reyes sobre um palco coberto de lixo, com patas de inseto no lugar das pernas e tendo um cérebro como microfone. Boiando nos líquidos das bacias, a Bella Manolita viu um oceano de automóveis subindo pelo ventre nu de Lilí, um olho despontando como um sol numa paisagem de cactos e escorpiões, estradas que mergulhavam e afloravam na superfície de um mar demasiado escuro, quase negro. E ali, ao lado dos recipientes com os líquidos, insinuando-se numa pasta preta entreaberta, ela viu a fotografia.

Ali estava Soledad Rubí, nua e com seu casquete de pedraria, a cabeça cheia de espelhos minúsculos e os lábios entreabertos no princípio de um sorriso. Veloz, com os dedos trêmulos, a Bella Manolita pôs a foto sob a lâmpada e, abocanhado pela luz vermelha, pôde ver com nitidez o corpo nu da dançarina, a pele brilhante, a suavidade dos tons brancos e cinza transformada num rosa em meio ao qual se destacava a imagem de Soledad Rubí, sentada num tamborete no centro do palco do cabaré, com as pernas abertas e uma lágrima de carne aflorando da escuridão do púbis. Sacudida pelos tremores e calafrios que corriam por seu pulso e seus dedos, a Bella Manolita ergueu os olhos e, rodeada de vozes e gargalhadas antigas, de respirações e hálitos mortiços, atravessou o laboratório, caminhando por entre os monstros de Rovira com o papel nas mãos. Enfiou rapidamente a foto em sua bolsa e foi direto para a porta do quarto, saiu à luz do corredor e junto com ela, revoando a seu redor como morcegos ao entardecer, saíram os ofegos do laboratório, que foram misturar-se com o sopro do Trompeta no bocal de seu instrumento, com o atrito das cartas do chinês Bonilla sobre a mesa do salão, com o ansioso redobre dos próprios passos da Bella Manolita e com o jato de uma descarga e a movimentação de Rovira no banheiro.

Foi assim que Amalia Moreno, aquela que no cabaré e em Barcelona todos conheciam pelo apelido de Bella Manolita, desceu as escadas da pensão Ríos-España com a respiração entrecortada e o pulso descompassado. Já no fim do último lance, apertando a bolsa contra o corpo, começou a chorar lágrimas negras, seus olhos derretendo ao lembrar-se de seu próprio choro nas noites e nos meses anteriores, enquanto implorava a dom Mauricio que esquecesse aquela menina, humilhada, a Bella Manolita, descobrindo em seu abandono que na verdade ela amava aquele homem que passava a vida bufando, enxugando a testa suarenta. A dançarina Amalia Moreno chorava nanquim Pelikan pelas ruas de Barcelona, com o passo decidido e a memória voltada para os olhos de dom Mauricio Céspedes semanas atrás, quando ela, depois da cólera e das súplicas, consentira em sua aventura com a pobre camponesa e permitira esse capricho de dom Mauricio, contanto que não a abandonasse agora que a juventude também já se despedia de seu corpo. Naquele entardecer em que eu pela primeira vez senti a presença da morte, a Bella Manolita chorava, o negror de seus olhos derretia-se rumo ao Paralelo.

Não sei se vocês sabem quantas coisas podem acontecer ao mesmo tempo. Eu acho que são muitas, e a Bella Manolita devia achar o mesmo, porque depois daquele dia e da madrugada seguinte, com os olhos vazios de escuridão, como uma gruta iluminada, como um tinteiro sem tinta, ela disse a meu irmão que aquela noite todos os pensamentos que tivera na vida revoaram em uníssono dentro de sua cabeça. Talvez tudo aconteça ao mesmo tempo, talvez o mundo seja um instante que vamos debulhando precariamente em lâminas e seções de tempo na tentativa de entendê-lo. Só que no fim continuamos sem entender nada, carregando nossa ignorância. Um homem triste vai caminhando pela calçada, respira, e, ao mesmo tempo que ele respira, respira o mundo inteiro, todos os pulmões do mundo aspirando ar, inflando-se a esponja sanguinolenta e rosada dos pulmões, doze bilhões de pulmões trabalhando no mesmo compasso, e as células embriagadas de oxigênio correndo enlouquecidas pelo labirinto de veias, todos os relógios do mundo pulsando no mesmo segundo e cada um marcando um tempo diferente para cada um dos olhos que vêem os relógios, para cada um dos ouvidos que os ouvem.

O mesmo barulho de Tatín e das dançarinas tombadas entrelaçados, atravessando as veias do tempo assim como as células cheias de oxigênio correm pelo universo interminável de um organismo humano. Todos dançando no mesmo compasso, a Bella Manolita chorando trancada no escritório de dom Mauricio Céspedes e Tatín enfiado em sua cadeira elétrica enquanto Quini subia a rua Diego de Vergara. Luisito Sanjuán cochilando na poltrona de sua casa ao mesmo tempo que o coração de Conchi Canca se encolhia e expandia, bombeando sangue e pensamentos sob a abóbada escura de seu peito. Avelino Padilla chegando à beira do abismo de um rochedo, seus lacrimais secretando líquido ao mesmo tempo que a química de seu cérebro produzia sentimentos e lembranças e o papelão do último pacote que sua mãe lhe mandara pelo correio se desmanchava entre desperdícios num aterro distante e o nome de Avelino Padilla ia se apagando aos poucos do embrulho. O papel macerado continua a se desmanchar e a mãe de Avelino Padilla continua mandando o pacote para seu filho, e ele continua a recebê-lo e também continua ali, à beira do rochedo, recordando a mãe morta. Tudo o que acontece uma vez está acontecendo sempre, tudo o que vai acontecer está acontecendo e já aconteceu. O mundo não tem pulso nem ritmo.

A tarde em que Tatín se estremecia dentro do carro abandonado e a Bella Manolita chorava a mil quilômetros dali era uma flor com as pétalas abertas, uma rosa branca onde a espiral do tempo se desmascarou. O ar se estremecia entre os arbustos do eletricista na rua Cataluña enquanto no bar Los 21 o comandante Villegas bebia cerveja e o Doblas e meu pai viajavam em seu caminhão Leyland por uma estrada que não ia a lugar algum, uma estrada que levava a si mesma, ladeada de árvores e da seiva das árvores espalhando-se pela nervura de suas folhas, e ao longe estavam os trens que cruzavam o horizonte uivando, os trens onde viajavam meu irmão Ramón e meu irmão Carlos del Río, as cartas que eles mandavam de Barcelona e o cheiro dos líquidos de Rovira impregnado nas fotografias e no papel das cartas, e dona Angelines continuava na cozinha da pensão Ríos-España, com o olhar perdido na fervura de um ensopado, dom Mauricio Céspedes caminhando pela rua Muntaner e pela rua das Camelias na companhia de sua mulher, uma lâmina cor-de-rosa acariciando o céu da tarde sobre a montanha de metais retorcidos no ferro-velho de La Pellejera e uma mulher que era minha mãe caminhando pelo verdor da horta, pela trilha de terra preta, a cicatriz de lã na malha do Mocos, seu rosto escurecido e o cheiro de fumaça da pobreza entranhado em seus ossos, nos ossos de meu amigo, o chinês Bonilla guardando seu disfarce de mágico na maleta e o Trompeta saindo do bar que ficava em frente da pensão Ríos-España e que eu nunca soube, nem sei como se chamava, como se chama, o corpo de Cosme Cosme sendo roído pelos vermes em sua cova de tijolos e concreto, chiando como um pano velho ao ser rasgado, e as feras do circo rondando dentro de suas jaulas, voltando a andar o que já tinham andado para não ir a lugar nenhum, Pinito del Oro girando no balanço da minha cabeça, as fotos da cristaleira estremecidas por um terremoto que ninguém sente, Manolito Tejada descendo a rua Eugenio Gross, esbaforido sobre sua bicicleta enquanto o policial Machuca saía da delegacia e Alberto Tesán escrevia e continua escrevendo um poema intitulado "Dezembro" na solidão do Bilhar Tesán, e para mim o mundo cheirava a terra molhada e seus sabores se embolavam em minha boca e alguém me dizia palavras ao ouvido e eu sabia que era a morte e corria atrás de uma bola de couro gasto e via carros fúnebres atravessando os olhos da Valeria, Anselmo, o gerente, acendia as luzes do cabaré e apeava as cadeiras das mesas, o garçom Álvarez ajoelhado no banheiro com a mão cheia de baba branca e o membro nu chorava em silêncio diante da fotografia de Gregory Peck enquanto Lolita Berruezo entrava no camarim e fitava seus olhos no espelho e, insinuando-se sob a camisa, o elástico preto de seu sutiã era a pele morta de uma serpente, uma chicotada que se enroscava na redondez de seu peitos, cinco passos à frente Barea avançava com a bola empoeirada sob o braço, e atrás dele caminhávamos por La Pellejera o Mocos, o Guille e eu, Tatín já estava no topo da montanha de ferro-velho, arranhando os vidros da cadeira elétrica e tornando a ver, como tinha visto de manhã, Quini evitando seu olhar, atravessando a rua Mármoles com a primavera na boca e a malícia nos olhos para não passar perto dele, que ficou lambendo o ar, o cheiro da pele e dos braços nus que a Quini deixava ao passar, o céu cor-de-rosa e os veios amarelos de ferrugem refletidos nas pupilas de Tatín, andávamos em silêncio, e Manolito Tejada com o negror da penugem sobre o lábio bufava em sua bicicleta com bandeirolas e campainha, bicicleta de veado, Lolita Berruezo untava as pálpebras de maquiagem azul e limalha de cristal, os vigias do ferro-velho bebiam vinho verde na barraquinha de madeira de Pepa, a cigana, enquanto o fotógrafo Rovira fabricava um novo monstro com a cara de Fátima Combados e um corpo todo coberto de chagas e tatuagens sagradas, o Pitraco escrevia letras de chumbo em sua máquina da Academia Almi e Luisito Sanjuán cochilava livre de selvas e pântanos onde se afogar enquanto eu sentia que as raízes de minha alma tropeçavam umas com as outras procurando espaço no meu aperto interior, os lábios de Quini uniam-se com os de Castillo sob a palidez do céu, e Tatín, no alto das latarias, nos via chegar pela trilha de La Pellejera, atrás do reflexo dos vidros do carro abandonado adivinhava-se o contorno de seus ombros e sua cabeça, Manolito Tejada tocava a campainha de sua bicicleta, Veadinho, murmurava o Mocos e sorria para mim, e os primeiros fregueses começavam a chegar ao cabaré, Manolito, você não quer bater uma punheta?, perguntava o Guille, o Tatín empresta a cadeira elétrica para você, disse minha voz, Veadinho, tornou a sorrir o Mocos enquanto Manolito Tejada chegava com sua bicicleta ao pé da montanha de ferro-velho e os camarins começavam a se animar com as vozes das dançarinas, Lolita Berruezo tirava a roupa e com uma leve mordida segurava seu sutiã de pedraria entre os lábios de batom carmim, Se quiser a gente bate uma punheta em você, Manolito, disse Barea sem erguer a voz nem alterar a seriedade de sua expressão, Me deixem, Manolito Tejada descia da bicicleta, apertava seus lábios grossos e cheios de sangue, É um veado, ria o Mocos, a gente vai comer você, Manolito, tornou a falar Barea, imperturbável, Pelo cu, o policial Machuca descia lentamente as escadas do cabaré e se debruçava no balcão, Seus nojentos, protestava Manolito Tejada enquanto o Guille repetia, Pelo cu, Manolito, e Barea se agachava para apanhar uma pedra e eu tornava a olhar para o Renault 8, para o vulto de Tatín atrás do vidro sujo das janelas, Barea jogou a pedra soltando um bufo seco, a bola caiu de sua outra mão e a pedra bateu como uma bala contra uma chapa enferrujada, a um palmo da cabeça de Manolito Tejada, o Guille se abaixava em busca de outra pedra, o Mocos ria, já sem vontade, e Quini apertava seu corpo contra o de Castillo e com a boca na boca dele murmurava umas palavras incompreensíveis, Lolita Berruezo ajustava a minúscula calcinha, escondia o negror de seu púbis sob as lantejoulas e os brilhos azuis, Rovira via flutuar no líquido vermelho de seu laboratório um olho transformado em relógio e com os ponteiros girando em volta da pupila, flutuando, o olho, na planície de um deserto, flutuando todos nós na nuvem do tempo, a pedra do Guille atingia Manolito Tejada na cintura, o rosto de Manolito se contraía e Barea jogava outra pedra que arrancava faíscas de uma viga de ferro, Manolito mancava, e o Mocos, já sem rir, pegava uma pedra do chão, e eu via seus dedos, o esqueleto de seus dedos, a cicatriz cerzida de sua malha, sua mãe caminhando pelas ruas sem calçada nem luz de La Trinidad, Manolito Tejada escondido atrás de umas chapas onde repenicavam as pedras enquanto nos aproximávamos, a gente vai comer você, Manolito, eu atirando minha primeira pedra, jogando-a com força por cima das latarias ao mesmo tempo que o policial Machuca virava mais uma dose de genebra e meu irmão Carlos del Río entrava no cabaré junto com Almudena Fernández, Manolito Tejada gritava, corria por um labirinto de carcaças de máquinas e uma das pedras de Barea batia no meio de suas costas fazendo um barulho surdo,

Tejada gritava e começava a chorar enquanto Barea voltava a atirar, agora um parafuso que ficou cravado numa chapa, bem ao lado da cabeça de Manolito Tejada, e Soledad Rubí acabava de prender o cabelo na frente do espelho rodeado de lâmpadas e o crepúsculo e a noite apareciam no trigal de seus olhos, o garçom Álvarez fitava os olhos de Machuca e Machuca tornava a beber, um cachorro latia nos confins do ferro-ve-lho, depois um silêncio, o pulso interrompido, um piscar do tempo, o Trompeta puxava a música da noite e Manolito Tejada escalava a montanha de metal enquanto Barea pisoteava o farol de sua bicicleta e o Mocos, com sua risada renascida, arrancava as bandeirolas e as franjas do guidão, Veadinho, a cadeira elétrica brilhava com seu cor-de-rosa triste sob a última luz da tarde, as mãos de Manolito Tejada se manchavam do amarelo sujo da ferrugem, escalava encurvado e ao virar a cabeça para nos olhar uma pedra do Guille machucava sua boca, Soledad Rubí, a dançarina com olhos de entardecer, ajustava seu casquete de pedraria azul, e no trigal de suas íris o azul do mar rompia numa onda leve, a espuma faiscava e o sangue brotava dos lábios e da boca de Manolito Tejada, olhavam entrecerrados os olhos injetados do policial Machuca, crispava a boca num sorriso, e dona Angelines Cortés Esplá caminhava pelo corredor deserto da pensão, a água remexida nas bacias de seu marido, Barea jogava mais pedras e porcas, o pus e o sangue fluíam pelo rosto de Castillo enquanto Quini chupava seu pescoço nas sombras da moita, o policial Machuca atravessava o cabaré, desaparecia na entrada dos camarins, provocando o protesto das dançarinas nuas, Manolito Tejada tropeçava, com seu peso deslocava chapas e latarias que rolavam com estrépito montanha abaixo, um corte de lua flutuava no incolor do céu e a cadeira elétrica era uma bandeira cor-de-rosa tremulando ao vento, uma bandeira com Tatín em seu interior, Machuca olhava Lolita Berruezo pelo espelho e beijava sua nuca com bafo de álcool, passava os dedos pelo cristal gelado de seus peitos, o vulto de Manolito Tejada reaparecia, de pé num patamar, Barea jogava porcas como balas, o Mocos começava a escalar e o Guille gritava fanhoseando a voz, Manolito, o que aconteceu com sua bicicleta?, ao mesmo tempo que pulava sobre os raios da roda traseira e meu irmão vestia um paletó de cetim azul e a fumaça ia nascendo no cabaré, Manolito Tejada tornava a desaparecer e a reaparecer na ladeira de ferro-velho, e eu atirava parafusos e as veias de Conchi Canca, os desenhos de algas mortas, afloravam em minha memória, junto com a risada e os lábios da Valeria no campinho dos surdos-mudos, a água brilhando nos lábios de Tatín, o barulho de suas pernas e a voz de meu pai falando do barulho que as dançarinas faziam ao cair mortas no palco do cabaré de Barcelona onde então a Bella Manolita fitava o chão, já sem chorar, enquanto do outro lado da parede o policial Machuca desabotoava a calça e tirava seu membro e o arranhava nas lantejoulas da calcinha de Lolita Berruezo, que virava a cabeça e entrecerrava os olhos sem olhar, Soledad Rubí delineava os lábios, o antigo solista Arturo Reyes subia no palco para preparar os microfones e dom Mauricio Céspedes chegava à porta do cabaré, Veadinho, gritava o Mocos e do meio daquela ladeira de máquinas depenadas olhava para todos nós, com seu sorriso, com seu cabelo emaranhado de menino solitário, Pega, gritava Barea, Pega, uma das minhas pedras acertava o tornozelo de Tejada, que encolhia a perna e continuava escalando, Tatín punha a cabeça para fora do carro, eu o olhava, e contra o céu descolorido, sob a última luz do dia, sua figura se recortou no alto da montanha de metal do ferro-velho de La Pellejera.

Não sei se o tempo é uma flor que se enreda em si mesma, uma coroa de pétalas brancas em espiral, uma rosa que não existe e na qual nossa loucura se perde, também não sei se ao longo de todos os instantes da eternidade o vulto de Tatín continua saindo daquele carro encalhado no ferro-velho de La Pellejera, pouco importando que o ferro-velho já não exista e sobre seu terreno tenham surgido casas e prédios onde moram pessoas que na época também não existiam ou que existiam de outro modo. Não sei se meu pai continua vagando por uma estrada que não tem fim e não leva a lugar algum além de si mesma, acompanhado de seu ajudante Doblas e ouvindo à distância o estrépito de um trem que apesar de sua velocidade está sempre no mesmo lugar, devorando o mesmo quilômetro num entardecer de macieiras em flor, mas o que eu sei é que desde o exato momento em que Tatín saiu do carro abandonado já me vi narrando o que estava acontecendo nesse instante, e no ar, ao meu lado, ouvi a mim mesmo contando o que agora estou contando para vocês, como se os anos tivessem passado e já não existisse nada do que havia ao meu redor. Foi assim que entendi e enxerguei as coisas naquele momento, quando Manolito Tejada já estava fora do alcance da nossa munição de porcas, pedras e parafusos, e as sombras da primeira noite nos impediam de ver o rosto e a expressão de Tatín nas alturas daquela montanha de ferrugem e brilho de prata pobre. Uma pétala de flor nos lábios de uma mulher flutuava no líquido revelador do fotógrafo Félix Rovira, e na pétala havia letras escritas com fragmentos de noite, havia palavras, Ontem, Deus, Sangue, e pontos de interrogação e letras perdidas que afloravam sob os olhos e a luz vermelha de Rovira, mostrando-se entre as nervuras sutis da pétala e as pregas escuras dos lábios que a seguravam e iam enegrecendo sob as ondas serenas da bacia. Enredados na flor, o policial Machuca e a dançarina Lolita Berruezo se arrastavam pelas paredes do corredor, e com as bocas unidas caminhavam entre tropeços e mordidas em direção ao vestiário, no palco a música ganhava corpo e os últimos membros retardatários se incorporavam à orquestra, dom Mauricio Céspedes atravessava o salão rumo a seu escritório, um freguês o retinha com um sorriso e um aperto de mão, dom Mauricio suava levemente, e talvez ao mesmo tempo, na mesma lâmina de tempo, na mesma pétala de rosa, Manolito Tejada chegava a uma plataforma entre as chapas de aço e dali nos olhava já sem lágrimas, Desce daí, Manolito, para eu te comer, gritava o Mocos entre risos no meio da escalada, o ar estremecia o cabelo de Tatín e na rua Cataluña Quini enfiava a mão na calça de Castillo e o imprensava contra a grade do eletricista, as pontas da grade fincavam-se nas costas de Castillo e os galhos arranhavam sua cabeça, meu irmão cantava pelo corredor dos camarins e Mari Carmen Molina sorria para ele com os dentes manchados de batom, É você que vai tomar no cu, gritava Manolito Tejada para o Mocos no alto da plataforma de aço enquanto empurrava uma roda que rolou poucos metros ladeira abaixo antes de encalhar no emaranhado de sucata, Manolito Tejada ria vendo o Mocos recuar, pulava sobre o estrondo oco do aço e tudo era tremor e uma fumaça preta que tomava conta do céu, Tatín começou a caminhar na direção dele, o Mocos parou de gritar e o Guille apontou para a coluna de metais amontoados atrás de Manolito Tejada e acima de sua cabeça, em Barcelona já tudo era noite, por suas avenidas fluíam rios de luz artificial, o cabaré imerso em fumaça, e numa sala nos fundos do cabaré a Bella Manolita olhava a escrivaninha, as fotos e os papéis de dom Mauricio Céspedes, que já se despedia de seu freguês e entrava no corredor que dava nos camarins e em seu escritório, o policial Machuca obrigava Lolita Berruezo a se ajoelhar e enfiava o membro em sua boca, o batom deixava um rastro carmim na rugosidade das veias, pelos corredores faziam a primeira chamada para as dançarinas e os vigias do ferro-velho bebiam seu último gole de vinho, despediam-se da cigana, e Manolito Tejada continuava pulando, o Guille gritava, o Mocos olhava com atenção e eu notava como tremiam as chapas de metal que mal se equilibravam acima da cabeça de Manolito Tejada, Tatín caminhava lentamente e na contraluz da noite seu corpo era uma marionete desconjuntada, o vento trazia sua voz chamando não se sabe quem, o tambor de aço retumbava sob os pés de Tejada, o policial Machuca torcia o rosto e suas mãos desmanchavam o penteado de Lolita Berruezo, agarravam seus cabelos e balançavam sua cabeça, a dançarina resistia e na expressão de Machuca havia um vômito, uma repulsa, dom Mauricio Céspedes entrava em seu escritório e atrás dele se ouvia a segunda chamada para as dançarinas, ao passo que a Bella Manolita lhe ordenava, Feche a porta, Feche logo, repetia a Bella Manolita diante da dúvida de dom Mauricio, Você tem que largar essa menina, já brincou o bastante, a orquestra do cabaré silenciava, os músicos bebiam, riam entre os instrumentos esperando o primeiro número da noite. Na moita da rua Cataluña, Quini acariciava a virilha de Castillo, que arranhava o rosto no espinho de uma roseira, ela chupava o sangue que começava a brotar enquanto levantava a saia e guiava a mão desajeitada de Castillo para dentro de sua calcinha, Me toque. Os vigias do ferro-velho ouviam o grito do Guille, o estrondo de Tejada, e com o hálito azedo de vinho, entre sombras, olhavam-se nos olhos, Tatín iniciava sua carreira, Barea deixou cair os parafusos, uma pedra, as latas rangiam e era como se as pernas de Tatín rangessem em sua carreira desajeitada, Ela não merece seu amor, eu dei minha vida a você, dizia a Bella Manolita, Não, murmurava Castillo, as arestas da grade machucando suas costas, atravessando sua camisa, a mão úmida entre as pernas de Quini, o movimento enlouquecido de Machuca, a queixa de Lolita Berruezo e o primeiro soco em sua cara, sob o olho direito, uma lâmina de aço, uma guilhotina mal recortada caía atrás de Manolito Tejada e Tatín gritava sem parar de correr, mancando entre as vigas, as grades, as carcaças e os tambores de metal, vi os olhos iluminados de espanto na cara dos vigias, senti o bafio de homem de suas roupas e vi como a prancha de metal afundava ao lado de Manolito Tejada e como a coluna de ferro e lata desmoronava em cima dele e vi a nuca de Barea, e a boca do Guille e as mãos e as pernas e as costas do Mocos, mas não vi o Tatín, só ouvi seu grito, uma palavra que me pareceu ser o nome de Quini, e o estrépito de seu corpo ao cair por um abismo de sucata, uma chocalhada sinistra, um rolar de esqueleto e metal, o golpe seco e surdo de seu corpo que deixou no ar um som de sino e um silvo, ou quem sabe um resfôlego cruzando as sombras.

Na pétala branca da flor deixaram de aparecer palavras e letras e na trama de sua superfície não aflorou mais nenhuma estria. Rovira mergulhou a flor e os lábios que a seguravam no líquido fixador, e seus olhos pousaram sobre a pasta entreaberta de onde tinha desaparecido a fotografia de Soledad Rubí. As mãos de Rovira embaralharam as fotos da pasta preta sob a luz vermelha, e suas pupilas perscrutaram a penumbra encarnada no encalço de uma lembrança, de uma suspeita. O sangue escorria do nariz e dos lábios de Lolita Berruezo, o punho do policial Machuca arrancava um barulho de madeira partida do rosto da dançarina, que tentava safar-se, Machuca agarrava seu cabelo, já totalmente desgrenhado, e socava sua cara, sua testa, contra a parede, sufocado pelo esforço, o policial. Ela engana você, chorava a Bella Manolita com lágrimas limpas, Ela não merece você. É você que não merece nada, saia já daqui, e nunca mais me apareça no cabaré, gritava dom Mauricio Céspedes dando murros na escrivaninha. No corredor as dançarinas se alinhavam e alguém pronunciava o nome de Lolita Berruezo, Cadê a Lolita?, a música soava do outro lado das cortinas. A mão de Quini conduzia a mão de Castillo e ele cabeceava entre os galhos do jasmineiro. É aquele menino, o das ferragens, disse um dos vigias de La Pellejera, e seu rosto de homem se contraiu como se também fosse o de um menino antes de começar a correr, antes que se ouvissem os lamentos de Manolito Tejada e que o Guille trocasse um princípio de risada por uns murmúrios que pareciam uma reza falando de seu pai e da polícia. No céu já não havia nuvens nem cor, só escuridão, e dona Angelines foi até a sacada do salão, abriu as portas e apoiou o corpo na grade da varanda e por um segundo desejou que os ferros cedessem e seu corpo voasse na vertigem da queda e sua vida se acabasse como se acabava o dia e se acabava a sirene de um navio perdendo-se no eco negro do horizonte. Machuca, repetia Lolita Berruezo, Machuca, com a boca e o olho ensangüentados, borbulhando uma espuma vermelho-escura, Machuca, e o nome do policial era uma súplica que ele não chegava a ouvir, com a mão esquerda apertando o pescoço dela contra a parede e com a direita esmurrando-lhe a face, a sobrancelha, a clavícula, um seio, e o vidro e as lantejoulas do sutiã esmagado abriam cortes no punho e nos dedos dele, e seu sangue se misturava com o sangue de Lolita Berruezo num novo soco, e um fio de líquido marrom brotava do ouvido da dançarina, que já não dizia nome algum. Ela engana você, sempre enganou e você nunca quis ver isso, e a Bella Manolita, que na verdade se chamava Amalia Moreno, levantou-se da cadeira, Você sempre se negou a enxergar, mas ela continua se encontrando com o Rovira. Você é como as cadelas no cio, igual a uma cadela, dom Mauricio amassava papéis, limpava a boca com seu lenço branco, enxugava o suor enquanto falava. O feixe de uma lanterna iluminou o vulto fugaz do Mocos, a luz procurava entre o entulho de ferrugem como uma língua faminta e eu ouvia o gotejar de um líquido espesso, um fluir de veludo vermelho deslizando pelas farpas de metal, enlameando-se na terra preta. A mão de Machuca com seus dedos de sangue arrancou a calcinha da dançarina, golpeou seu ventre e atirou Lolita Berruezo sobre umas lonas enroladas, e enquanto o policial cravava o joelho na coxa da dançarina e cuspia em sua cara e com seu sexo procurava o dela, meu irmão, Carlos del Río, entrava em cena e as dançarinas que já estavam no palco se agrupavam como uma flor de pedraria e lantejoulas azuis que abria suas pétalas — cada pétala uma dançarina — ao ouvir a voz de meu irmão, a calidez de seu canto e o ritmo da música. Dona Angelines ouviu uma bacia tombar dentro da casa e o líquido e as fotografias de seu marido derramando-se pelo chão, já não soavam sirenes de navios. Se eu sou uma cadela, me diga então o que ela é, me diga, porque eu não quero magoar você, Mauricio, só quero que você esqueça que conheceu essa menina, porque ela só pode trazer desgraça, e, na montanha negra de níquel, chumbo, cobre retorcido e latão, a lanterna topou com Manolito Tejada, choroso, e o resfôlego do Mocos murmurando, Eu o vi. Quini arremetia contra Castillo, Me toque, arqueava as cadeiras, se contorcia, Machuca mordia o lábio de Lolita Berruezo e seu membro atravessava como uma adaga suave. Eu o vi e ele está morto, parece morto, não se mexe, o homem da lanterna iluminava a cara do Mocos, o Tatín, ali, Me toque, Machuca entrava e saía e havia sangue em seus lábios, a voz de meu irmão acima da fumaça e do ar, crescendo, límpida, no cabaré, os aplausos e o floreio do trompete, no chão do laboratório o olho que era um relógio, o deserto e a flor que era o tempo nos lábios, a baba branca nas coxas de Lolita Berruezo, em seu ventre profanado, o gemido, Me toque, me toque, e o cheiro de planta e de seiva na boca de Quini, Me toque, suspirava Quini, dona Angelines e a vertigem de altura, as mãos molhadas de Rovira, o murro de dom Mauricio Céspedes, o vidro de sua mesa quebrado, o tremor de Quini, os olhos de Castillo na sombra, um vigia do ferro-velho entrava por uma brecha entre as latarias e as máquinas mortas, e de novo a música, de novo as dançarinas, Olhe aqui como ela engana você, a mão da Bella Manolita tirando a foto de Soledad Rubí de sua bolsa, o policial desfalecido, largado entre as lonas enquanto a dançarina se arrastava sangrando e os trens não paravam de uivar e eu ouvia o murmúrio do Guille, e a voz que não era a voz do Mocos dizendo, Tatín, e a horta e o chão e os metais de La Pellejera tremiam com um terremoto que não era um terremoto, dom Mauricio Céspedes revirava as gavetas, abria-se a porta do laboratório e Castillo não ousava respirar, com a mão viscosa, e a lua que não estava mais ali, o fruto dos olhos, os trigais, dona Angelines falando por dentro, Me abrace, toque meu coração, e o vigia vasculhava com sua lanterna e dizia, Se matou, está morto, e um vento carregado de fuligem preta varria meu peito e arrastava minha vida, que já não era selva, só vento negro, só um sopro, É aquele menino, o das ferragens, os olhos de Barea esquadrinhando os cantos da noite, meu irmão cantava no cabaré de Barcelona e a era dos sonhos tinha chegado ao fim, meu pé pisava a margem da vida, e a água e a morte se misturavam, os relógios do tempo, as pétalas de uma flor, Lolita

Berruezo avançava pelo corredor dos camarins cambaleante como um junco partido, com um olho que era uma bola de sangue e a boca ferida, os dedos curtos de dom Mauricio Céspedes apanhavam o revólver e a Bella Manolita o olhava incrédula e com uma surpresa muda, Não me mate, Me abrace, os navios adentravam o petróleo da noite, os navios da morte e o vento carregado de fuligem adentravam meu peito, o vento que sopra depois da morte, o vento doente de Hiroxima, Ele está morto, e o Guille chorava, Manolito Tejada chorava nos braços do vigia, o policial Machuca ajeitava a calça com um sorriso torto e o rosto manchado de sangue seco, dom Mauricio atravessava seu escritório, o garçom Álvarez erguia a coqueteleira e as dançarinas rodopiavam com um brilho azul na luz do palco e na voz de meu irmão Carlos del Río, de pé o Trompeta num solo, e os olhos de Quini nos olhos de Castillo, o cheiro de terra de seu cabelo e sua pele, dom Mauricio empurrava a Bella Manolita e ela caía na cadeira e da cadeira no chão, os passos de Rovira, e eu não sabia por que estrada meu pai viajava nem em que lugar do mundo iriam parar meus ossos mortos e meu corpo morto quando eu estivesse morto como o corpo de Tatín, morto como os mortos, o policial Machuca saía do vestiário, esticava o pescoço e sacudia o paletó, Lolita Berruezo desabava junto aos bastidores e dom Mauricio Céspedes avançava pelo corredor, travado de angústia, sentindo na mão o peso do revólver puxando seu braço e sua vida para o centro da Terra, voltava a música e Lolita Berruezo se levantava, Soledad Rubí, Quini via o medo nos olhos de Castillo e entre as máquinas abandonadas e a ferrugem eu ouvia o gemido metálico dos grilos ali onde estava o corpo de Tatín, no abismo de sucata, uma formiga se afogava no papel molhado da flor, abandonada no chão do laboratório, Me abrace, a noite na nuca de dona Angelines, o sopro da vertigem, ninguém viu Lolita Berruezo até que o público a viu, mancando pelo palco, e ninguém viu dom Mauricio, nem o revólver em sua mão, a música aumentava, ouviram-se algumas palmas e risadas que viam maquiagem no sangue de Lolita Berruezo, a Bella Manolita chorava no chão do escritório do cabaré e o vigia do ferro-velho de La Pellejera nos reunia com suas mãos ásperas e seu cheiro de vinho e fumo, Almudena Fernández abriu os braços para amparar Lolita Berruezo, cambaleante, a pedraria azul na cabeça de Soledad Rubí, um turbilhão de espelhos, um grito e a mão negra de dom Mauricio Céspedes erguida por sobre as cabeças do público, Lolita Berruezo caía de joelhos, meu irmão ainda cantava, uma detonação, a risada, um aplauso e o projétil que atravessava a fumaça e o ar e era um silvo incrustado na cena, dom Mauricio Céspedes era só palidez e sua mão continuava estendida, os pássaros debandavam do trigal amarelo, voavam assustados dos olhos de Soledad Rubí, a câmera do fotógrafo Porpeta despejou um clarão prateado, um novo estampido e Soledad Rubí caindo fulminada, o corpo desconjuntado e frouxo, Machuca aparecia entre as cortinas de veludo, Soledad tentava ajoelhar-se, levantar, sua cabeleira caía pelo pescoço e rolava morto pelo chão, seu casquete de vidros da cor do céu, Me abrace, Machuca levava a mão às costas e sacava sua arma, a mão de dom Mauricio continuava erguida, com o canhão do revólver ainda quente, ouvia-se o tumulto do público, as mesas derrubadas, Machuca gritava, e no escuro da noite e no frio dos ossos surgia uma sirene que tingia de azul as lágrimas de Manolito Tejada, as dançarinas corriam de medo, meu irmão arrastava Soledad Rubí pelo tablado e suas mãos se manchavam de sangue, no rosto de Soledad Rubí pairava o desnorteamento do sonho e um sorriso, mais um tiro de dom Mauricio, o público era uma onda que investia contra as paredes em busca da saída, uma maré dispersa, Lolita Berruezo engatinhava, Almudena Fernández a seu lado, instrumentos rolavam, ouvia-se o grito de Machuca, seu vulto erguido num canto do palco, seu tiro estourando uma garrafa ao lado de dom Mauricio e dom Mauricio apontando seu revólver preto para o policial, um, dois, três tiros, o dedo arrebatado no gatilho e o chumbo furando o veludo, a madeira e a cal, incrustando-se na parede, uma queimadura raspando a cabeça do policial, seu braço estendido fazendo pontaria, sua bala entrando no olho já estourado de dom Mauricio Céspedes Quesada de Olveira, o sangue derramado em seu peito e o cambaleio lento, a dança trôpega e a incredulidade de dom Mauricio vendo o cabaré girar a seu redor antes de tombar. Me abrace, me abrace, repetiu dona Angelines, agora em voz alta, e o fotógrafo Rovira, saindo das sombras da casa, deu um passo à frente e na sacada da pensão Ríos-España, com os telhados e a noite e o mar de Barcelona ao fundo, abraçou sua mulher.

As cartas de meu irmão continuaram viajando em trens que chegavam a Málaga esbaforidos depois de uma noite atravessando campos de macieiras em flor e pontes trepidantes. A letra cheia e dançarina de suas cartas continuou dando notícias das canções que interpretava, dos dias que ficou sem trabalhar por causa do lumbago e dos filmes que continuava vendo todas as tardes no cine Roxy, no Coliseum, no Arnau, no Principal Palacio, no Edén ou no Diana. Mas meu irmão não dizia quase nada sobre a nova vida do cabaré, e somente numa carta postada semanas depois do episódio ele contou que, num acesso de fúria, dom Mauricio irrompera no palco atirando contra uma das dançarinas, Sonsoles Aranguren, aquela que todos chamavam de Soledad Rubí, e que o policial Machuca baleara dom Mauricio, mas nenhum dos dois, nem a dançarina, nem o dono do cabaré, tinha morrido, embora dom Mauricio tivesse ficado em estado muito grave e perdido um olho.

Meu irmão mal mencionou os dias que passaram indo ao hospital e as mudanças que dona Adela e um administrador de Sabadell, dom Eugenio Fabra, tinham introduzido no cabaré, e aquela falta de detalhes sobre o tiroteio e suas conseqüências, mais a escassez quase absoluta de fotografias que se seguiu a esses acontecimentos, pareceu contagiar meu pai, que nem se deu ao trabalho de pegar a carta em que essas coisas eram narradas de modo tão sucinto e levá-la ao bar Los 21, onde deu conta do ocorrido aproveitando uma pausa numa discussão sobre futebol, sem ao menos chamar os garçons nem preparar seu discurso, tanto que o próprio Doblas, seu ajudante, se mostrou contrariado pelo modo breve e quase atropelado como meu pai contou que o dono do cabaré tinha atirado na dançarina Rubí e que um policial tinha atirado no tal sujeito, dom Mauricio, mas que o cabaré continuava aberto e meu irmão cantando lá. Como são as coisas, disse meu pai como único comentário. E ninguém perguntou nada, nem Toto nem o comandante Villegas nem mesmo Doblas, surpresos mais com a brevidade da notícia do que com a notícia propriamente dita e sem manifestar interesse pelo episódio, porque na verdade todos já estavam saciados de desgraças depois do que acontecera no ferro-velho de La Pellejera, pois a história do coitado do Tatín, o menino com paralisia infantil, esteve circulando de boca em boca durante vários dias, uns dizendo que tinha sido um descuido dos vigias, outros que um descuido do próprio menino, e outros que o menino, ao ver seu amigo Tejada em perigo, correra para salvá-lo sem medir riscos nem reparar naquela cratera que de repente se abriu a seus pés e por onde ele rolou entre as navalhas da sucata até cair ao lado do Mocos. E também havia quem dissesse que na queda o pobre do menino tinha sido decapitado e que sua cabeça fora parar aos pés do Mocos, e que a cabeça sem corpo, desgrenhada e com os óculos quebrados, tinha olhado para seu amigo e chegado a dizer adeus, Adeus, Mocos, eu morri, embora na verdade o Mocos nunca tenha dito nada do que viu e ouviu naquela tarde e tenha passado semanas meio mudo, com os olhos arregalados e cavoucando o nariz, como se quisesse livrar-se para sempre de seu apelido e ao limpar os orifícios nasais estivesse fazendo o mesmo com sua memória, livrando-a de más lembranças.

O Mocos nem sequer foi à despedida de Tatín, quando nos levaram à casa dele, todos endomingados e meio que em procissão. Fomos sendo passados na frente do caixão onde o tinham colocado para que nos despedíssemos dele, só que eu não disse nada nem olhei dentro daquela caixa lustrosa. A única coisa que vi foi um tecido brilhante e acolchoado, os botões de minha própria camisa e a mancha embaçada de meus sapatos, e antes que meus olhos me traíssem e acabassem pousando na cara de Tatín eu me afastei cedendo o lugar para o Guille, que vinha com os olhos muito abertos e a boca apertada como se tivesse alguma coisa entalada na garganta. Havia fotos de Tatín por toda parte, e num canto estava aquele seu amigo limpinho dos maristas, junto com outros colegas da escola e alguns padres que iam e vinham esvoaçando as batinas e misturando-se ao rodamoinho de tias de Tatín, todas chorosas e inconsoláveis, todas menos aquela que sempre dirigia a perua onde Tatín viajava e que nesse dia, sem parar de fumar, tinha uma espécie de sorriso triste no rosto, como se através daquele caixão onde tinham enfiado seu sobrinho ela o ouvisse falar, como quando iam ao médico, das partidas de futebol que ele ia jogar quando tirassem as ferragens de suas pernas.

Ali de pé, entre padres, meninos dos maristas e tias de Tatín, ficamos sem dizer nada, Barea, o Guille, o Nono, Diego Manuel com um blazer azul e uma gravata verde xadrez, Pepito olhando tudo de esguelha, Manolito Tejada, com uma das mãos enfaixada e um curativo na testa, e eu, até que chegaram uns homens de uniforme cinza e o lamento das tias de Tatín aumentou, um padre foi tocando todos nós para a rua e ali, ao lado do carro que ia levar meu amigo, estavam Castillo e Quini, e a seu lado Esperancita, com a brisa da tarde, com a primavera balançando sua cabeleira cor de trigo. E embora ninguém tenha dito nada, eu vi que os olhos de Quini estavam cheios de lágrimas e seu rosto inteiro tinha o mesmo brilho de brasa de dias atrás, quando a vi logo depois de ter saído da moita da rua Cataluña, com uma febre que mudava sua cara e tornava seus olhos mais líquidos. Castillo chorava e Esperancita chorava, Diego Manuel puxava sua gravata com elástico e pelo rosto de Pepito correram duas lágrimas silenciosas quando os homens de uniforme tiraram Tatín de sua casa. O Guille raspava o sapato no chão e eu sentia o sol e o calor da tarde na cara e as folhas das árvores e as flores dos canteiros tremendo num sussurro que dizia meu nome e trazia no ar todo seu cheiro e o cheiro de terra do cabelo e da pele de Quini, e quando eu já estava vendo tudo embaçado e pensava que não ia conseguir respirar e que me enfiavam naquele carro comprido junto com Tatín, em meu ombro e minha mão senti a mão e o cheiro de minha mãe, e então também meu peito desmaiou e um rodamoinho doce em minha garganta trouxe o choro.

O carro se foi pela rua Antonio Jiménez Ruiz e foram-se os anos, aquele sopro leve de pétalas brancas e macieiras em flor, e todos seguimos o jogo do calendário e o trânsito da noite e do amanhecer, o fluxo das nuvens e do sol. E só com o passar dos anos meu irmão veio falar-me dos acontecimentos daquela noite em que Soledad Rubí e dom Mauricio Céspedes ficaram feridos. Falou de como tudo aconteceu, da visita da Bella Manolita à pensão Ríos-España, da foto trucada de Rovira que ela levou escada abaixo, da surra que Machuca deu em Lolita Berruezo e de como foi o tiroteio no cabaré, e também dos dias que se seguiram àquela noite triste.

Meu irmão me contou, quando já tinha voltado a se chamar Ramón e o vento do verão balançava as cortinas de uma casa que não era a casa da rua Antonio Jiménez Ruiz, que dona Angelines, ao saber do que acontecera no cabaré, nem precisou conversar com o marido, só disse, Vá, e Félix Rovira saiu da pensão e ficou ao lado de Soledad Rubí até que os médicos lhe deram permissão de deixar o hospital. E meu irmão também me contou que em seus passeios pela clínica o fotógrafo Rovira tinha visto dom Mauricio Céspedes deitado numa cama, com a cabeça enfaixada e tendo a Bella Manolita a seus pés, ela com os olhos sem pintura e o rosto repentinamente envelhecido. Logo dom Mauricio Céspedes seria um preso de olho tapado, um preso caolho que suava só de um lado da cara, aquele que não fora atingido pela bala de Machuca. Dom Mauricio passou os anos de sua pena jogando baralho com os funcionários e facilitando-lhes a vitória para que depois o deixassem passar as manhãs na lavanderia da prisão, cochilando entre montes de roupa recém-lavada e vendo no fundo de sua única retina a silhueta de uma dançarina vestida de lantejoulas azuis e com um casquete de pedraria e espelhos, uma dançarina que todos chamavam de Soledad Rubí.

Soledad Rubí foi desde então e para sempre Sonsoles Aranguren Gómez. Deixou de ser dançarina no exato instante em que dom Mauricio Céspedes puxou o gatilho e uma bala de chumbo ardente quebrou sua clavícula. No hospital, os pássaros que tinham debandado com os tiros de dom Mauricio voltaram a rondar as pupilas, o trigal e o arvoredo que Sonsoles tinha nos olhos. Tinha também um rumor de águas cristalinas no olhar, e ao fundo uma cor cinzenta sobre o túmulo onde havia sido enterrada Soledad Rubí, morta pela bala de dom Mauricio Céspedes. Sonsoles Aranguren nunca voltou a pôr os pés no cabaré. Nunca voltou a dançar a dançarina que deslumbrou a noite de Barcelona. Nem uma única vez ao longo de sua convalescença ela mencionou aquela noite nem quis receber outra visita exceto a de Rovira. E nem sequer quando o fotógrafo foi se despedir dela, em meio à fumaça de óleo diesel e ao rugido dos ônibus, nem então Sonsoles Aranguren tornou a falar do cabaré, só ficou olhando para Rovira nos olhos e, depois de dar-lhe um beijo muito suave nos lábios, disse, Nunca vou me arrepender de ter vindo a Barcelona, só por saber que você existia, que no mundo existe uma pessoa como você. E também o fotógrafo Félix Rovira, ao ver Sonsoles Aranguren instalar-se do outro lado do vidro com um braço enfaixado, também ele sentiu o rodamoinho do choro na garganta e na boca dos pulmões, só que ele não chorou, e com os olhos desanuviados e límpidos ficou olhando os olhos da dançarina e o reflexo do sol, a sombra das folhas e das árvores que começaram a deslizar pelo vidro quando o ônibus partiu e a mão no vidro e os olhos de Sonsoles Aranguren se tornaram nebulosos, uma mancha que deu passagem a outras janelas, ao ronco e à fumaça que envolveram o fotógrafo Rovira, que continuou ali com a mão erguida e seu topete de velho herói debilitado pela brisa, sentindo que aquele estrépito surdo, a combustão do ônibus e sua cor vermelha desmaiada estavam marcando para sempre o momento mais doloroso e feliz de sua vida.

Meu irmão, quando ainda se chamava Carlos del Río, deixou Barcelona, o cabaré e a pensão Ríos-España sem se despedir de ninguém. Ele sempre pensou em voltar; por isso, quando o empresário Carmona lhe ofereceu uma turnê junto ao Teatro Chino, meu irmão não se despediu de ninguém, pensando que dali a poucos meses voltaria a Barcelona e que nesse ínterim o cabaré talvez recuperasse a harmonia perdida e superasse definitivamente os tempos de ira e de sangue. Mas meu irmão nunca mais voltou àquele cabaré de cortinas vermelhas e ar enfumaçado onde ninguém se chamava como dizia se chamar e as dançarinas morriam com um barulho de lantejoulas. As turnês foram se prolongando, meu irmão foi levando sua voz pelos vilarejos com seus paletós de seda e seu nome, Carlos del Río, brilhando num luminoso de lâmpadas ambulantes, até que a doença veio se enroscar no corpo de meu pai e meu irmão ficou para sempre entre nós, longe dos palcos, das dançarinas e dos aplausos.

Anos mais tarde, meu irmão voltou a Barcelona por uns dias e soube que Rovira também tinha morrido e que dona Angelines estava vencida pelos anos, com mechas brancas nas têmporas mas com olhos que se iluminaram ao reconhecê-lo depois de um momento de hesitação. A pensão Ríos-España era então uma pensão decadente, mais estreita e escura, com o corredor guarnecido com um rodapé de plástico imitando madeira e um sussurro de pessoas que não tinham nada a ver com os antigos hóspedes. A pensão Ríos-España deixara de ser uma casa de artistas e só o amolador Poveda, que continuava sem amolar coisa alguma, ainda morava ali. Com ele e com dona Angelines meu irmão ficou conversando no calor da cozinha até o fim da tarde. Falaram dos tempos passados, da dançarina Lilí e de seu namorado Cosme Cosme, da coitada da Fátima Combados e do garçom Álvarez, que fazia alguns anos tinha deixado o cabaré e voltado para seu lugarejo, e todo ano, no dia do aniversário de dona Angelines, mandava um postal de Gregory Peck e um buquê de flores brancas: Para a mãe que eu nunca tive, o garçom Álvarez sempre escrevia no cartão. Do Trompeta ninguém sabia nada, foi embora da pensão à noite, quando viu que a doença de Rovira não tinha mais remédio. Deixou a cama revirada e toda sua roupa amontoada no fundo do armário, que é como se despedem os músicos, sem se despedir e levando apenas seu instrumento. Já Almudena Fernández se despedira, sim. Foi a última a ir embora. Saiu da pensão vestida de branco, disse dona Angelines com um sorriso triste, para se casar com um representante de uma fábrica de meias que tinha conhecido na própria pensão e que se apaixonou por ela assim que viu suas pernas e como lhe ficavam bem as meias que ele representava. Veja que meias!, dizia o representante Amador levantando a saia de sua noiva até as coxas e mostrando as tais meias para quem quisesse ver, se bem que ninguém reparava nas meias e sim na perfeição das pernas de Almudena Fernández. No canto de um jornal velho dona Angelines rabiscou o endereço de Almudena Fernández para meu irmão: Apareça por lá, ela vai ficar muito contente, do jeito que ela gostava de você, de todos nós, aliás, Almudena gostava de todo mundo, tanto que na véspera do casamento ela foi até o asilo onde está o chinês Bonilla e o convenceu a assistir à cerimônia, e Bonilla foi lá, e até cantou um trecho de zarzuela e tirou duas pombas brancas de seu véu, que dizem que dá sorte.

E só na hora da despedida, já na porta da pensão, quando as lágrimas voltavam a cobrir os olhos de dona Angelines, só então falaram de Rovira, e ela lhe disse que nos últimos dias de vida, quando mal podia falar e já não tinha forças para mais nada, Félix perguntara por ele, Cadê o Carlos?, Que Carlos?, sussurrou-lhe dona Angelines ao ouvido. Carlos del Río, meu amigo.

Na porta da pensão, meu irmão jogou fora o papel amassado com o endereço de Almudena Fernández, e do degrau sobre a rua ele viu o bar em frente, agora enfeitado com um letreiro de néon azul que começava a piscar com a chegada das primeiras sombras. Arrependido daquela viagem a Barcelona, de ter ido à pensão Ríos-España, e sentindo na nuca e nas costas o olhar que dona Angelines e o amolador Poveda lhe dirigiam da sacada, meu irmão foi caminhando pela rua afora, perdendo-se nela como um dia Félix Rovira se perdera rumo ao cabaré em busca de sua última fotografia, como nos confins de outra rua se perdeu aquele carro preto que levou Tatín e como se perderam, pela rua afora, os anos e os dias em que o sonho ainda era possível. Meu irmão me disse que nesse instante, avançando pela rua, ele se sentiu vazio, como se o ar e a brisa do porto de Barcelona pudessem atravessar seu corpo, e sentiu que tudo estava acabado. Mas a verdade é que tudo tinha acabado muitos anos antes, quando, numa manhã de primavera, uma flor branca abria suas pétalas ao sol e, no reflexo da janela de um ônibus, as sombras e as folhas se confundiam com os olhos de Sonsoles Aranguren, assim como poucos dias antes se confundiram em minha retina o caixão onde tinham enfiado Tatín e sua cabeleira loira com o rosto de meu amigo tempos atrás, quando víamos seu reflexo esboçado nos vidros traseiros da perua de sua tia, viajando ao encontro dos médicos numa tentativa impossível de livrar-se daquelas ferragens que ele levava enroscadas nas pernas como uma trepadeira morta e que, fazendo um barulho como o das dançarinas ao tombar no palco, o obrigavam a cair como uma árvore cortada, como um poste sem galhos nem braços, assim como ao longo do tempo e da flor vão caindo e tombando a vida e os homens, para só viverem no rumor que deixam seus passos, no eco de suas vozes. Como talvez meu irmão, Tatín, minha mãe, o Mocos, Sonsoles Aranguren e eu mesmo continuemos vivendo nesta história que agora acabo de contar para vocês.

ESTA OBRA FOI COMPOSTA PELA HELVÉTICA EDITORIAL EM GARAMOND E IMPRESSA PELA GEOGRÁFICA EM OFF-SET SOBRE PAPEL PÓLEN SOFT DA COMPANHIA SUZANO PARA A EDITORA SCHWARCZ EM ABRIL DE 1998.